KB069250

아라온 오디세이

2013년 2월 말

그의 일상과 마음을 흔드는 도전이 시작되다.

3개월간의 선원 의사가 된 그의 앞에는
왕복 4만 킬로미터에 달하는
하늘과 바다의 여정이 기다리고 있었다.

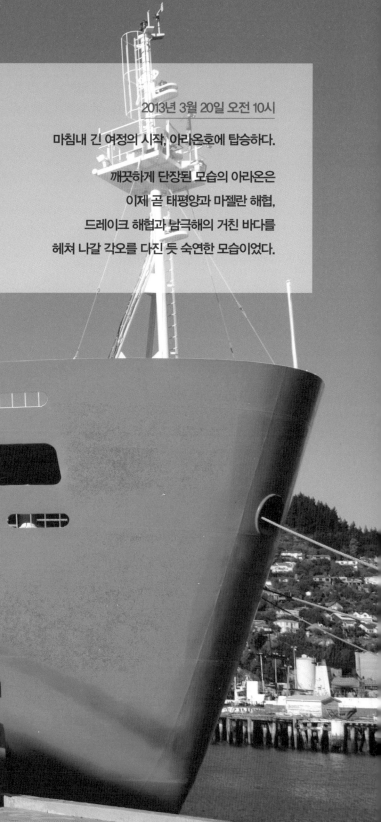

2013년 3월 20일 오전 10시

마침내 긴 여정의 시작, 아라온호에 탑승하다.

깨끗하게 단장된 모습의 아라온은
이제 곧 태평양과 마젤란 해협,
드레이크 해협과 남극해의 거친 바다를
헤쳐 나갈 각오를 다진 듯 숙연한 모습이었다.

2013년 3월 23일

드디어 대항해의 시작, 대양으로 향하다.

항해사의 힘찬 목소리가 선내에 울렸고
아라온은 서서히 부두에서 빠져나왔다.

2013년 3월 25일

아라온은 육지에서 1,000킬로미터가량 떨어진 바다 위에 있다.
하늘과 바다의 푸른색과 구름의 흰색,
바람과 파도 소리만이 가득하다.

2013년 3월 30일부터 4월 7일

거대한 자연의 힘과 마주하다.

바람과 파도로 인한 물보라가 사방으로 흩날린다.
아라온은 마치 어릴 적 물 위에 띄운 종이배처럼
위아래로 사정없이 흔들리며 필사적으로 달린다.

2013년 4월 08일

8,000킬로미터의 마젤란 해협 항해가 시작되었다.

아라온의 창밖으로 보이는 희미한 섬의 모습은
마치 발묵으로 그린 송나라 화가 '미불'의 동양화처럼 신비로웠다.

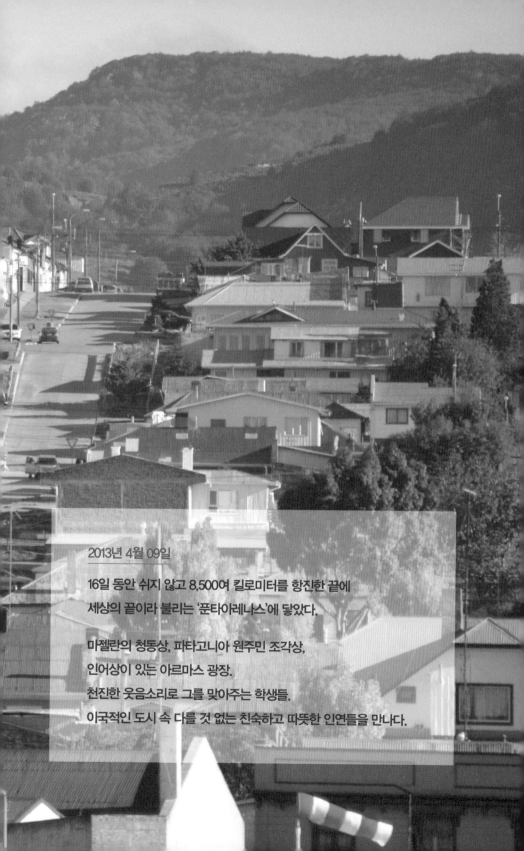

2013년 4월 09일

16일 동안 쉬지 않고 8,500여 킬로미터를 항진한 끝에
세상의 끝이라 불리는 '푼타아레나스'에 닿았다.

마젤란의 청동상, 파타고니아 원주민 조각상,
인어상이 있는 아르마스 광장.
천진한 웃음소리로 그를 맞아주는 학생들.
이국적인 도시 속 다를 것 없는 친숙하고 따뜻한 인연들을 만나다.

2013년 4월 15일

흰색과 푸른색의 세계, 남극에 도달하다.

아라온은 한 달가량을 달려 남극해로 들어왔다.
사방으로 완만하거나 삐죽삐죽한 능선을 가진 눈덮인 산들과
바다를 떠다니는 커다란 빙산과 유빙들.

온 세상을 뒤엎은 하얀 눈과 푸른색의 바다,
그리고 그 위에 곡선을 그리며 이동하는
아라온의 항적은 놀라운 광경이다.

2013년 4월 19일

쾅, 하는 소리와 진동이 아라온의 내부를 울린다.
그 진동과 함께 '쇄빙항해'가 시작되었음을 짐작한다.
남극의 찬 바람으로 다지고 다져 단단해진 해빙을
무자비하게 깨부수며 아라온은 바다 위를 항해한다.

그의 시선이 닿는 모든 곳은 하얀 빙원이며
마치 눈 덮인 시베리아를 연상시킨다.
자랑스러운 아라온은 온몸으로 얼음과 부딪쳐 깨부수고
천하의 비경이라 불리우는 웨델해 해빙 지역을 무사히 헤쳐 나간다.

2013년 5월 6일

항해의 최종 목적이자
아라온의 임무 중 하나를 수행하기 위해
세종 과학기지에 도착하다.

그동안 쌓였던 눈을 모조리 얼려 버릴 듯한
강추위 속 아라온 선원들의
임무 수행은 계속된다.

이 작업이 끝나고 나면
아라온은 남극을 떠나 다시 푼타아레나스로,
그리고 남태평양과 적도를 지나
그리운 고국 대한민국으로 돌아갈 것이다.

2013년 5월 11일

세계에서 가장 크고 거친 바다, 드레이크 해협을 통과하다.

그는 100년 전 6명의 대원들과 조각배 '케어드호'를 타고
거친 드레이크 해협을 통과한 섀클턴 탐험대를 떠올리다.

이루 말할 수 없는 그들의 고난을 상기하며,
거대한 자연에 비해 인간은 얼마나 미미한 존재인지를 깨닫는다.

2013년 5월 14일

'아! 푼타로 돌아왔구나!'
한 달이란 시간 뒤 다시 돌아온 푼타아레나스,
계절만 바뀌었을 뿐 모든 것이 그대로다.

그는, 지난 시간이 다시 돌아오지 않을
귀한 시간이었음을 깨닫는다.
얼굴을 에워싸는 찬 바람, 거대한 빙산,
눈부시게 푸른 바다의 색까지.
모든 시간이 한바탕 꿈을 꾼 것만 같다.

아라온은 기다랗게 이어진 섬을 지나간다.
다시 돌아온 마젤란 해협이다.

눈부신 하늘과 바다 사이에
완전히 둥근 무지개가 무사히 돌아온 그와, 선원들,
아라온을 반겨 준다.
어느새 추위는 물러가고 따뜻한 바람이 그를 감싼다.
그리운 고국, 사랑하는 가족들에게 갈 시간이 다가오고 있다.

2013년 5월 18일

선창을 통해 바다를 보니 수면에 햇살이 반짝인다.
어느새 기온은 높아졌고 더운 바람이 불어온다.
아라온은 적도를 거쳐 '남태평양'에 진입한 것이다.

지난 3개월이 하룻밤의 꿈처럼 느껴진다.
"이제 꿈에서 깨어 다시 일상의 생활로 돌아가는구나"

텅 빈 고요의 공간.
그는 아라온 선상에서, 세상에서 가장 순수하고
깨끗한 공기를 마음껏 들이마셨다.
그리고 이 무한한 얼음 위에 퍼져 있는
영겁의 고요에 귀를 기울였다.

그가 마주한 3개월 간의 세상은
흰색과 푸른색의 단순한 이진법의 세계이며
생명력 넘치는 세상이었다.

세상의 모든 푸른색을 다 간직한 바다와 하늘,
그 사이를 자유롭게 비행하던 앨버트로스와 바다제비들,
지구가 끝나는 날까지 녹지 않을 것 같던 단단한 기세의 유빙들….

3개월이란 시간은 화살처럼 흘러갔지만,
그의 가슴속에는 눈부신 비경이 남아 있다.
항해 동안 함께 했던 모든 이들에게 감사의 말을 전한다.

2013년 6월 21일

3개월의 아라온 오디세이가 막을 내렸다.

그는 다시 일상으로 돌아간다.
생각지도 않았던 인연들과
가슴이 벅찼던 남극의 비경.
이 모든 것을 가슴속에 담는다.

아라온 오디세이
어느 외과의사의 남극 웨델해 항해 일기

초 판 1쇄 2023년 06월 29일

지은이 김용수
펴낸이 류종렬

펴낸곳 미다스북스
본부장 임종익
편집장 이다경
책임진행 김가영, 신은서, 박유진, 윤가희, 정보미

등록 2001년 3월 21일 제2001-000040호
주소 서울시 마포구 양화로 133 서교타워 711호
전화 02) 322-7802~3
팩스 02) 6007-1845
블로그 http://blog.naver.com/midasbooks
전자주소 midasbooks@hanmail.net
페이스북 https://www.facebook.com/midasbooks425
인스타그램 https://www.instagram/midasbooks

© 김용수, 미다스북스 2023, *Printed in Korea*.

ISBN 979-11-6910-273-5 03810

값 32,000원

미다스북스는 다음세대에게 필요한 지혜와 교양을 생각합니다.

어느 외과의사의 남극 웨델해 항해 일기

Araon Odyssey

아라온 오디세이

김용수 지음

미다스북스

프롤로그
얼음 위에서

2013년 4월 19일 오후 2시 10분, 자랑스러운 대한민국 쇄빙연구선(Ice Breaking Research Vessel, IBRV) 아라온호(ARAON)는 마침내 남극의 해빙 옆에 정선하였다. 이곳은 지구 맨 밑바닥 남극대륙(Antarctica) 서쪽 끝에서 손가락 모양으로 북쪽으로 좁게 구부러져 돌출한 남극반도(Antarctic Peninsula) 동쪽의 끝없는 얼음으로 덮인 나선형의 웨델해(Weddell Sea)에 면한 스노우 힐 아일랜드(Snow Hill Island) 부근의 얼음바다로 경위도상으로는 남위 64도 35분, 서경 57도 29분에 해당한다.

한쪽으로는 얼음 사이로 리드(lead)라고 하는 잔잔한 작은 물길들이 나 있다. 오랜 만에 보는 파아란 하늘에 흰 구름이 군데군데 넓게 드리워져 있고 바닷물도 물감 통 속의 코발트빛으로 푸른데 거기에 흰 구름이 비쳐 한 폭의 잘 그린 수채화를 보는 것 같다. 반대쪽은 눈길 가는 대로 아득히 수평선까지 뻗어 있는 빙원이 있고 수평선에 연하여 네모반듯하고 엄청나게 큰 탁상형 빙산들이 햇빛에 흰 빛을 반사하고 있다. 저 멀리 해빙 위로 진정한 의미의 남극의 주인인 황제펭귄 삼사십 마리마리가 1열로 서서 어슬렁어슬렁 걸어가고 있다. 망원경으로 보는 달 표면처럼 약간 거칠게 보이는 회칠한 하얀 벽 같은 너른 해빙 위에 아라온의 그림자가 그대로 투영되어 있다.

두 뺨에 닿는 공기가 아주 차고 시리도록 깨끗하였다. 공기를 만질 수 있다면 쨍하고 깨질 것만 같은 느낌이 들었다. 공기와 얼음은 순수함, 청결함, 활력, 생명 그 자체였다. 흰색과 푸른색의 두 가지 요소로 구성된 단순한 세상에서 집중을 방해하는 것은 아무 것도 없었고 원근법이 사라진 것 같이 시선을 고정시키는 것도 없었다. 모든 것이 끝도 없고 경계도 없이 낯설기만 했으며 알 수 없는 고독이 스미어 떨고 있었다. 의지할 수 있는 것도 온기를 주는 것은 아무 것도 없었다. 둥근 방패 같은 하늘과 그 아래의 납작한 얼음 사이에는 모든 것을 마비시킬 것 같은 태고의 정적이 감돌고 있었으며 까마득한 수평선에 보이는 빙산들 너머로 무음의 블리자드 소리가 들리는 듯하였다. 얼음 위로 부는 바람은 거의 없었으나 하늘과 얼음 사이의 너른 공간을 쳐다보면 귓바퀴를 거쳐서가 아니라 마치 귀 뒤의 두개골을 통해 바로 전도된 것 같은 진공 속의 웅웅하는 소리가 들리는 듯하였다. 모든 것이 공허하고 차갑고 명료했다. 인간세로부터 완전히 차단된 얼음과 고립의 제국, 눈부신 백색의 무한한 빙원, 얼음과 하늘의 2진법 세계, 야만이든 문명이든 인간 작위의 흔적이 전혀 없는 창조의 순간 그대로의 세계, 얼음 위에는 인간적인 것과 일체의 다른 생명은 없이 펭귄들과 우리 인간들 몇몇이 그 풍경 속에 존재하고 있었다.

브리지 갑판에서 사진을 찍다가 선미 쪽을 보니 크레인으로 갱웨이(하륙용 사다리)를 해빙 위로 내리고 한미 연구원들이 얼음 위로 내려가는 것이 보였다. 브리지 안으로 들어가 선장님께 나도 내려갈 수 있나 물어보았더니 메인 데크 후미에 있는 체인지 룸에서 안전복으로 갈아입고 가시라고 한다. 나는 듯이 계단을 달려 내려왔다. 아래위가 붙은 안전복은 물에 빠져도 몸이 뜨게 되는 특수 방한복으로 상의까지만 지퍼가 달려

아라온은 해빙 가장자리에 믿음직스럽게 서 있다.
그 모습은 마치 '천리를 단숨에 달려온 한혈마'처럼
등에 붉은 땀을 흘리고 있다.

있다. 눈부신 흰 빛에 대비하여 선글라스를 끼고 카메라와 캠코더를 챙기고 신발은 가져온 등산화를 신었다. 아이젠이 있으면 이럴 때 요긴하게 쓸 텐데 아쉽다. 마음 같아서는 갱웨이를 한달음에 내려가고 싶었으나 미끄러지면 큰일 나므로 천천히 걸어 내려왔다.

마침내 두 발을 남극의 얼음 위에 딛는 순간, 그 느낌은 무어라 설명할 수 없었다. 눈앞에 펼쳐진 믿을 수 없는 무한한 흰 공간 속으로 걸어 나갈 때의 내 발 아래의 느낌, 영겁의 시간을 거쳐 내 두 발에 전해지는 것 같은 느낌, 얼음 아래에서 보이지 않게 출렁이는 바다의 느낌, 이와 같은 느낌은 여태까지 느껴본 적이 없었다. 얼음은 두께가 약 2미터가 넘는 다년생 해빙이었다. 쇄빙 항해 때 자주 보았던 아이스 링크처럼 아주 매끄럽게 단단히 언 얼음과 달리 자세히 보니 표면을 덮은 신설로 인해 약간 푸석푸석하고 밟으면 바드득 소리가 났다. 쪼그리고 앉아 쳐다보니 햇빛에 비친 빙원이 무지개의 카펫처럼 빛나고 각각의 얼음 알갱이들은 한 개의 작은 프리즘 같이 시각이 바뀔 때마다 스펙트럼을 통하여 만화경을 보여주었다. 등산화나 연구원들이 신은 안전화보다는 이누이트족이 신는 오리털로 안감을 댄 물개 모피로 만든 머클럭(mukluk)을 신었으면 좋겠다는 생각이 났다. 그랬다면 바닥에 착 달라붙는 장화로 인해 솟아오른 작은 얼음 이랑을 포함해 얼음 아래 바다 저 깊은 곳으로부터 전해지는 미세한 촉감을 남김없이 모두 느낄 수 있었을 텐데.

얼음 군데군데 푹 빠지는 곳이 있어 나도 모르게 한 군데서 한 쪽 발이 빠지면서 휘청거리고 넘어졌는데 다행히 다친 곳은 없고 카메라와 캠코더도 무사하였다. 산악회에서 오신 분이 나를 보더니 얼른 가까이 다가와서 배 쪽으로 가까이 가지 말고 배에서 먼 쪽을 디디라고 하며 스키 스틱으로 얼음을 찍어보며 그리로 다니라고 안내를 해준다. 고맙다고 인사를 했는데 실은 얼음 위에 조금 있으려니 얼굴이 뻣뻣해지며 감각이 무뎌져 방한 마스크를 꺼내 썼는데 그로 인해 선글라스에 김이 서려 한 순간 앞을 잘 못 보았기 때문이었다. 안경과 마스크를 좀 내려 육안으로 발밑을 확인하며 안전한 곳으로 걸어갔다. 어떤 곳은 약간 옥색을 띠며 보기에도 매끄럽고 단단하게 언 곳도 있다.

칠레 헬기 조종사 카를로스가 얼굴을 마주치자 엄지손가락을 치켜 올린다. 그에게 아라온을 배경으로 사진을 부탁하였다. 나 혼자 아이폰으로 셀카도 찍고 캠코더 LCD를 돌려 사방으로 돌아가며 녹화도 했다. 화면에 비스듬히 보이는 아라온의 주홍빛 선체가 얼음의 순백색과 하늘과 바다의 푸른색과 강렬한 대비를 이룬다. 아라온은 전혀 피곤을 모르는 듯 천리를 단숨에 달려온 한혈마처럼 등에 붉은 땀을 흘리며 쿵쿵쿵쿵 경쾌한 심장 박동 소리를 내며 갱웨이를 매단 크레인을 하늘 높이 쳐올리고 먼 길 가는 주인을 기다리는 듯 해빙 가장자리에 믿음직스럽게, 의연하게 서 있다. 그 모습은 호메로스가 묘사한 '인간들에게 바다의 말이 되어 넓고 습한 바다를 건너는 빨리 달리는 배' 바로 그것이었다. 해빙 위에서는 한미 연구원들이 가지고 내려온 실험기구들을 설치하고 얼음을 뚫고 해빙 시료를 채취하였다.

얼음 위를 이리저리 걷다가 무심코 한 곳을 보니 언제 다가왔는지 그리 멀지 않은 시야에 황제펭귄 무리가 들어왔다. 황급히 카메라 줌 렌즈로 당겨보니 보기에도 당당한 모습의 황제펭귄 9마리가 함께 모여 서 있었다. 사진과 비디오로 찍은 다음 천천히 걸어 다가가 보았다. 사진이나 다큐멘터리 영상에서 보는 것이 아닌 자연 상태 그대로의 살아 있는 펭귄들을 손에 닿을 듯한 거리에서 보다니! 쉬지 않고 고개를 도리도리 하는 놈도 있고 목을 수시로 길게 빼었다 움츠리는 녀석도 있고 자그만 앙

중맞은 두 날개를 좌우로 흔들거리며 몸을 비틀기도 하고 깃털을 다듬는지 고개를 푹 숙여 깃 속에 파묻은 녀석도 있다. 잠시 우리 주변으로 다가와 서성거리며 쳐다보더니 우리의 존재 따위는 안중에도 없는지 한 마리가 서서히 걸음을 옮기자 모두들 따라 간다. 한 마리는 뭐가 급한지 걷다가 갑자기 벌렁 배를 얼음 위에 깔고는 날갯짓을 하고 미끄러지며 노를 젓듯이 날개와 두 발을 저으며 기어간다. 앞서 가던 녀석들이 걸음을 멈추고 되돌아보고는 꽤액하고는 마치 나머지를 재촉하는 듯하자 모두 1열로 서서 점잖게 걸어간다. 그 모습이 마치 검은 턱시도를 잘 차려입은 신사가 양손을 호주머니에 찔러 넣고 무엇인가 생각에 잠긴 듯 고개를 끄덕이며 천천히 발걸음을 옮기는 것 같다.

외모를 보니 과연 남극의 신사 또는 황제라고 부를 만하다. 가까이서 보니 가슴과 배 부분의 깃털이 매우 깔끔해서 마치 나무로 잘 깎아 셀락 도장으로 마무리 한 것처럼 매끈하고 은은한 빛이 나며 털이 덮인 질감이 전혀 느껴지지 않는다. 귀 아래에서 머리 뒤쪽으로 향한 선명한 미나리아재비색의 노란 반점과 아래 부리의 분홍 아니면 주황색선이 분명하게 보인다. 두 발을 보니 보통의 새들과 약간 달리 발바닥이 넓고 두툼한데 발가락 끝에 아이젠 날처럼 길고 날카롭고 강하게 보이는 발톱이 달려있어 웬만큼 미끄러운 곳이나 급한 경사면에서도 얼음이나 눈을 꽉 움켜잡을 수 있게 되어 있다. 딱정벌레처럼 까만 두 눈은 카메라 렌즈 속을 들여다보는 것처럼 투명하고 그윽하고 깊이가 있었다. 이들은 약 100년 전 난데없이 쳐들어온 영악한 사냥꾼들이 부족한 고래 기름을 보충할 기름을 짜기 위해, 혹은 굶주린 탐험대가 자신들의 텅 빈 위장을 만족시키기 위해, 혹은 생물학자들이 과학의 미명하에 박물관에서 대중의 호기심을 충족시키기 위해 자기 조상들을 펄펄 끓는 기름 가마 속으로 밀어 넣고, 고기와 간을 스튜로 조리해 먹고, 가죽을 벗겨 박제로 만들었던 쓰라린 사실을 아는지 모르는지 아니면 알면서도 모든 것을 너그러이 용서했는지 자기네 영토에 무단 침입한 이방인들을 마치 자기 병사들을 사열하는 듯한 눈초리로 한두 번 쓰윽 훑어보고는 아랫사람을 너무 가까이 하는 것은 존엄한 황제의 위엄에 손상이라도 되는 듯 무심하게 갈 길을 가버렸다.

오늘이 고국을 떠난 지 만 한 달째이다. 지난 3월 20일 김해 공항을 출발하여 인천 국제공항에서 뉴질랜드 오클랜드(Auckland)를 거쳐 크라이스트처치(Christchurch) 공항에 도착한 다음 리틀턴 항(Lyttleton)으로 가는 장장 10,000킬로미터가 넘는 여행 끝에 아라온호에 승선하였다. 아라온은 이틀 동안 연료와 부식 등 필요한 물자를 선적하였다. 드디어 23일 호메로스가 읊었던 것처럼 자, 가자! 찬란한 대양으로 검은(아니 붉은) 배를 몰아 첫 항해를 떠났다. 리틀턴 항을 떠난 아라온은 순풍과 잔잔한 파도 속에서는 12–13노트의 자전거 타는 속도로 느긋하게, 포세이돈이 삼지창으로 바다를 사납게 휘젓고 노토스(Notos, 남풍의 신)가 심통 궂게 한 뺨 가득 큰 바람을 불어 바다를 뒤집어 놓았을 때는 글자 그대로 창해의 일속, 일엽편주같이, 롤러코스터를 탄 것처럼 상하로, 좌우로 정신없이 가랑잎처럼 흔들리면서 전 속력으로, 아니면 최저 속력으로 앞서거니 뒷서거니 저기압을 피해, 때로는 저기압 속에 갇혀 높이 약 10미터나 되는 무서운 파도의 골짜기를 황천 항해(荒天, 거친 날씨에 바다가 사나워져 있는 상태에서 항해하는 것)를 하면서 남태평양을 가로질러 끝이 보이지 않는 미로와 같은 마젤란 해협을 거쳐 '땅 끝(finnis terae)' 또는 '세상 끝(fin del mundo)'이라고 하는 칠레의 푼타아레나스(Punta Arenas)까지 8,519킬로미터의 대양을 16일 동안 통과하였다. 우리나라의 대척점인 남위 38도 우루과이 몬테비데오 남동 해상에서도 한참 더 남쪽으로 내려 온 남위 53도에 위치한 세상의 끝에서 알지 못할 우수와 북쪽을 향한 아련한 향수와 사랑하는 가족들에게로 돌아가고 싶은 강렬한 희망을 느끼며 한때는 번영했으나 지금은 쇠락한, 어딘지 모르게 처연한 느낌을 주는 푼타아레나스에서 이틀을 보냈다. 아라온은 마젤란 해협의 반대쪽을 거쳐 다시 대서양 쪽으로 빠져 나와 세계에서 가장 거친 바다라는, '귀족이 된 해적'으로 유명한 영국의 드레이크(Sir Francis Drake)의 이름을 딴 해협을 운 좋게(예전에 TV에서 보았는데 일제 강점기 때 울산의 포경선 작살포 포수였던 어느 노인이 말하시기를—남으로 한참 내려가모 어떤 바다가 있는데에 거기는 파도가 하도 세서 들어가모 얼반[반쯤] 죽심데[죽습니다].) 순풍 속에 무사히 통과하고 위도의 가로대를 계속 내려가 대서양의 따뜻한 바닷물이 차디찬 남극의 바닷물과 만나 진저리를 치는 남극수렴선(Antarctic Convergence)을 건너 드디어 4월 15일 남극 반도 서안의 남위 65도 45분, 서경 64도 31분에 위치한 비고 만(Bigo Bay)에 도착하였다.

목적지에 도착하는 데 하늘과 바다로 약 2만 킬로미터나 되는 이번 여행의 공식적 목적은 '2013 한—미 남극 웨델해 라르센 빙붕(Larsen Ice Shelf) 연구 항해'였다. 대한민국 국토해양부 산하 극지연구소 소속의 최첨단 쇄빙연구선 아라온호는 리틀턴 항에서 푼타아레나스까지는 선장 이하 승조원 28명, 아이스 파일럿(ice pilot, 빙해도선사) 1명, 선의(ship doctor) 1명, 도합 30명을 태우고 태평양을 횡단했으나 푼타에서 한미 연구원 36명과 연구용 헬기 운용팀 4명을 더 승선시켜 총 70명의 식구가 그야말로 '한 배를 타고(on the same boat)' 한 달간 간간이 보이는 푸른 하늘과 바다 외에는 순백의 얼음과 빙산밖에 없는 2진법의 단순한 세계를 누비고 다녔다. 이 탐사 연구의 목적은 크게 2가지였는데 하나는 '남극반도 빙붕 연안과 얼음 위에 빙붕 관측 시스템을 구축'하는 것이고 다른 하나는 '남극반도 빙붕 해역에서 일어나는 해양순환/생지화학/생물/미생물 연구와 과거의 빙붕 활동을 추적'하는 고해양 연구였다.

아라온이 남극 바다에 도착한 때는 남극에서는 겨울의 초입에 해당되어 해빙이 다시 형성되기 시작하였고 위성사진으로도 웨델해는 여름 내내 두꺼운 얼음으로 덮여 있어 접근할 엄두를 내지 못했다. 선장님께 들은 얘기로는 웨델해에는 큰 빙산이 너무 많아 특히 야간 항해 시에는 빙산에 충돌할 우려가 있으므로 위험하여 깊이 들어갈 수가 없어서 반대쪽 바다를 계속 이동항해하면서 실험과 연구를 한다고 하였다. 4월 17일 아라온은 남극반도 서안의 미국 파머(Palmer) 기지 옆의 비스코치아 만(Beascochea Bay)에 도착하였다. 오전부터 일기가 좋아 처음으로 헬기를 띄워 남극반도 동안의 기상과 모니터링 관측 설치 장소를 점검하고 돌아왔다.

에베레스트를 등반하는 사람들은 흔히들 '초모룽마(Chomorungma)'라고 원주민들이 부르는 '성스러운 어머니'가 자애로운 가슴을 열어 입산을 허락하는 경우에만 등정이 가능하다고 한다. 남극 바다도 마찬가지여서 아무리 최첨단 쇄빙선으로 얼음을 무자비하게 박살내면서 들어가려 해도 알지 못할 남극의 어머니(남극에 신이 있다면 그곳의 주인인 펭귄신이 아닐까?)가 허락하지 않으면 이 겨울의 초입에 완고한 얼음을 헤치고 선박들의 묘지인 웨델해로 진입하는 것은 꿈에도 꿀 수 없고 감히 용케 들어갔다 해도 퇴로가 막히면 다음해 얼음이 녹을 때까지 꼼짝없이 얼음 속에 갇혀 있어야만 한다. 그런데 뜻밖에도 신기한 일이 일어났다.

위성사진에 여름 동안 내내 두꺼운 얼음으로 덮여 있었던 라르센 빙붕

(Larsen Ice Shelf) 해역에 마치 우리들을 들여보내주기 위해 신이 자비를 베풀어 주먹으로 살짝 내리친 것처럼 얼음 위에 날카로운 가장자리를 가진 선명한 틈새가 보였던 것이다. 그리하여 천재일우의 이 기회를 틈타 용감하고 노련한 우리 탐험대는 4월 18일 남극반도 서안을 출발하여 얼음을 부수며 쇄빙항해를 한 끝에 오늘 드디어 이곳 웨델해의 해빙에 도달하였다.

약 30분을 얼음 위에서 이리저리 걸어 다녔더니 얼음 표면이 약간 물기가 돌면서 축축하고 훨씬 더 미끄러워졌다. 잠시 후 모두 배 위로 돌아간다 하여 캠코더로 다시 한 번 동영상을 찍은 후 아라온으로 돌아왔다. 이날 마침 기온도 온화하고 바람도 거의 불지 않았다. '욕궁천리목하여 갱상일층루'(慾窮千里目 更上一層樓, 천리 너머를 보려고 누각을 한 층 더 올라간다; 당나라 시인 왕지환의 시 '관작루에 올라[登觀雀樓]' 중의 한 구절)라 일망무제한 얼음 평원을 다시 보려고 아라온 맨 위층인 브리지 위의 컴퍼스 데크로 올라갔다.

아라온 주위로 360도를 둘러보아도 끝 간 데를 모르고 펼쳐진 하얀 얼음뿐이었다. 눈앞에 보이는 빙원의 상상을 초월하는 그 광대함, 허허로움, 고적함, 순수함을 대하니 자연의 위대함 앞에 인간세상의 모든 시비선악은 글자 그대로 달팽이 뿔 위에서 아웅다웅하는 것같이 보잘 것 없게 생각되었다. '얼음은 누구의 태에서 났느냐? 공중의 서리는 누가 낳았느냐? 물은 돌같이 굳어지고 바다의 수면이 얼어붙느니라'는 구약성서 욥기의 구절처럼 이 어마어마한 얼음은 대체 누가 만들었는가? '빛이 있으라'라고 한 때의 모습과도 같은 이 풍경은 과연 태초에 하나님이 창조하였는가. 그렇다면 이런 자연을 창조한 인텔리전트 디자이너 (intelligent designer)가 과연 존재하는가 아니면 글자 그대로 스스로 그러한 자연(自然)인가. '모든 것은 신들로 가득 차 있다'고 말한 밀레토스의 탈레스처럼 자연 현상에서나 인간 세상에서 그들이 경험하는 모든 경이롭고 두려운 대상에 '신적(theos)'이라는 말을 했던, 바다라고는 지중해(Ho Pontos, 통로 또는 도로)와 흑해(Ho Pontos Euxeinos, 손님에게 관대한 바다)밖에 몰랐던 고대 그리스인들이 상상을 초월하는 이 얼음바다를 보았다면 틀림없이 아프로디테나 아레스같은 신의 이름을 부여하고 무한한 상상의 나래를 펼쳤을 것이다. 얼음 바다뿐 아니라 이곳의 주인인 황제펭귄도 '로도닥틸루스 에오스(rhododactylus eos= rosy-fingered dawn, 장밋빛 손가락을 가진 새벽의 여신)'처럼 멋진 수식어를 가진 신의 이름을 얻었으리라. 화가들에게 흰색과 약간의 푸른색 물감만 주고 그림을 그려보라고 한다면 어떤 그림을 그릴까? 삶을 있는 그대로 바라보고 대상에서 받은 자기의 느낌을 그대로 그렸던 인상파 화가들, 특히 모네와 고흐라면 이 엄청난 백지(Tabula Rasa)를 보고 어떤 색을 칠했을까 하는 생각이 났다. 반대로 화가는 순간의 빛과 그림자를 그대로 재현하는 사람이 아니라 환상 속의 비경을 자유롭게 묘사하는 사람이어야 한다고 주장했던 프랑스의 상징주의 화가 르동이라면 이곳의 얼음 바다를 보고 어떤 환상적인 그림을 그렸을까 하는 생각도 났다.

지평선 너머로 끝없이 이어지는 하얗고 푸르스름한 빙원을 보고 있노라니 문득 한 세기 전 세계 최초로 남극대륙 종단 탐험에 나섰다가 목적지를 불과 150킬로미터 앞두고 그들이 타고 온 배가 바로 이 웨델해의 가차 없는 부빙에 포위당해 꼼짝 못하게 갇힌 채 얼음과 함께 속수무책으로 표류하다가 마침내 양쪽에서 옥죄는 부빙의 엄청난 압력을 견디지 못해 굉음을 내며 쪼개진 배를 버리고 탈출한 뒤 거대한 맷돌 위의 곡식 한 톨처럼 부빙과 함께 북쪽으로 서서히 움직이면서 차디찬 얼음 위에서 두 번의 캠프 생활을 한 뒤 남극반도 끝부분의 엘리펀트 섬에 간신히 상륙했다가 28명 중 22명의 대원을 남겨두고 6명이 케어드호(Caird)라는 조그만 보트를 타고 16일 동안 드레이크 해협의 히스테리 발작을 일으킨 것 같은 사납고 거친 풍랑과 사투를 벌이며 마침내 1,400킬로미터 떨어진 사우스조지아 섬에 도달하여 522일 만에 그들이 떠났던 섬에 다시 두 발을 간신히 디뎠던 인듀어런스호(Endurance) 탐험대와 그 탐험대의 전설적 지도자 어니스트 섀클턴(Ernest Shackleton)이 생각났다. 가파른 얼음 이랑 위로 썰매 위에 얹어 놓은 보트를 사력을 다해 끌고 가는 대원들의 모습이 지평선 위로 떠올랐다. 그와 함께 당시 '해가 지지 않는다'는 대영제국의 명을 받고 남극점 정복에 나섰다가 천신만고 끝에 남극점에 도달했으나 실망스럽게도 노르웨이의 아문센에게 최초의 영예를 빼앗긴 뒤 귀환 길에 올랐다가 로스 빙붕 위에서 4명의 동료와 함께 '영국인답게(like British)' 비장한 최후를 마쳤던 테라노바호(Tera Nova) 탐험대장 스콧(Robert Falcon Scott)의 모습도 떠올랐다. 또한 황제펭귄을 너무나 사랑한 나머지 이들과 파충류와의 진화상의 연결고리를 발견하려고 스콧 탐험대에 동참하였던 선의이자 박물학자이며 몽상가이고 관대한 마음을 가졌던 신비주의적 기독교인이었던 에드워드 윌슨(Edward

Wilson)도 생각이 났다. 이들의 죽음과 함께 소위 '남극 탐험의 영웅시대 (Heroic Age of Antarctic Expedition)'는 역사의 뒤안길로 사라졌으나 만난을 극복한 그들의 불굴의 의지와 투혼은 전설을 넘어 신화적 성격을 띠고 수많은 저작물 속에 생생하게 재현되어 있다.

그로부터 100년 뒤 오늘 나는 세계 최첨단을 자랑하는 대한민국 쇄빙연구선 아라온호 선상에서 인간이 감히 범접할 수 없는, 그러나 한편으로는 바로 그 보잘것없는 인간들에 의해 사라질 수도 있는 위험에 처해있는 이 극한의 지역으로 들어와 평생에 한 번 보기 어려운 이 장관을 마음껏 즐기고 있는 것이다. 눈앞에 끝없이 펼쳐진 장쾌한 빙원과 수평선상의 빙산들을 바라보고 그 너머로 불고 있을 아득한 무음의 블리자드를 생각하니 그야말로 소이유목빙회(所以遊目騁懷)가 족이극시청지오(足以極視聽之娛)하니 신가락야(信可樂也)라(눈을 놀리며 마음 가는대로 생각을 달려 보고 듣는 즐거움을 마음껏 누리기에 충분하니 참으로 즐길 만한 것이라, 왕희지의 난정집서(蘭亭集序)의 한 구절). '산의 영혼'과 '꽃의 계곡'을 저술한 영국의 산악인이자 저술가인 프랭크 스마이드(Frank. S. Smythe)는 다음과 같이 말하고 있다. '자연은 우리들로부터 멀리 떨어져 있는 것도 아니고 훈련으로 정복되어야 하는 대상도 아니다. 그것은 우리들의 한 부분이며 만물에 이어진 아름다운 장엄이다... 다만 감사하고 겸허한 마음으로 방문하도록 해야 한다.' 나는 아라온 선상에서 세상에서 가장 순수하고 깨끗한 공기로 나의 폐를 마음껏 채우며 이 무한한 얼음 위에 퍼져 있는 영겁의 고요에 귀를 기울이고, 그 텅 빈 공간을 채우고 있는 충만함을 가슴 가득 느끼며 인간의 침범이 허용되지 않는 신의 영역에 접근을 허용해준 데 대해 감사하는 마음으로 하늘을 향해 두 팔을 쭉 뻗고 기도를 올렸다.

눈앞에 끝없이 펼쳐진 장쾌한 빙원과 수평선상의 빙산들,
그 너머에 불고 있을 아득한 무음의 블리자드를 생각한다.

목차

바다의 외과의사(Sea-surgeon)를 꿈꾸다

2013년 2월 말로 근무하던 병원을 그만두고 잠시 쉬고 있던 중 어느 날 인터넷상의 의사 초빙 광고를 살펴보다가 한 군데 광고가 눈에 띄었다. 부산의 어느 병원에서 낸 광고였는데 남극에 가는 극지연구소 소속 쇄빙선 아라온호에 승선할 의사를 구한다는 내용이었다. 선의가 되어 배를 타고 남극에 간다! 곰곰 생각할수록 호기심이 발동하여 전화를 했더니 광고를 낸 병원 원장님이 자기는 STX 회사의 부탁을 받고 광고만 냈을 뿐 자세한 사항은 회사로 알아보라며 전화번호를 하나 가르쳐주었다. 다시 그리로 전화했더니 거기는 STX 마린 서비스라는 STX 그룹의 자회사로 자기네들이 남극으로 가는 쇄빙선 아라온호 운항을 위촉받아 항해를 관리하며 선원들을 위한 의사 선생님을 초빙한다고 하였다. 내가 외과의사라고 하니 담당 대리는 반가워하며 꼭 한 번 들러달라고 하였다.

아내와 상의한 뒤 다시 알아보니 3월 20일 김해 공항을 출발하여 인천 공항에서 뉴질랜드로 가서 아라온호에 승선하여 칠레의 푼타아레나스란 곳까지 항해한 뒤 거기서 한국과 미국의 극지 및 해양과학자들을 승선시킨 후 남극해로 들어가 한 달 가량 이동항해를 하면서 연구를 하고 남극 세종 과학기지로 가서 연료와 필요한 물자를 보급한 뒤 다시 칠레로 돌아와 거기에서 적도를 거쳐 북태평양을 대각선으로 횡단하여 여수나 광양항으로 6월 20일 경 귀환한다 하였다.

'호기심이 고양이를 죽인다(Curiosity kills the cat)'는 말이 있듯이 한 번 호기심이 생기자 이 좁은 땅덩이 위에서 평생을 살아왔으니 '인생은 의미 있는 것이며 이 의미를 찾는 것이 나의 양식이고 음료수'라고 말한

일상적인 환경의 소용돌이로부터 벗어나
드넓은 바다로 나아가 지구 맨 밑바닥의 얼음의 제국을 만나는 일.

아라온은 3개월간의 하늘과 바다의 여정을 앞두고 있다.

브라우닝이 떠올랐다. 이제라도 내 주위와 내 마음 속의 혼돈과 일상적인 환경의 소용돌이로부터 벗어나 드넓은 바다로 나아가 지구 맨 밑바닥까지 가서 차디찬 얼음의 제국을 한 번 둘러보고 오는 것도 의미 있는 일이라 생각되었다. 시중에 우리가 사는 이 아름다운 푸른 혹성의 구석구석을 다녀온 별별 여행기가 넘쳐흘러도 남극의 얼음바다를 여행한 기록은 찾아보기 어렵고, 더구나 시간적 경제적 여유가 있다고 언제든지 아무나 갈 수 있는 관광여행도 아니고 무작정 놀러 가는 것도 아니고 일도 하면서 천하의 비경을 구경하고 게다가 금상첨화로 급여까지 적지 않게 받고 가는 것이니 '여행은 언제나 돈의 문제가 아니고 용기의 문제다.'라고 말한 파울로 코엘료의 말처럼 용기를 내어 떠나면 그만인 것이다. 단지 아쉬운 것은 사랑하는 가족들과 3개월 정도 헤어져 있는 것인데 'Out of sight out of mind'라고 해도 영원히 헤어지는 것은 아니니(영원한 이별의 가능성도 결코 완전히 배제할 수 없지만) 잠깐의 이별은 문제가 되지 않을 것이다.

마음을 정하고 메일로 이력서를 보낸 뒤 STX 마린 서비스 회사로 담당자를 찾아갔다. 담당 여성 대리는 먼저 지원한 의사들이 몇몇 있지만 외과 의사가 가신다면 당연히 제일 환영이라 하였다. 상급자인 팀장은 내게 배를 타 본 적 있느냐고 물었다. 짧은 일정의 패키지 관광 크루즈 선과 일본 가는 여객선을 탄 적이 있다고 하니 그런 배들과는 많은 차이가 있다고 하였다. 또 아라온호는 한번 출항하면 적어도 3개월은 바다에 떠 있으므로 필요한 식자재를 한꺼번에 선적하기 때문에 시간이 갈수록 아무래도 신선도가 떨어진다 하며 음식에 까다로운지 조심스레 물어보았다. 또한 배가 전후좌우로 많이 흔들리기 때문에 멀미도 생각보다 심할 것이라 하였다. 나는 그런 자질구레한 것에 신경 쓴다면 아예 지원하지 않았을 것이라고 대답하였다. 미국 연수 시절의 38일 동안의 대륙 횡단 자동차 여행을 비롯하여 여러 차례의 소위 패키지 관광여행을 다녀 본 경험에 의하면 여행, 특히 해외여행에서 가장 중요한 것들 중 하나는 잠자리와 음식과 만나는 사람들에 대해 까다롭지 않아야 하는 것인데 나는 그런 것에는 전혀 구애를 받지 않았다.

그리하여 3개월 승선 계약을 하는데 정규직이 아니므로 아마도 회사의 업무 편의상 내가 개인 사업자 등록을 하여 STX 마린 서비스와 의료 용역 형태의 계약을 하게 되었다. 회사에서 일러준 대로 세무서에 가서 부가가치세 면세 사업자로 개인사업자 등록을 하였다. 사업자 상호를 무엇으로 할지 고민하다가 내 역할이 선의이므로 외과의사의 의미를 덧붙여 씨서전(sea surgeon)으로 상호를 정했다. 그리하여 3개월의 한시적 씨서전이 된 내 앞에는 왕복 4만 킬로미터에 달하는 하늘과 바다의 여정이 기다리고 있었다.

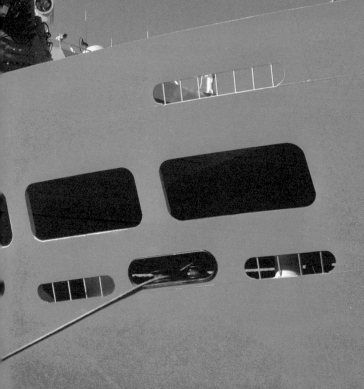

3월 20일

드디어 아라온호에 오르다

아침 9시에 기상하여 준비를 하고 9시 50분에 집을 나섰다. 큰 여행 가방 한 개에 짐을 담고 카메라 가방과 캠코더 케이스를 들고 등산 배낭 한 개에 랩탑 컴퓨터와 나머지 짐을 넣었다. 옷가지는 남극이 얼마나 추운지 실제 경험해 본 적이 없으므로 우리나라 가을, 겨울 등산에 맞추어 준비하였다. 10시 15분 아내와 함께 김해 공항행 리무진 버스를 탔다. 11시 10분경 김해 공항에 도착하였다. KAL 카운터로 가서 예약번호를 댔더니 카운터 직원은 친절하게 김해와 인천에서의 KAL 좌석을 복도 좌석으로 지정해 주었다. 아내와 작별하고 드디어 장도에 올랐다.

1시 20분 경 인천 공항에 도착하여 3층 국제선 출발 KAL 19번 카운터로 가서 인천 공항에서 같이 출발하는 아라온호 승무원들을 만났다. 전자장과 1등 기관사와 나머지 세 분이었다. 잘 부탁한다 하고 서로 인사를 나누었다.

4시 30분에 탑승을 시작하였다. 드디어 오후 5시 우리 일행을 태운 뉴질랜드 오클랜드행 KAL 129편 보잉 747 점보기는 인천 공항 활주로를 사뿐히 박차고 태평양을 향해 날개를 활짝 폈다. 앞좌석 등받이 뒤에 부착된 LCD 모니터를 통해 운항정보를 보니 오클랜드까지 비행거리가 9,067킬로미터라고 쓰여 있었다. 잠시 후 기장의 안내방송이 비행시간이 10시간 30분이라 하였다. 음료수로 오렌지 주스를 한 잔 마신 후 레드 와인 한 잔을 마셨다. 점심 식사로 곤드레 비빔밥 기내식을 먹었다. 캔 맥주 1개를 곁들여 마셨더니 긴장한 뒤의 피곤함 때문인지 눈꺼풀이 스르르 감기며 곧 잠에 빠져 들었다.

깜박 졸다가 깨어서 운항정보를 보니 부산을 지난 후 일본 쿠슈 옆을 통과하는 중이었다. 자랑스런 우리의 날개 KAL 점보기는 그 후 괌을 지나 요즘 복 많은 신세대들의 인기 있는 신혼여행지라고 하는 뉴칼레도니아를 거쳐 망망대해 태평양을 비스듬히 가로질러 뉴질랜드 오클랜드 국제공항에 현지 시각으로 3월 21일 목요일 오전 9시경 사뿐히 날개를 접었다. 막상 현지에 와 보니 듣던 바와 달리 기온이 영하가 아니고 우리나라 늦봄이나 초여름 날씨였다.

입국심사장을 통과한 뒤 일행과 나와서 꽤 먼 거리를 걸어서 국내선 타는 곳으로 향했다. 1기사가 대표로 일행 모두의 티켓을 끊었다. 잠시 기다리는 동안 Bach Ale House and Cafe라는 카페에서 스낵을 시켜 요기를 하였다. 카페 간판에 웬 바하가 등장하는가 의아해 하였는데 카페 안쪽에 생맥주 파는 코너가 있었는데 Bach의 의미를 설명한 단어들이 재미있었다. 요컨대 소위 슬로 라이프와 행복한 순간을 맛보게 해주는 일상의 자잘한 요소들이었다.

현지 시각으로 오전 10시 40분에 탑승을 시작하였다. 에어 뉴질랜드 항공의 보잉기는 오클랜드 공항을 이륙하여 비스듬히 섬을 가로질러 동쪽 아래로 향했다. 비행 도중 창을 통해 뉴질랜드 주위의 태평양과 뉴질랜드의 장관이 펼쳐졌다. 약 2시간 정도 걸려 비행 최종목적지 크라이스트처치(Christchurch) 공항에 도착하였다.

공항에 마중 나온 현지 에이전트의 차에 짐을 싣고 우리는 아라온호가 정박해 있는 리틀턴(Lyttelton)항으로 향했다. 가는 도중 창밖을 보니 풍광이 미국 플로리다에서 보던 것과 흡사하였는데 다만 여기는 산이 있는 것이 플로리다와 달랐다. 산 위에 예쁜 집들이 많이 보였는데 대부분 별장이라고 하였다. 3년 전 이곳에 큰 지진이 발생하여 큰 혼란이 있었다고 하며 아직 피해 지역은 완전히 복구되지 않았다 한다. 크라이스트처치는 뉴질랜드 남 섬의 동쪽 해안가에 위치하고 있으며 뉴질랜드 인구의 10% 가량이 이 도시에 거주한다고 한다. 종교적인 이름과는 달리 상업과 물류 및 남극 전초 항구로서의 기능이 발달한 도시이다.

드디어 리틀턴항에 도착하였다. 여느 상업 항구와 마찬가지로 목재를 비롯한 여러 가지 수출입 물량이 산적되어 있고 지게차들이 분주하게 다니는 가운데 한쪽 부두에 정박해 있는 흰색과 주홍색의 선체를 가진 아라온호가 보였다. 장장 1만 킬로미터가 넘는 여행 끝에 마침내 아라온호에 도착하였다.

아라온은 깨끗하게 단장된 모습으로 이제 곧 태평양과 마젤란 해협과 드레이크 해협과 남극해의 거친 바다를 헤쳐 나갈 각오가 된 듯이 숙연한 모습으로 다소곳이 부두에 서 있었다. 부두 쪽으로 보이는 선체의 우측을 일견해 보니 마치 매우 공들여 조립한 모형 배를 크게 확대해 놓은 것처럼 각 부분이 매우 정교하고 섬세하게 만들어져 있었다. 하얀 페인트로 쓴 아라온(ARAON)이란 영어 및 한글 선명이 또렷한 주홍색 선체가 파란 바닷물과 그리고 오염 없는 쾌청한 하늘과 좋은 대비를 이루고 있었으며 눈처럼 하얗게 새로 칠한 선수루 부분은 소박하고 검소하게 보였고 그 위의 브리지 부분은 사방으로 큼직큼직한 창들이 나란히 나 있어 보기에도 시원해 보였다. 선수 맨 앞쪽에 옛날 갈레온선 같았으면 바

부두에 다소곳이 서 있는 아라온은
이제 곧 시작될 항해를 각오하듯 숙연하다.

하얀 페인트로 쓴 아라온(ARAON)이란 영어 및 한글과
선명한 주홍색 선채가 파란 바닷물과 하늘과 좋은 대비를 이루고 있다.

람에 부푼 각종 이름의 삼각, 사각 돛을 멋지게 달고 있었을 마스트가 우뚝 서있고 맨 꼭대기에 작은 프로펠러 비행기 모양의 풍향계가 바람에 빙글빙글 돌고 있었다. 마스트 오른 쪽으로 노란색의 억센 로봇 팔 같은 크레인이 서 있었다. 3층 갑판 위의 굴뚝에는 지구 도형의 북극 위에 KOPRI라고 청색 페인트로 큼직하게 써 놓았고 그 아래에 Korea Polar Research Institute(대한민국 극지 연구소)라고 당당하게 적어놓아 보는 이로 하여금 뿌듯한 자부심을 느끼게 해 주었다. 2층 갑판 중간쯤에 선체와 같은 주홍색의 구명정과 그 옆에 특전사와 해병대원들이 타고 다니는 것 같은 남극세종 과학기지라고 흰 글씨가 적혀 있는 검은 고무보트 한 척이 매달려 있었다.

배에 올라 선의실로 안내를 받았다. 생각보다 큰 선실인 선의실에 짐

을 풀고 진료실과 수술실을 둘러 본 다음 건물로 치면 1층에 해당하는 메인 데크(main deck)의 식당으로 가니 마침 선장님과 극지연구소 소장님과 극지안전팀장님이 계셨다. 내 소개를 하고 인사를 나누었다. 나중에 들으니 두 분은 지역 유지들과의 오찬에 참석하기 위해 일부러 한국에서 먼 길을 오신 터였다.

　배를 잠시 둘러 본 다음 선장실로 가서 선장님과 얘기를 나누었다. 선장님은 해양대학교 출신이며 아라온호를 타기 전에는 330미터 길이의 큰 상선을 탔다고 하였다. 아라온호는 국가기관의 선박이며 매스컴에 널리 알려진 유명한 배라서 이곳의 선장 역할은 생각보다 조심스럽다고 하였다. 내가 특별히 주의할 것이 있느냐고 물었더니 의무실만 잘 관리하면 된다고 하였다.

3월 23일

대항해의 시작,
대양으로 향하다

3월 23일 토요일, 날씨 맑음.

오전 10시경 브리지에 가 보았더니 출항 준비를 하고 있었다. 오전 11시경 선장님과 현지 도선사와 다른 항해사가 협력하여 아라온호를 출항시켰다. "올 스테이션 스텐 바이"라는 항해사의 힘찬 목소리가 스피커를 통해 선내에 울렸다. 선수와 선미의 스러스터에서 쏴하고 세찬 물살이 쏟아져 나왔다. 아라온이 천천히 부두에서 멀어지는 동안 현지 에이전트 일행이 부두에서 작별의 인사로 손을 흔들어 주었다.

드디어 출발이다. 호메로스가 읊었던 것처럼 자, 가자! 찬란한 대양으로 검은, 아니 붉은 배를 몰아 첫 항해를 떠나자. 마침내 3개월 동안 이어질 아라온의 오디세이가 시작되었다.

아라온호는 서서히 내항을 빠져 나왔고 조금 있다 파일럿이 선장님과 작별 인사를 하고 나갔다. 부두를 빠져 나오자 여러 척의 요트들이 아라온 앞으로 지나다녔다. 선장님은 요트에 신경을 쓰면서 이리 저리 지시를 했다.

내항을 벗어나 시야가 탁 트인 너른 바다로 나오자 자동 항법으로 바꾸었다. 3항사에게 물어보니 아라온은 하루에 약 500킬로미터 정도 항해한다고 하며 크라이스트처치에서 푼타아레나스까지는 8,519킬로미터이며 약 16일 걸리는 여정이 될 것이라 하였다. 자동 항법 장치로 항로만 지정해주고 바람과 파도는 예측할 수 없으므로 수시로 항로를 체크하여 바로잡아 준다고 하였다. 해도를 보니 현재 위치가 남위 43도 36분, 동경 172도 42분이었다.

브리지에서 나와 각층 갑판을 따라 맨 아래 층 갑판으로 나왔다. 아라온은 잉크를 풀어놓은 듯 짙푸른 코발트색 바다를 헤치며 웅웅하는 기관음을 내며 간혹 빠앙하고 경적을 울리며 날렵하게 앞으로 앞으로 나아간다. 바람은 잔잔하며 먼 바다에 간간히 흰 파도가 보인다. 배 양 옆으로 바다가 마치 사이다 병마개를 금방 따 놓은 듯 흰 포말을 일으키며 갈라지고 시원한 파도를 일으킨다. 배 후미에서 바라보니 두 개의 스크류에서 밀어내는 물거품들이 쉴 새 없이 꿍음을 내며 밀려나간다. 바다도 잔잔하여 배는 '제우스의 순풍을 안고 빨리 달리는 균형 잡힌 배들처럼' 아주 리드미컬하게 물결을 따라 움직인다.

오늘 드디어 내 평생에 처음이자 마지막일지 모르는 대항해의 돛을 올렸다. 우리나라 남해안 한려수도, 현해탄과 대한해협, 카리브 해와 지중해, 북유럽의 잔잔한 내해와 연안을 운항하는 배는 타 보았지만 본격적인 태평양은 처음이다. 과연 태평양이 마젤란이 말했던 것처럼 '편안한 바다(Mar Pacifico)'일지 아니면 언제 모든 레비아단들이 요동치고 바람과 파도가 흉흉한 혼돈의 바다로 변할지 두고 볼 일이다. 잔잔한 호수에서 요트나 타는 사람은 결코 훌륭한 항해사가 될 수 없다고 했으니 이왕 바다에 나섰으니 어떤 어려운 일도 당당히 헤쳐나가리라 마음을 단단히 먹었다. 그리고 메인 데크 후미에 서서 저 멀리 수평선 아래로 지는 붉은 해를 한참 동안 바라보았다.

광막한 푸른 바다를 바라보니 옛날 아폴로 우주선의 우주인들이 촬영했던 지평선 아닌 월평선 위로 떠 오른 지구의 컬러 사진이 떠올랐다. 그 사진에 나타난 지구는 놀랍게도 푸른색이었다. 그리고 그 푸른색은 다름 아닌 지구의 바다색이었다. 달이 노랗거나 때로는 창백하게 빛나는 흰색이고 태양이 이글거리는 시뻘건 불덩이이고 화성이 교과서에서 배운 대로 까마득하게 먼 하늘에서 어렴풋이 빛나는 붉은색 별이었다면 지구는 아름다운 푸른 사파이어색 별이었다. 그 아름다운 모습은 당시 중학생이던 내게 하나의 충격이었다. 구글 어스(Google earth)를 보면 지구 표면을 덮고 있는 약간의 흰 구름만 제외하고는 지구의 대부분은 푸른 바다로 이루어져 있음을 알 수 있다.

지구는 실제로 표면의 70% 이상이 푸른색의 바다로 이루어진 '푸른 행성'인 것이다. 이처럼 바다를 생각할 때 우선적인 것은 그 공간의 거대함이다. 5대륙을 포함한 지구의 모든 육지를 다 합해도 태평양 하나를 메울수 없는 이 거대한 공간에 채워진 바닷물의 규모는 엄청나다. 여러 책에나타나 있는 수치를 훑어보면 지구상에 존재하는 물의 97%는 바다에 있고 2% 정도가 빙하와 만년설의 형태로 존재하며 비, 눈, 구름의 형태로존재하는 물은 0.3%에도 미치지 못한다. 뿐만 아니라 육지에 있는 강과호수의 담수는 0.02%에 불과하다. 나이아가라 폭포를 구경했을 때 5대호의 하나인 이리호만해도 남한 땅덩어리가 그 안에 다 들어간다는 설명에 입이 딱 벌어졌다. 우주에서 본다면 그 큰 호수들도 바다에 비하면 조그만 점에 불과할 것이다. 그 위에 떠 있는 아라온과 그 속의 자그만 선실에 있는 나는 현미경으로나 찾아보아야 할 크기일 것이다.

처중인지소오(處衆人之所惡, 뭇사람들이 싫어하는 낮은 곳에 처하기를 좋아한다)

고기어도(故幾於道, 그러므로 도에 가깝다)

노자는 『도덕경』에서 물의 덕을 칭송하였다. 20여년 전 내가 잠시 개업했을 때 병원 근처의 은행에 군계주수해능용(郡溪注水海能容, 뭇 시내가 물을 따라 부어도 바다는 능히 받아들인다)이라고 멋진 해서체로 쓴 액자가 벽 한쪽에 걸려 있었다. 바다는 도시의 생활하수, 공장에서 흘러드

는 산업폐수, 농축산폐수 등 인간 활동으로 인한 온갖 폐기물을 받아들이지만 자정작용을 통해 오염물질을 깨끗하게 처리한다. 바다는 자기에게 해를 가하는 모든 물질들을 받아들여 함께 출렁인다. 바다는 넓은 아량을 가진 군자와 닮았다. 바다의 이런 정화력은 미움, 시샘, 증오 같은 감정도 녹여낼 수 있는 것이다.

시인은 다음과 같이 노래하였다.

이 세상 가장 낮은 곳에 바다가 있네
낮은 곳 낮은 곳으로 내려가는
모든 하수구 아래 바다가 있네

-김성식, 〈이 세상 가장 높은 곳에 바다가 있네〉 중에서

노자가 말한 것처럼 물은 항상 자신을 겸손하게 낮춤으로써 오히려 아니 올라가는 곳이 없으며 자신을 비하함으로써 더러운 시궁창까지도 갈 수 있으며 다투지 않으면서도 가는 곳마다 모든 곳을 이롭게 하며 수평을 지향하여 마침내 바다에 이르러 평형을 유지한다. 즉 바다는 물의 덕을 완성한 것이다.

외과 레지던트 시절 어느 날 대학 병원 정문 옆에서 파리를 날리며 앉아 있던 사주보는 할아버지에게 호기심 삼아 사주를 보았는데 그 노인이 내 이름을 음양오행으로 풀이하였노라고 하면서 내 이름에 수기(水氣)가 부족하니 앞으로 물가에 살아야 할 것이라고 하였다. 그 말이 맞는지

는 몰라도 전문의 과정을 마친 뒤 개업과 봉직의로 근무했던 곳은 거의 다 해변가였다. 하다못해 군의관 시절도 내 뜻과는 전혀 관계없이 소록도와 삼천포 바닷가에서 근무하였고 온 가족을 데리고 미국으로 병원 연수를 가 2년 3개월 동안 살았던 곳도 미국의 베니스라고 하는 플로리다주 포트로더데일(Fort Lauderdale)이었고 지금 내가 사는 곳도 한국 팔경 중의 하나인 해운대이다. 그런데 이제는 태평양을 건너 남극까지 가야 한다니. 아직도 내 몸에 물기가 모자란단 말인가! 그렇다면 이번에는 지구 면적의 반이 넘는 넘실대는 태평양을 건너 남극까지 가서 전 지구의 수기를 다 받고 돌아와 보자. 이는 아마도 노자가 말 한대로 상선(上善)은 약수(若水)라 아름다움의 으뜸은 물과 같으니 즉 가장 아름다운 인생은 물처럼 사는 것이라. 대양의 수기를 받은 뒤에는 노자가 말한 수류육덕(水流六德), 즉 물이 가진 여섯 가지의 덕, 즉 낮은 곳을 찾아 흐르는 '겸손', 막히면 돌아갈 줄 아는 '지혜', 구정물까지도 받아주는 '포용력', 어떤 그릇에도 담기는 '융통성', 바위도 뚫는 '인내와 끈기', 그리고 유유히 흘러 바다를 이루는 '대의'를 배우는 기회를 내게 주신 것이 아닌가 생각되었다.

구름과 파도 사이를 건너
태평양을 항해하다

3월 25일 월요일, 날씨 맑고 흰 구름.

8시에 기상하여 샤워 후 메인 데크의 식당으로 내려가 우유에 탄 콘플레이크와 애플 시나몬 요거트 한 개로 간단히 아침 식사를 하였다. 식당에서 봉걸레를 빌려와 선의실과 진료실 및 수술실을 깨끗이 청소하니 마음과 몸이 다 상쾌하였다.

선의실의 현창으로 보니 수평선이 오르락내리락하고 있다. 발밑으로 천천히 까딱거리는 목마를 탄 듯 부드럽게 상하로 흔들리는 아라온의 밑바닥의 느낌이 전해져 온다. 나는 복도를 걸을 때 걸음걸이가 가벼우면서도 흔들리는 것을 알았다. 다리는 약간 벌린 채로. 배를 탄 지 사흘밖에 되지 않았는데 내 몸이 벌써 흔들림에 적응된 것 같았다.

배 위에서는 모든 세상이 흔들거린다. 바쁘고 정신없이 돌아가는 육지에서는 결코 맛볼 수 없는 유쾌한 흔들림이다. 내면 깊은 곳의 가볍고 즐거운 리듬을 느낄 수 있는 흔들림이다. 그렇지만 흔들리는 가운데에도 항상 직립을 유지하도록 정신을 차려야 한다. 마치 육지의 생활에서도 확고한 주관이 없으면 세상에 흔들리듯이.

선의실은 2층에 위치해 있는 조그만 선실이다. 대여섯 평 되는 방안에 이중 서랍이 달린 적당한 크기의 침대가 있고 냉장고 1대와 옷장용 목제 캐비닛이 한 개 있다. 반대쪽으로 자그만 책상이 있고 한편에 화장실 겸 미니 샤워 부스가 있다. 캐비닛 아래 서랍에는 'personal survival kit'라고 부르는 응급 상황시의 개인 생존 장비가 가방 속에 봉인된 채로 들어 있는데 비상 상황이 아니면 뜯어보지 말라고 적혀 있다. 시키는 대로 할

테니 퇴선 명령이 내려 저것을 뜯어야 할 상황이 오지 않기를. 그리고 빨래 말리는 행거가 하나 있는데 늘 흔들거리다가 쓰러지므로 나는 그것을 아예 바닥에 눕혀 놓아버렸다. 처음에는 가져온 옷가지며 짐을 캐비닛

안에 차곡차곡 넣어두었는데 어느 순간 문을 열 때 앞으로 왈칵 쏟아진 후로는 아예 원래 가져왔던 짐가방 안에 그대로 단정하게 넣어두고 지퍼를 닫아 놓았다.

바다 쪽으로 면한 벽에는 텐트의 창처럼 동그란 현창이 하나 나 있다. 이 창의 커튼을 젖히면 시시각각으로 색깔이 변하는 하늘과 바다와 수평선이 마치 동그란 액자 속에서 살아 움직이는 것 같았다. '이른 아침에 태어난 장밋빛 손가락을 가진 새벽의 여신'과 한낮 '고공의 아들 헬리오스'의 광선에 비친 샤프란 및 코발트빛 바다와 해거름에 찬란한 빛을 뿌리며 수평선 아래로 장엄하게 내려가는 아폴론의 황금마차에 반사된 포도주빛 바다. 태평양을 액자 속에 걸어두고 수시로 감상하는 것도 육지에서는 결코 맛볼 수 없는 색다른 경험이었다. 정지용 시인은 '해협'이란 시에서 '포탄으로 뚫은 듯 동그란 선창으로/눈썹까지 부풀어 오른 수평이 엿보고/하늘이 함폭 나려앉아 크낙한 암탉처럼 품고' 있다고 읊었다.

갑판으로 나가니 시원한 해풍이 부드럽게 온몸을 감싸며 스며 나온 땀

을 시원히 말려준다. 하늘에는 커다란 흰 구름들이 떠다니는데 수평선과 연하여 약간 회색 구름이 끼어 있다. 바닷물은 라피스 라줄리, 심청색으로 맑디맑다. 한 동이 퍼다가 바로 잉크로 써서 운치 있는 깃촉 펜에 듬뿍 찍어 깨끗한 백지 위에 사각사각 멋들어진 캘리그래피로 정다운 사연을 적어 사랑하는 이들에게 보내고 싶다.

뱃머리에서 갈라지는 바닷물이 만들어내는 포말이 장관이다. 처음에는 살짝 갈라지며 역 V자로 진행하다가 수초 내에 하얀 포말들이 소다수 거품이나 진한 세제 거품처럼 부글부글 끓어오르듯 한다. 그리고 그 뒤로 사라지고 나면 바다 표면의 물이 옅은 남색으로 갈라지면서 그 끝에 물거품이 모여 좌우로 흩어진다. 그 남색의 바닷물 부분이 마치 짙은 쪽빛 치마를 입은 여인의 남색 속치마가 바람에 살짝 흩날리며 드러난 것처럼 매우 아름답다. 이 아름다운 광경을 놓치지 않으려고 배가 전후좌우로 요동치는데 조심스레 좌우로 다니면서 구경을 하였다. 파도는 갖가지 형상을 이루며 너울거린다. 바다의 물살들은 시간에 따라, 구름에 따라, 바람에 따라 그리고 무엇보다도 자신의 변화에 따라 변화무쌍하게 달라지면서 무수한, 겹겹이 얽히고설킨 모순과 갈등을 연출한다.

출항한 지 이틀이 지나 이제 아라온은 육지에서 1,000킬로미터가량 떨어진 바다 한복판으로 나왔다. 지나가는 배도 한 척 없고 사람의 기미는 찾아볼 수 없었다. 하늘과 바다의 푸른색과 구름의 흰색과 바람 소리와 파도소리로만 구성된 단순한 세계였다. 망망한 바다가 다 내 것처럼 느껴졌다. 하늘 위에서 바라본다면 아라온은 그야말로 망망한 바다 가운데

좁쌀 한 알처럼 보일 것이다. 조지훈 시인은 '세사에 시달려도 번뇌는 별 빛이라'고 읊었지만 여기서는 번잡한 세상사나 마음속의 번뇌에서 벗어나 드넓은 수평선이 사방으로 탁 트인 가운데 진정한 마음의 평화와 자유를 느낄 수 있었다. 공중에 떠도는 바다의 신선한 소금 냄새, 그리고 우리를 둘러싸고 있는 순결한 푸른빛이 영혼을 맑게 씻어주는 것 같았다. 나는 망망대해에 작은 점 하나가 된 것 같은 느낌이나 고립감은 느끼지 않았다. 그보다는 바다에 가까워진 느낌, 친밀감, 바다의 분위기에 친숙해짐을 느꼈다. 보이지 않는 바다의 거대한 힘은 조용했고 나는 벌써 바다의 일부가 된 것 같았다. 바다는 나의 동반자였다.

브리지에 올라갔더니 3항사가 반갑게 맞아준다. 어제 16시에 날짜변경선을 통과했으므로 내일도 25일이며 내일 9시를 칠레 현지 시각에 맞게 10시로 조정한다고 한다. 해도를 보니 아라온의 위치가 남위 47도 36분, 서경 163도 07분의 남서태평양 상으로 경도가 동경에서 서경으로 바뀌었다. 이제 지구의의 남쪽에서 반대쪽으로 돌아가고 있다. 자전거를 타는 느긋한 속도로 시간대와 기후대를 넘나드는 것도 재미있는 경험이다. 미대륙 횡단 자동차 여행 시 Continental Divide(북미대륙의 수계를 나누는 분수령)을 두 번 넘었던 기억이 난다. 3항사는 현재는 날씨가 좋으나 28일부터 기상이 조금 악화된다고 하며 멀미는 하지 않느냐고 물었다. 나는 그저께 저녁에 속이 좀 느글거려 이것이 멀미 증상인가 했으나 곰곰 생각하니 승선 후 너무 잘 먹어서 그런 것 같아 다음 끼니를 적게 먹었더니 곧 괜찮아졌다 하니 웃는다. 석양 무렵과 큰 파도가 칠 때 브리지에서 보면 장관이라고 올라오라고 귀띔해 준다.

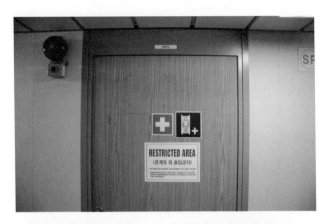

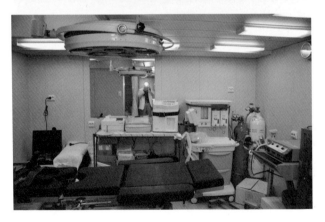

저녁 식사 후 방에 와서 쉬고 있는데 승무원 한 명이 침대 시트 새 것을 갖다 주었다. 고맙다고 말하고 조금 있으려니 부산에서 동행했던 승무원 한 명이 노크를 하고 들어와 오른쪽 가운뎃손가락의 작은 종괴를 수술해 줄 수 있느냐고 물었다. 언제 시간이 나느냐 하니 저녁 때밖에는 시간이 없다고 하면서 지금 좀 해줄 수 있느냐 한다. 같이 수술실로 가서 기구와 국소마취제를 챙겨 수술대 옆에 앉으라 한 다음 팔을 수술대 위로 뻗게 하고 국소마취를 한 다음 절개해 보니 예상대로 결절종이었다. 종괴를 제거하고 창상을 봉합하고 드레싱을 한 다음 엉덩이에 항생제 주사를 놓고 내복약을 3일 분 지어주었다.

아라온에는 선장님을 비롯하여 기관부, 항해부, 전자부, 갑판부 등 각 부서에 모두 25명의 승무원들이 있다. 그중에는 대학을 졸업하고 현역 군입대 대신 배를 탄 젊은이들도 있었다. 이들은 모두 육지에서의 편한 생활을 마다하고 거친 바람과 파도가 일렁이는 바다, 그중에서도 세상에서 가장 거친 바다인 남극해를 항해하는 생활을 택한 사람들이다. 흔히들 선원이라면 어딘지 모르게 우락부락할 것 같은 선입관과는 전혀 달리 이들은 기름 묻은 작업복에 땀 흘리며 열심히 할 일 만을 묵묵히 수행하는 매우 양순하고 어찌 보면 매우 단순한 사람들이다. 이들이 열심히 맡은 바 업무에 충실한 것을 옆에서 지켜보면 믿음직스럽고 대견해 보이고 사랑하는 가족과 멀리 떨어져 생활하는 그들이 한편으로는 안쓰러워 보였다. 하지만 이들이야말로 내가 3개월 동안 함께 생활하고 험한 남극해의 얼음과 파도를 같이 헤쳐 나가야 할 그야말로 '한 배를 탄' 아라온 오디세이의 주인공들이 아닌가. 내가 할 일은 오직 이들이 귀국할 때까지 아무 탈 없이 임무에 충실할 수 있도록 그들의 건강을 보살피고 만일의 사고에 철저히 대비하는 것이리라. 이들은 바람과 파도와 푸른 하늘과 구름과 함께 나의 소중한 친구들인 것이다.

수술 기구들을 씻어 놓고 갑판을 통해 헬리데크에 나가보니 이미 칠흑 같은 어둠이 바다에 깔려 있었다. 밤바다는 수면에 비치는 불빛이 없으면 그냥 깜깜할 뿐 아무런 감흥을 주지 않는다. 오직 아라온의 순항으로 인한 기분 좋은 전후좌우의 미동만 느껴질 뿐이다. 갑자기 고향에 두고 온 가족들과 정다운 친구들, 선후배들 생각이 엄습한다. 돌아갈 때까지 모두들 건강하게 잘 지내기를.

고개를 들어 하늘을 바라보니 몇 개의 별이 깜박인다. 캄캄한 하늘에 빛나는 별을 보니 이들을 방향의 기준으로 삼아 망망대해를 항해했던 고대의 항해자들이 상상된다. 먼 옛날 대양을 항해했던 사람들은 길이 없는 대양에서 어떻게 길을 찾았을까? 대답은 땅에서처럼 바다에서도 올려다볼 수 있는 하늘에 있다. 낮에는 태양이 있고 밤에는 머리 위로 찬란하게 빛나는 하늘과 반짝이는 별들이 있었다. 예측 가능한 자연의 표지판은 풍성하였다. 인간은 모여 있는 별들이 어떤 형상과 비슷하며 일정한 간격을 두고 천공 위를 지나간다는 것을 알게 되었다. 그중 북쪽에 있는 몇몇 별들은 항상 눈에 보였다. 이 별들은 하루 동안 자신을 축으로 해서 돈다. 다른 별들은 밤마다 계속 서쪽으로 진행하다가 수평선 뒤로 사라졌다가 잠시 후에 다시 동쪽에서 떠오른다. 그래서 서쪽은 '저녁', '죽음'과 동일시되었고 동쪽은 '아침'과 '부활'을 의미했다.

옛 폴리네시아인들은 지구가 둥글다는 사실을 알고 있었고 적도와 남북회귀선 같은 어려운 개념에 대한 자기들대로의 이름을 갖고 있었다. 별이 반짝이는 하늘이 마치 동쪽에서 서쪽으로 돌고 있는 커다란 나침반과 같은 역할을 한다는 사실 말고도 그들은 머리 위에 무슨 별이 있는가에 따라 자신들의 위치가 어느 정도 북쪽으로 또는 남쪽으로 내려왔는가를 알았다. 그들은 5개의 행성과 200개 가까운 항성을 알고 있었으며 서로 다른 이름을 붙였다. 그들은 하늘의 어느 부분에 어떤 별이 나타나고 밤이 깊어지면 그 위치가 어떻게 변하며 또 계절이 바뀜에 따라 그 위치가 어떻게 바뀌는지 잘 알고 있었다. 그들은 또 어떤 별이 어떤 섬 바로 위에 떠 있는가를 알았고 해와 달이 바뀌어도 항상 그 위에 떠 있는 별의 이름을 따라 섬의 이름을 지은 경우도 자주 있었다. 오늘날 그들의 후손은 오리온자리와 플레이아데스성단 같은 별자리를 이용해 계절풍의 풍향 변화를 미리 내다보고 특정 물고기가 물가 가까이 와서 먹이를 먹는 시기를 추적한다. 이러한 소위 천문항해의 전통은 현대까지 계속 이어져왔다. 돛대가 하나 달린 전통적인 소형 범선인 슬루프선을 타고 1895년부터 1898년까지 3년을 조금 넘게 세계를 일주했던 미국인 선장 죠슈아 슬로컴은 '나는 밤마다 배의 정 측면에서 남십자성이 떠오르는 것을 보았다. 태양은 매일 아침 고물에서 솟아 저녁이면 이물로 졌다. 나는 길잡이가 되어 줄 다른 나침반이 아쉽지 않았다. 해와 별이 진짜 길잡이였으니까. 바다에서 오랜 시간을 보낸 후 내 위치 추정에 의심이 들면

나는 우주의 위대한 설계자가 만든 높은 하늘의 시계를 읽어서 위치를 확인했고 나의 추측은 맞았다.'라고 썼다.

1947년 옛 페루 인디언들의 뗏목과 똑같은 발사 뗏목 '콘티키호'를 타고 다섯 명의 동료들과 페루를 출발하여 동폴리네시아군도까지 101일 동안 태평양을 건너갔던 노르웨이의 인류학자이자 탐험가였던 헤이에르달도 '여러 주일 동안 계속 하늘에 떠 있는 별을 바라보며 항해하다 보니 별을 보고 방향을 잡는 것이 믿을 수 없을 정도로 쉬워졌다. 사실 밤이 되면 달리 보이는 것이 별로 없었다. 마침내 우리는 매일 밤 어디쯤에 어떤 별자리가 나타날 것인가를 환히 알게 되었다. 적도 근처에까지 접근했을 때는 북두칠성이 북쪽 수평선에 아주 또렷이 나타났다.'라고 썼다.

머리 위로 멀리 남쪽 하늘에 찬란하게 빛나는 별이 보였는데 이것이 북쪽 하늘의 북극성처럼 남쪽 밤하늘에서 가장 유명한 남십자성일 것이다. 주요요이경양(舟遙遙而輕颺, 배는 흔들흔들 가볍게 떠오르고)하고 풍표표이취의(風飄飄而吹衣, 바람은 한들한들 옷자락을 날리네)라 아라온은 뒤에서 순풍을 받고 기분 좋게 흔들리며 나아가고 뱃전에 플랑크톤이 파랗게 물거품 속에서 아른거린다. 하늘을 바라보고 눈앞의 긴 침묵을 대하자 마음이 안정되고 편안하게 느껴졌다. 어둠 속에서 넋을 잃고 영원한 별들을 바라보니 한없이 크고 무한한 우주의 스케일을 보고 그 앞에서 인간이 얼마나 작은지 인간 세상의 문제가 얼마나 사소한 것인지를 느꼈다.

3월 25일 월요일, 날씨 구름이 꼈다 갬.

아침 6시에 아이폰 알람 소리에 잠을 깼다.

어제 시간을 고쳤기 때문에 오늘도 3월 25일이다. 메인 데크 후미로 나가보니 아라온의 두 개의 스크류에서 뿜어대는 물결이 우당탕퉁탕 굉음을 내며 뒤로 밀려간다. 그 물살을 자세히 바라보고 있으면 마치 그 속으로 빨려든 것 같이 머리가 어질어질해진다. 나는 부글거리는 물거품 속에서 한 곳을 찾아 갑자기 그 속에 휘말려 배가 서서히 멀어져 갈 때 파도 속에서 미친 듯이 팔다리를 흔들며 살려달라고 고함을 지르는 것을 상상해 보았다. 생각만 해도 몸서리치는 광경이었다. 주위에 아무도 없다면 아마 1분도 안되어 행방이 묘연해질 것이다. 아무도 내가 언제 어떻게 빠졌는지 모를 것이며 나는 영원히 바닷속으로 사라져 버릴 것이다. 승무원들 말이 가끔 돌풍이 불어 파도가 뱃전을 때릴 경우가 있으니 조심하라고 하였다. 나는 고물에서 바다 구경을 할 때는 꼭 후미에 걸쳐 있는 밧줄을 한 손에 감고 서 있었다.

정오에 해도를 보니 남위 48도 31분, 서경 174도 18분의 남서태평양상이다. 점심 식사 후 선장님 방에서 잠시 얘기를 나누었다. 선장님 말씀이 27일, 28일에 북상하는 저기압과 조우할 것 같다고 한다. 8-9미터 높이의 큰 파도가 예상되는데 걱정이 된다고 하면서 잘 빠져나가야 할 텐데 모두들 고생할 것이라고 하였다. 승무원들에게 들으니 그럴 경우 심하면 배가 40도 정도로 좌우로 흔들리며 자다가 침대에서 굴러떨어지기도 한다 하니 나도 가슴이 서늘해진다. 잘 이겨내야 할 텐데 도무지 상상을 할 수가 없다. 부딪쳐 보는 수밖에. 내일 일을 위하여 염려하지 말라. 내일 일은 내일 염려할 것이요. 바다는 삶의 원천이고 식량과 여타 혜택의 원천이지만 동시에 폭풍우가 사람을 광기로 몰아넣을 수 있는 무서운 곳이기도 하다. 바다는 때로 신뢰와 깊은 경외감을, 때로 두려움과 불안감을 주지만 그 변화무쌍한 바다의 변덕은 결코 제어할 수가 없다.

3월 26일 화요일, 날씨 맑음.

6시에 알람 소리에 잠에서 깨어났다. 밤새 자는 동안 크게 흔들린 기억이 없었다. 얼른 일어나 현창의 커튼을 젖혀보니 뱃전의 파도가 거의 보이지 않아 마치 아라온이 정지해 있는 것처럼 보였다. 식당에 내려가 승무원들과 반가운 아침 인사를 하고 배가 정지한 거냐고 물었더니 그게 아니고 저기압을 피하기 위해 어제 오후 4시부터 5노트로 감속 항해하고 있다고 하였다. 따라서 푼타아레나스 도착이 늦어질 것으로 예상된다고 하였다.

흔히들 사람도 저기압일 때는 가능한 피하는 것이 상책이라 하거늘 이 너른 바다에서 세찬 바람과 큰 파도와 너울이 몰아치는 저기압은 될 수 있으면 만나지 않는 것이 좋을 것 같다.

점심시간에 항해도를 보니 저기압을 피해 예상 항로를 약간 벗어나 안전한 곳으로 항해하고 있었다. 아직은 파도가 높지 않고 선박의 동요가 심하지 않아 조심스럽게 선미로 가 보았더니 평소보다는 배가 요동하고 있었다. 2층 갑판에서 보니 바다에는 흰 파도가 꽤 보이고 바람이 제법 세차게 불었다.

날씨는 아직 쾌청한데 어디서 왔는지 모를 몇 마리의 바닷새들이 수면에 닿을 듯 날갯짓을 하며 저공으로 배 주변을 선회하고 있다. 선실로 돌아가 카메라를 꺼내 와 연속 촬영 모드로 놓고 안전한 곳에 단단히 서서 렌즈를 300밀리미터 망원으로 놓고 사진을 찍었다. 그러나 바닷새가 워낙 빨리 지나가기 때문에 앵글 속에 잡기가 무척 어려웠다. 새를 가까이

오게 해 볼 요량으로 점심 식사 후 후식으로 나온 비스킷을 가져와 몇 조
각 바다에 던졌더니 아예 쳐다보지도 않는 듯 가까이 오지 않는다. 해운
대 오륙도 유람선이나 노르웨이의 피요르드 유람선을 탔을 때 승객들이
손에 팝콘이나 과자를 들고 있으면 갈매기들이 잽싸게 날아와 물고 가곤
했는데 아마 이곳 태평양 바닷새는 아무거나 준다고 경망스럽게 덥석 물
지 않는 자존심이 대단한 녀석들인가 보다.

아라온과 바람과 파도와 구름과 함께 새로운 친구가 된 이 새들을 진료실 컴퓨터의 아라온 공유사이트에서 알아보니 케이프 페트렐(cape petrel), 바다제비(snow petrel), 자이언트 페트렐(giant petrel)이라고 부르는 바다제비들과 말로만 들었던 신천옹 즉 앨버트로스(albatross)였다. 가만히 살펴보니 그중 앨버트로스는 날갯짓을 그리 요란하게 하지 않는다. 날개를 수평으로 쫙 펴서 공중에서 비스듬히 아래로 파도의 골을 향해 빠른 속도로 날아와서는 날개 끝부분을 약간 벌어진 ㄱ자 모양으로 꺾어서 수면 위를 거의 스치듯이 파도를 따라 쭉 날아가다가는 날개를 도로 쫙 펴고는 좌측 또는 우측으로 아주 부드러운 곡선을 그리며 날아오른다. 바다제비들도 앨버트로스와 비슷하게 날아다녔으나 그들은 간혹 바다 위에 가볍게 내려앉아 파도를 타고 둥실 떠다니는 것이 앨버트로스와 달랐다. 앨버트로스의 비행은 전혀 힘들지 않고 무한히 자유로워 보였으며 그들은 바다의 호흡에 붙들린 것처럼 자유자재로 파도 사이를 유유히 날아다니며 바람을 타고 하늘을 향해 수직으로 상승했다가 멋지게 활강하는 것을 연신 되풀이하였다.

그들의 자유로운 비행과 달리 앨버트로스는 폭풍을 찾아 다녀야 하는 어찌 보면 기구한 운명을 지녔다. 날개가 너무 무거워 날개를 공중에 띄워 줄 큰 바람을 찾아야 하며 그래서 폭풍이 부는 험한 바다를 찾아다닌다. 다윈은 이 세상의 모든 생물들 중 앨버트로스가 폭풍이 그들의 적절한 무대인 것처럼 폭풍이 몰아치는 남극해의 날씨에서 가장 마음 편한 유일한 생물이라고 말하였다. 앨버트로스는 상승기류를 찾아 비행하는

데 폭풍 속이 바로 상승기류가 있는 곳이어서 늘 폭풍 속을 질주한다. 바다의 폭풍은 수면 위 50미터까지 풍속을 증가시키는 힘이 있다고 하며 앨버트로스는 파도 사이의 골을 향해 낙하하다가 수면에 닿기 직전 날개를 쭉 펴서 상승하여 파도 마루에서 순간적으로 상승하는 기류를 타고 다시 공중으로 날아오르는 것이다.

선원들 사이에는 앨버트로스는 기이한 능력을 가지고 있으며 앨버트로스를 죽이면 불운이 찾아온다는 미신이 있는데 이는 아마도 폭풍 속에서도 글라이더와 같이 웅대하게 나는 알바트로스를 보고 환란을 두려워하지 않고 용감히 맞서서 이기는 용기를 얻기 때문이 아닐까. 영국 시인 콜리지의 '늙은 뱃사람의 노래(The Rime of the Ancient Mariner)'는 남대서양의 사나운 폭풍과 앨버트로스에 관한 이러한 미신에 토대를 두고 있다.

저녁 식사 후 선미로 나가 해지는 광경을 바라보았다. 하루 일과를 마친 태양신 아폴론은 찬란하게 빛나는 황금 마차를 몰아 서서히 서쪽 바다 아래로 사라졌다. 바다는 하늘과 서로 교감하여 황혼의 하늘색을 그대로 이어받은 듯 호메로스가 묘사했던 포도주빛 에게해처럼 붉게 물들어 있었다.

아라온의 메인 데크에 있는 회의실에는 대형 화면의 TV와 오디오 시스템이 갖춰져 있다. 전자장에게 부탁하여 회의실 용 컴퓨터에 가져온 DVD를 넣고 오디오에 연결한 뒤 화질과 음향을 조절하여 DVD를 플레이시키니 선명한 화질의 영상과 함께 깨끗한 음질의 소리가 울려 나왔다.

카라얀이 지휘한 베토벤의 9번 교향곡을 감상하고 있는데 선장님이 회의실로 들어왔다. 화면을 보더니 실감 나는 음악 감상회가 되겠다며 의자에 앉았다. 이런 저런 이야기를 하며 9번을 다 감상하였더니 이런 자리에는 와인이 있어야 어울리겠다며 선장실로 가서 와인을 가져 왔다. 와인 잔이 없어 알루미늄 컵에 와인 한잔을 따라 놓고 치즈를 안주 삼아 홀짝이면서 베토벤 5번 교향곡과 빈 필 신년음악회 베스트 모음을 다 감상하였다.

선장님은 황천 항해가 예상될 때는 가능한 천천히 항해해야 하지만 4월 10일 칠레 푼타아레나스에서 한미 연구원 43명을 꼭 승선시켜야 하므로 할 수 없이 파도를 뚫고 지나가야 한다고 하였다. 일정을 못 맞추면 많은 예산이 날아간다고 걱정하였다. 오늘 하루 종일 직접 거친 날씨에 대비해 모든 것을 점검하고 미비한 부분은 보완 지시를 내렸다고 한다. 덕분에 무탈한 항해가 되리라.

3월 27일 수요일, 날씨 흐림.

6시에 잠을 깨어 현창으로 내다보니 날씨가 흐리다. 밤에 제법 흔들린 기억이 났으나 곤하게 잤다. 복도에서 선장님을 만나 인사를 하고 저기압을 통과했느냐고 물었더니 내일쯤 통과한다고 한다. 아라온은 오늘도 속도를 5노트로 감속 항해 중이다. 아침 식사를 마치고 진료실로 가 다시 한번 고정 상태를 점검했다. 배가 좌우로 요동칠 때마다 약장의 약들이 가볍게 이리저리 쏠리지만 청테이프로 단단히 고정해 놓은 탓에 밖으로 왈칵 쏟아지지는 않는다.

메인 데크에서 보니 오늘은 선미로 통하는 문을 잠가 놓았다. 보통 때는 그 문을 통해 멀리서도 수평선이 오르락내리락 하는 것이 보였는데 오늘은 볼 수 없다. 조심해서 2층 갑판으로 나가 보니 아라온이 취객처럼 비틀비틀 전후좌우로 흔들리며 나아가는데 약 3미터 정도 위로 솟구쳤다가 아래로 하강한다. 하늘은 잔뜩 흐리고 바다색도 칙칙한 회색빛을 띠고 있으며 하늘과 바다의 경계가 또렷하지 않다. 먼 바다에도 희끗희끗한 파도가 많이 보인다.

이제는 가만히 서 있을 수가 없다. 복도나 계단을 다닐 때는 반드시 양 벽이나 난간을 꽉 붙잡아야 하고 문을 여닫을 때에도 기우는 쪽이면 문을 여는 순간 문과 함께 몸이 확 쏠리므로 주의해야 하고 반대쪽으로 문을 열 경우에는 닫을 때 큰 힘으로 저절로 닫히므로 자칫 손발이 문틀 사이에 치어 다치기 쉬우므로 특히 조심해야 한다. 복도에서 보면 사람들이 한쪽으로 삐딱하게 기울어진 자세로 다닌다. 세수나 샤워를 하거나 옷을 갈아입을 때도 한 쪽 벽면에 비스듬히 기대서거나 손잡이를 한 손으로 단단히 잡거나 의자나 침대에 걸터앉아야 한다. 특히 세수할 때는 수도꼭지 튀어나온 부분에 얼굴을 부딪치지 않도록 머리를 높이 들어야 한다. 독립투사이신 단재 신채호 선생은 일본에 굽히기 싫어 얼굴을 숙이지 않고 세수했다 하지만 나는 얼굴을 다치지 않기 위해 꼿꼿한 자세로 고양이 세수를 해야 한다. 그래도 아직 속이 느글거리거나 구역질이 나오지 않는 것을 보면 내 체질이 꽤나 단단한 모양이다.

　점심시간에 3항사를 만났더니 지금 파고가 약 4미터 되며 뒤에서 파도
를 만나고 있으니 선박 후미로는 바깥으로 나가는 것을 삼가 달라고 한
다. 메인 데크 회의실 현창 밖으로 보니 과연 4-5미터 정도 되는 큰 파도
들이 넘실대고 파도를 따라 아라온도 전후로 오르락내리락하며 좌우로
도 요동친다. 바닷물이 마치 세탁기 속의 세제 거품처럼 현창 주위에 소
용돌이친다.

진료실 의자에 앉아 있으려니 의자가 저절로 좌우로 빙빙 돌아가며 흡사 누가 끌어당기는 것처럼 몸이 전후좌우로 붕 떴다가 아래로 스윽 가라앉는다. 배 바닥이 해면을 때리는 소리가 수시로 쿵 하고 들리며 몸이 공중에 붕붕 떠다니는 것 같은 느낌이 들고 속이 텅텅 비어버린 느낌이 든다. 데스크 위의 컴퓨터 모니터가 눈앞으로 가까이 다가왔다가 저만치 멀어진다. 모니터는 아래의 둥근 받침 가장자리를 나사못으로 고정시켜 놓았고 프린터는 벨크로를 이용하여 책상 바닥에 붙여놓았다. 장 속에 넣어둔 약병들이 흔들리며 벽에 부딪치는 소리가 달그락달그락 난다. 약장 옆 옷걸이에 걸린 가운과 선창에 쳐 놓은 커튼이 시계추처럼 한 쪽으로 비스듬히 기울었다가 제자리로 돌아오는 것을 반복하고 있다. 선창 밖으로 보니 수평선이 아래로 쑤욱 내려가 하늘이 보이다가 위로 붕 솟구치며 하늘은 보이지 않고 파도만 보인다.

식사할 때에도 국그릇의 국물이 전후좌우로 쏠리므로 방향 따라 넘치지 않도록 얼른 입을 대어 마셔야 한다. 스필버그 감독의 쥐라기 공원 1편의 제작과정 다큐멘터리를 보면 가까이 다가오는 티라노사우루스의 발소리를 음향효과로 나타내려다 컵 속의 물이 진동하는 것으로 간접적으로 보여주었는데 배가 쏠리는 방향으로 국물이 쏠리는 것을 보고 있으니 재미있다. 식탁 위에도 조금 끈끈한 두터운 비닐을 깔아놓아 그릇들이 잘 미끄러지지 않게 해 놓았으며 생수 페트병은 아예 식탁 위에 마개를 꼭 닫고 눕혀놓았다. 냉장고 문에도 따로 고리를 달아 잠그게 해놓았고 의자도 바닥에 사슬로 고정해 놓았다. 한 번은 식사를 마치고 식기를 퇴식구로 가져가는데 배가 마침 그 방향으로 기울어져 나도 모르게 내동댕이쳐지듯 그 방향으로 달려가 벽에 부딪칠 뻔하였다. 한마디로 배 안의 모든 사물들이 고정된 채 파도를 따라 오르락내리락하고 있다. 배 주위를 선회하고 있는 앨버트로스들은 비행의 자유를 만끽할 것인데 그 멋진 비행을 볼 수 없으니 안타깝다.

3항사 말이 오늘 저녁부터 약 7미터 높이의 파도를 만날 것이라 한다. 갑판부와 기관부 승무원들이 황천에 대비하여 거주 구역과 기관실을 순시하고 이동 가능한 모든 물체를 고정시켰다.

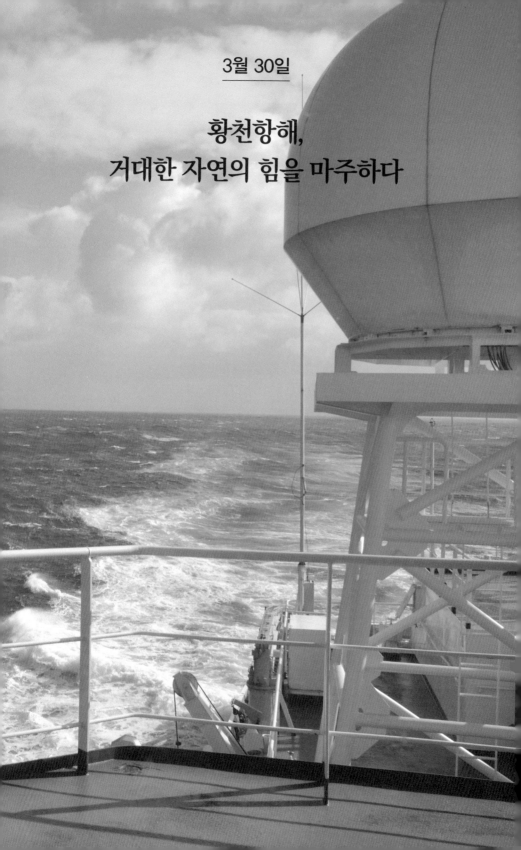

3월 30일

황천항해,
거대한 자연의 힘을 마주하다

3월 30일 토요일, 날씨 구름 + 맑음.

어제도 시간을 1시간 앞당겼기 때문에 6시 알람에 깨어났지만 좀 피곤하여 아침 식사 후 갑판에서 맑은 바람을 쐬고 돌아와 잠시 눈을 붙였다.

점심 식사 후 브리지로 올라갔더니 선장님과 다른 두 승무원이 있었다. 해도를 보니 남위 45도 41분, 서경 139도 00분의 남서 태평양이다. 위도는 더 올라가지 않고 계속 서쪽으로 항진 중이다. 하늘에는 수평선 가까이 흰 구름이 많이 끼어 있고 바다에 백파가 많이 보이고 바람도 세차게 불고 있다. 브리지에서 뱃머리를 보니 수평선이 오르락내리락하며 좌우로 기울어지고 있고 마스트 꼭대기의 작은 프로펠러 비행기처럼 생긴 풍향계의 바람개비가 맹렬하게 돌고 있다. 오늘은 전후로 피칭이 심하다 하니 선장님 말씀이 저기압을 거의 다 통과했는데 새로 기상이 악화되어 바람의 방향이 바뀌고 풍속이 세고 파도도 약 6미터 정도로 다시 일기 시작한다고 하며 주간 기상예보는 믿을 것이 못 된다고 하였다. 뒤에서 부는 바람을 타고 가는 것이 제일 좋은데 맞바람을 헤쳐가려면 기름만 많이 들고 속도도 잘 안 나온다고 하며 이틀 뒤에는 파고가 8미터로 예상된다며 걱정하였다. 승무원들 말로는 선장님이 항해를 잘하는 편이라고 하였다. 잘못하여 저기압의 중심부에 들어가면 10미터 이상의 큰 파도가 치고 배가 몹시 동요하여 그들 말대로 반쯤 죽는다고 하였다. 1항사는 나더러 선생님은 운이 좋다고 하면서 멀미도 전혀 안 하고 체질에 맞는 것 같다며 계속 아라온호를 타셔야 하는 것 아니냐며 웃었다.

브리지에서 보니 배가 피칭하면서 선수가 번쩍 들렸다가 아래로 곤두

바람과 파도와 사방으로 흩날리는 물보라로 몸을 가누기 어렵다.
'노한 바다', 바다는 낭만과 모험에 대한 은유이며,
또한 통제 할 수 없는 자연에 대한 상징이라는 말을 실감한다.

박질치면서 바다를 칠 때 뱃머리에서 파도가 좌우로 쫙 갈라지면서 바람에 날려 브리지 선창까지 안개 같은 엄청난 물보라가 튀었다. 물보라로 인해 브리지의 창이 일순간에 흐려지면 창마다 한 개씩 달린 커다란 와이퍼가 삑 소리를 내며 평행하게 좌우로 움직여 물기를 깨끗이 닦아낸다. 배 좌우에서 보면 선수가 붕 떠오르면서 수평선 훨씬 위로 솟구쳤다가 아래로 떨어지면서 해면을 치면 꿍하는 소리와 함께 세찬 진동이 온몸에 느껴진다. 좌우로 갈라진 물거품이 사라지고 나면 예의 남색 바닷물이 드러나는데 그 색깔이 형언할 수 없을 정도로 아름답다. 바닷물의 색은 태양 빛의 흡수와 반사, 바닷물에 포함된 부유물에 따라 결정된다. 바다가 푸른색으로 보이는 것은 태양 빛 중 파장이 짧은 청색 빛일수록 물 분자와 만날 때 산란이 잘되기 때문인데 수색은 1호에서 11호의 등급으로 나타내며 1호가 짙은 남색이고 11호는 옅은 황록색이다.

진료실로 돌아가 흐트러진 물건이 없는 것을 확인하고 2층 갑판 출입구를 열어 보니 바람 소리가 굉장하다. 휘이잉 휭 하는 소리가 마치 귀곡성마냥 엄청나게 크게 울리는데 그때마다 파도의 머리가 하얀 포말이 되어 바람에 이리저리 마구 휘날린다. 반대쪽 갑판으로 가 출입구를 열어 보았더니 파도가 갑판 쪽으로 쏟아져 바닷물이 이리저리 쏠리다가 아래쪽 계단으로 출렁이며 흘러내린다.

아라온은 어제와 달리 꼭 필요한 곳을 제외하고는 모든 선창을 완전히 폐쇄시켜 놓았다.

3월 31일 일요일, 날씨 흐리다 맑음.

요즘 계속 시간을 1시간씩 당기고 있고 아라온이 많이 흔들리고 있어 승무원들이 고생이 심하다. 식당에서 조기장이 나를 보고 어제 잘 주무셨습니까 한다. 잘 잤다 하니 밤새 흔들려서 깊은 잠을 못 잤다고 한다. 며칠 전에도 어떤 승무원이 잠이 잘 들지 않는다 하여 수면유도제를 처방해 주었더니 잘 잤다고 하였다.

미국 연수 시절 만났던 메이요 클리닉 외과 출신의 의사가 헤어질 때 자기가 쓴 것이라며 선물로 주었던 소설책 속에 이런 구절이 있었다, '외과의들과 전투 중인 해병들은 몇 가지 공통점이 있다. 그들은 아무런 의심 없이 명령을 따르며 집중된 결단력과 감동적인 열정으로 그들의 임무를 수행한다. 그들은 또한 믿을 수 없을 만큼 원기왕성하기 때문에 굶주림이나 수면부족 같은 최악의 조건하에서도 임무를 완벽하게 수행한다.' 외과 레지던트 수련 당시에 버릇이 들어 언제 어디서든 잠자리에 들면 수초 이내에 깊은 잠에 빠져들기 때문에 아라온호에서도 수면은 별 문제가 되지 않는다.

9시쯤 갑판으로 나가보니 하늘은 구름이 끼어 흐린데 바람은 차고 세차며 높은 파도가 치며 먼 바다에도 흰 파도가 일렁이고 있다. 난간을 잡으니 찐득한 물이 손에 묻는다. 맛을 보니 짠 소금 맛이다. 이는 망망한 태평양의 바닷물과 태양, 바람으로 만들어진 천연 소금이다. 바다는 생명의 근원적 장소이다. 인간의 조상도 아득한 옛날 바다에서 유래되었으며 우리는 어머니의 자궁 속에 있을 때에도 물속에서 떠다니며 자란다.

인체를 구성하는 세포의 대부분은 물로 구성되어 있다. 핏속에는 염분이 있는데 이 염분의 농도는 생명이 탄생한 시기의 바다의 염분 농도와 일치한다고 알려져 있다. 우리는 바다와 떼려야 뗄 수 없는 관계에 있다. 바다에는 약 2% 정도의 소금이 포함되어 있는데 이 적은 양의 소금 때문에 광대한 대양이 썩지 않는 것이다. 인간의 피도 마찬가지다. 0.9%의 소금기가 없다면 인간의 생명은 유지될 수 없다. 우리가 사는 사회도 부패하지 않고 건강하게 유지되려면 세상의 소금 역할을 하는 소수의 사람들이 필요할 것이다. 성서에도 '너희는 세상의 소금이니 소금이 만일 그 맛을 잃으면 무엇으로 짜게 하리요.'라는 구절이 있지 아니한가.

브리지에 올라가 보았더니 3항사가 브리지를 지키고 있다. 브리지는 한순간도 방임할 수 없는 곳이라 선장과 항해사들이 번을 짜서 교대로 종일 지키고 있다. 아라온은 야간에는 선박 정면으로 불을 켜지 않고 운항한다. 대신 계기판을 보아 항로를 수시로 점검한다. 3항사도 현역 군 복무 대신 3년간 아라온호에 승선한 항해사이다. 어린 나이에 이런 험한 항로를 운항하는 선박에 자원하여 승선한 것을 보면 대견하다는 생각이 든다. 위도가 많이 낮아져 날씨가 쌀쌀하다며 선실 안이 춥지 않느냐 하였다. 괜찮다고 하니 멀미도 안하시고 대단하십니다 한다. 어제 식당에서 기관장에게 얼마 동안 수련하여야 능숙한 항해사가 될 수 있느냐 물었더니 아라온호 같은 경우 약 3년 걸린다 하였다.

브리지 선창으로 저 멀리 수평선 위에서 구름 사이로 햇빛이 쨍하니 비춰온다. 밝은 햇빛에 비춰보니 어제 종일 브리지 선창을 때렸던 물보라가 남긴 바닷물이 소금이 되어 온 선창에 부옇게 말라붙어 있다. 배 아래를 보니 부딪치는 파도가 일으키는 물보라가 뱃머리 갑판 위로 쏟아질 정도는 아니고 어제보다는 매우 낮게 좌우로 흩어진다. 피칭은 어제보다 심하지 않으나 대신 좌우로 약 15도 정도까지 롤링하면서 전진하고 있다. 수평선 가까이는 회색 구름이 끼어 있고 그 위로 터질 듯이 부풀어 오른 잘생긴 커다란 뭉게구름 사이로 파란 하늘이 보인다. 햇빛이 너무 강하여 눈이 부셔서 브리지 창마다 달려 있는 커튼 비슷한 것을 당기니 얇은 필름 같은 커다란 자외선 차단막이 내려온다. 그리로 바다를 보니 마치 선글라스를 낀 것 같다.

선실로 가는데 1항사가 1층 갑판 후미에서 보는 파도가 장관이라고 일러주었다. 바람과 파도가 몰아치니 조심하라고 하였다. 윈드 재킷과 추위에 대비해 다운 조끼를 입고 카메라와 캠코더를 메고 후미로 나갔다. 8-9미터 높이의 파도가 치는 광경이 정말 장관이었다. 바다에는 세찬 바람이 불어 가깝고 먼 바다에 백파가 흉흉하게 몰아친다. 아까 브리지에서 본 풍속은 초속 18미터의 강풍이었다. 풍향은 남남동풍이고 해도 상의 위치는 남위 46도 32분, 서경 131도 40분의 남서 태평양이다.

육안으로 관찰하여 바람의 세기를 측정하는 방법으로 뷰포트 풍력계급을 사용하는데 이것은 1805년 영국의 해군 제독 프란시스 뷰포트(Sir Francis Beaufort)가 만든 것이다. 범선에서 바람에 대한 돛의 상태를 기준으로 하여 풍력을 0에서 12까지 13계급으로 나누었는데 0은 무풍(calm)이라 하는데 풍속은 초속 0-0.2미터이고 육지에서는 연기가 똑바

로 올라가며 바다 상태는 해면이 거울과 같이 매끈한 경우이고 12는 허리케인이다. 지금과 같은 바람은 풍속으로 보면 8급에 해당하는 큰바람(풍속 17.2-20.7미터)이며 바다에서는 큰 물결이 높아지고 물결 꼭대기에 물보라가 날기 시작한다.

　파도가 몰려올 때는 배의 뒷머리가 수평선 너머로 서서히 들려 올려졌다가 파도의 골 아래로 곤두박질친다. 큰 파도가 다가오면 지상 2층에 해당하는 1층 갑판에서 바라보아도 작은 언덕 높이의 바닷물로 된 벽이 사방으로 빙 둘러쳐진 것 같은 모양을 이루다가 뱃전으로 밀려와 우르르

무너지면서 철썩하고 뱃전을 치면 홍수 때 터진 둑으로 강이 범람하듯 바닷물이 메인 데크의 나무 갑판 위로 쏟아져 들어와 바람과 함께 배가 좌우로 동요함에 따라 이리저리 쓸려 다닌다.

파도 꼭대기에는 하얀 가루 같은 물보라가 쉬지 않고 날리고 바람은 횡횡 씽씽 하는 소리와 함께 물보라를 사방으로 흩날려버리고 물보라에 반사되어 순간적으로 예쁜 작은 무지개가 나타났다 사라진다. 배 후미 양쪽의 스크류에서 내뿜는 물결의 수면이 갑판 높이와 일치하면 배 뒤끝 에서 물이 끓듯 엄청난 양의 바닷물이 부글부글 포말을 만들며 하얗고 엷은 남색의 바닷물이 넘쳐 오른다. 마치 성난 포세이돈이 아라온 바로 뒤에서 삼지창으로 바다를 마구 휘젓고 있는 것 같이. '신을 제외하고는 신에 맞설 자가 없다'라고 괴테가 말했듯이 이 엄청난 자연의 힘에 감히 인간이 맞설 수가 있겠는가.

아라온은 어린 시절 종이를 접어 만든 배를 여울에 띄우면 물살이 빠른 곳에 도달하면 이리저리 사방으로 마구 흔들리며 떠내려갔듯이 전후 좌우로 정신없이 흔들리며 바람에 놀란 아이처럼 빠앙하는 경적을 울리며 필사적으로 달린다. 선장님 말로는 이런 때는 전속력으로 앞으로 달려야 하며 그렇지 않고 느린 속도로 가다 배 후미에 큰 파도가 덮치면 그 힘을 감당하기 어려우며 그 힘에 의해 순간적으로 선수가 번쩍 들리며 계속 배가 곤두박질친다고 한다. 반대로 앞에서 큰 파도가 다가올 때는 속도를 줄여 파도를 슬쩍 타고 넘어가야지 빠른 속도로 파도를 헤쳐 나가려 하다가는 파도 꼭대기에서 골 아래로 떨어질 때의 충격이 훨씬 더 커진다고 하였다.

바람과 파도와 사방으로 흩날리는 물보라 때문에 바닥이 미끄럽고 몸을 제대로 가누기가 매우 어려워서 손잡이나 지지가 될 만한 구조물을 꼭 붙들고 두 발도 단단히 걸리는 구조물에 의지한 채 사진을 찍었다. 노한 바다를 바라보니 바다는 낭만과 모험에 대한 은유이며 또한 통제할 수 없는 자연에 대한 상징이라는 말을 실감하였다.

진료실로 가 보았더니 약장의 약은 하나도 쏟아진 것이 없으나 의자와 바닥에 두었던 상자들이 이리저리 흩어져 있었다. 의자에 앉으면 저절로 몸이 사방으로 빙빙 돌면서 동시에 전후좌우로 붕 떴다가 가라앉는 느낌이 든다. 특히 피칭이 심할 때는 몸이 마치 진공 속으로 빨려가는 듯한 느낌이 든다.

밤에 잠을 자려고 침대에 누웠더니 몸이 마치 좌우로 두 동강 난 듯 벽쪽으로 굴렀다가 반대쪽으로 미끄러진다. 그래도 이런 동요 속에서 곧 깊은 잠에 빠져 버렸다.

4월 2일 화요일, 날씨 흐리다 맑음.

며칠 째 계속 시간을 1시간씩 앞당기고 있다. 6시에 일어나 선창 밖을 보니 캄캄하다. 식사 후 8시쯤 갑판으로 나가보았다. 오늘은 파도도 어제보다 한결 잔잔하고 배의 동요도 훨씬 적다. 마치 바다가 우리를 하늘 위로 내동댕이칠 수도 있었다는 것이 언제였던가 하는 것처럼. 심한 피칭과 롤링 때문에 미루어 두었던 빨래를 하였다. 하늘에는 회색 구름이 낮게 드리워져 있고 바다의 색도 무겁게 드리운 구름과 맞추듯이 푸르기는 한데 어딘지 모르게 칙칙한 느낌을 준다. 바다의 색을 한마디로 푸르다고만은 할 수 없다. 날씨와 햇빛에 따라 시시각각으로 확연하게 다르다. 인상주의 화가들, 특히 모네가 루앙 성당을 대상으로 빛에 따라 시시각각으로 변하는 색채를 포착하여 그려낸 것은 이러한 의문 때문이었을 것이다.

오늘도 아라온 주위에는 앨버트로스를 위시하여 바다제비들이 자유의 비상을 마음껏 즐기고 있다. 의예과 시절 리처드 버크가 쓴 '갈매기의 꿈 (원제목은 조나단 리빙스턴 시걸)'이란 짤막한 소설이 인기리에 읽힌 적이 있었다. 어느 대학 화장실 소변기 앞에 누군가가 아마도 이 소설을 읽었는지 '높이 나는 새가 멀리 본다.'라는 글을 적어 놓았는데 바로 그 옆에 다른 학생이 '그러나 똑똑히는 못 본다.'라고 적어놓았다는 것을 리더스 다이제스트 캠퍼스 유머 난에서 읽은 기억이 난다. 멀리 보는 것과 똑똑히 보는 것 중 어느 것이 더 나을지는 아마 그 보는 대상에 따라 다르지 않을까. 멀리 보아야 할 것을 좁은 시야로 보아도 안 될 것이고 똑똑히 보아야 할 대상을 멀리서 희미하게 보아도 안 될 것이다.

브리지에 올라갔더니 선장님과 승무원 3명이 모여 있었다. 내가 황천항해라 할 때의 황천이 거친 날씨를 뜻하는 게 맞느냐고 물었더니 선장님 말씀이 "예, 거칠 황(荒)자입니다. 영어로는 heavy weather라고 하죠."라고 하였다. 한자를 모르면 염라대왕이 사는 황천(黃川)과 혼동할 수 있겠다 하니 "예, 잘못하면 그 황천 가는 수가 있습니다."라며 웃었다.

4월 4일 목요일 약간 흐림.

어젯밤부터 시작된 심한 롤링과 피칭으로 하루 종일 아라온은 매우 심하게 흔들렸다. 뒤에서 따라오는 저기압을 멀찌감치 피해 달아났는데도 계속 8-9미터 높이의 파도로 인해 좌우로 심하면 30-40도씩 기울어졌다. 그때마다 방안의 모든 물건들이 요동쳤다. 의자는 제멋대로 방 이쪽에서 저쪽으로 미끄러지면서 빙빙 돌았고 냉장고 안의 생수병들과 물병

이 쿵쾅거리고 한쪽 벽에 나사로 단단히 고정해둔 신발장의 나사가 뽑혀 슬리퍼와 런닝 슈즈와 등산화와 실내화와 작업화들이 사방으로 흩어졌다. 종이와 플라스틱류를 분리해 담는 쓰레기통도 제멋대로 굴러다니고 그 속의 쓰레기들이 다 튕겨 나와 흩어져 다녔다. 커튼은 창에서 번쩍 들려지고 서랍들도 마치 갑갑해서 열어달라는 듯 쿵쿵거렸다. 무엇보다 괴로운 것은 침대에 누워도 몸이 좌우로 너무 기울어져 도저히 잠을 잘 수 없는 것이었다. 익숙한 승무원들도 이렇게 심하게 흔들리는 것은 처음이라며 몹시 힘들어 하였다. 침대에 누워 몸을 큰대자로 뻗고 한쪽 팔로 침대 한 귀퉁이를 단단히 붙들어도 몸이 크게 기울면서 굴러버리니 도리가 없었다. 그래도 벽 쪽으로 구르면 그나마 넘어지지 않지만 반대쪽으로 구르면 자칫 잘못하면 바닥으로 떨어질 판이었다. 하는 수 없이 자는 것을 포기하고 침대에 앉아 있으려니 벽 쪽으로 곤두박질쳤다가 반대쪽으로 고꾸라졌다. 할 수 없이 의자에 앉았더니 제자리에서 사정없이 이리저리 빙빙 돌다가 다리가 뒤로 들리면서 거꾸로 곤두박질쳐졌다.

밖으로 나가보아도 어디 한군데 조용한 곳이 없었다. 한쪽으로 기울 때 7천 톤이 넘는 배의 중량이 한꺼번에 쏠리니 같은 쪽으로 몸을 제대로 가누려면 엄청난 힘이 들고 기울어진 반대쪽으로 움직이려면 마치 마이클 잭슨이 노래 부를 때 보여주는 문워킹처럼 발이 바닥에 붙어버린 것처럼 허우적거린다. 그러다가 갑자기 전후로 피칭을 하면 흡사 허공 속으로 빨려 들어가는 듯이 몸이 위로 붕 뜨다가 배 밑바닥이 해면을 치는 큰 진동이 온몸으로 느껴지며 아래로 몹시 기분 나쁘게 스르르 내려온다. 이런 과정을 밤새 반복하니 몹시 지치고 피곤해진다. 옆방의 휴게실로 가서 벽에 고정된 ㄱ자형의 긴 소파에 몸을 비스듬히 누이니 조금 덜 흔들려 조금 눈을 붙였다. 그래도 다행인 것은 그 심한 요동에도 멀미 한 번 안하고 용케 버틴 것이었다.

식사를 할 때도 곤란하기는 마찬가지였다. 식탁이 심하게 기울어지면 선원들이 양손으로 식탁을 꽉 붙들고 두 발에 힘을 꽉 주고 버틴다. 수저 는 미끄러지기 일쑤고 국물이 요동하여 국그릇 속에 파도가 치면 얼른 쏠리는 쪽을 마셔야 한다. 아예 국을 안 마시는 것이 상책이다. 나는 다 른 사람들보다 일찍 내려가서 요구르트와 우유에 탄 콘플레이크로 아침 을 때웠다.

진료실과 수술실에 가 보았더니 야단법석이었다. 바닥에 고정되어 있던 컴퓨터 본체들이 어지럽게 튀어나와 있고 진찰대 밑에 있던 체중계며 목발, 간이침대, 구급상자 등 모든 물건들이 튀어나와 어지럽게 흩어져 있었다. 그래도 약장의 약들은 미리 전기용 청테이프로 세심하게 고정시켜 놓은 덕분에 하나도 흩어지지 않았다. 약이 사방으로 흩어지거나 쏟아졌다면. 생각만 해도 어지럽다. 수술실에 가 보니 여기는 기계들을 단단한 고정밴드로 묶어놓은 탓에 흩어진 장비는 없었으나 배가 요동칠 때마다 묶어 놓은 끈이나 밴드가 팽팽히 당기며 마음속에 바짝 긴장을 일으켰다. 마취기의 고정밴드가 약간 느슨해져 다시 단단히 당겨 놓았다. 기계 바닥에 있던 여러 가지 코드들도 어지럽게 흩어져 있었다.

밤새 진료실과 선실 사이를 오가며 고생하다가 새벽 2시경에 배가 조금 덜 흔들려 겨우 잠이 들었다.

4월 5일 금요일, 흐리다 약간 맑아짐.

새벽에 잠이 들었다가 얼마 안 있어 다시 배가 심하게 요동쳐 잠을 잘 수가 없어 일어났다. 시계를 보니 새벽 5시였다. 선의실 맞은편의 휴게실로 가 소파에 앉아서 조금 더 눈을 붙였다. 6시경 일어나 창을 통해 밖을 보니 배의 불빛에 반사되어 큰 파도들이 어둑하니 넘실거리고 뱃전에서 갈라지는 흰 물결들이 희미하게 보인다. 아라온은 여전히 심하게 흔들리며 나아가고 있다.

　맑은 공기를 쐬려고 갑판으로 나가는 문을 열어보았더니 밖의 세찬 바람 탓인지 한 손으로는 꿈쩍도 하지 않는다. 양손으로 힘껏 미는 순간 엄청나게 세찬 바람이 확 불어 들어와 깜짝 놀라 얼른 손을 놓았더니 쾅 하는 소리와 함께 문이 저절로 닫혀버린다. 이럴 때 자칫 잘못하면 손이나 손가락이 문에 치어 크게 다칠 수 있다.

　진료실로 가 보았더니 어제 말끔히 치워 놓았던 물건들이 다시 어지럽게 흩어져 있었다. 게다가 오늘은 한쪽 벽으로 밀어붙여 놓았던 진찰대가 밀려 나와 그 위에 두었던 드레싱 기구와 각종 다른 물건들이 쏟아져버렸다. 진찰대 위에 있는 무거운 물건들로 인해 혼자 힘으로는 도저히 진찰대를 다시 밀어 넣을 수 없었다. 할 수 없이 쏟아진 기구와 물건들을 서랍 안에 분산시켜 넣어두었다.

수술실로 가 보았더니 어제와 별다른 차이는 없었으나 마취기를 고정시켜 둔 밴드가 느슨해져 배가 요동칠 때마다 마취기가 튀어 나오듯 삐걱거리고 있었다. 얼른 밴드를 힘껏 잡아 당겨 다시 고정해 놓았다. 환자 모니터링 기계와 심전도 기계를 넣어 둔 큰 박스를 고정해두었던 끈이 풀려서 박스가 미끄러져 있었다. 끈을 다시 묶어 단단히 고정시켰다.

점심 식사를 겨우 하고 브리지에 올라가 보았다. 선장님이 항해사들과 함께 항로를 고심하고 있었다. 뒤에서 따라오는 저기압을 멀찌감치 피해 항해하고 있지만 옆을 치는 파도가 8-9미터로 높아서 배가 심하게 롤링한다고 하였다. 속도가 너무 빨라도 안 되고 너무 늦어도 안 되고 적당하게 잘 맞추려면 기상도를 잘 판단해야 한다고 하였다. 그 밖에도 갑판과 창고 등에 묶어서 고정시켜 둔 화물 컨테이너들이 이상 없도록 수시로 CCTV를 통해 상태를 확인해야 한다 하였다. 특히 선미의 갑판에 있는 작은 크레인은 이번 항차를 대비해 새로 설치한 것인데 그 가격이 27억이나 되는 고가라 하였다. 큰 파도를 만나면 선미와 선수 부근의 화물과 크레인이 큰 타격을 입는다고 하였다.

오늘도 심한 동요로 잠자기는 틀렸으므로 진료실에서 인터넷 뉴스를 보고 가져간 음악 DVD를 감상하다가 12시경 겨우 잠이 들었는데 갑자기 책상 위의 인터폰이 요란하게 울렸다. 얼른 일어나 수화기를 드니 1항사가 선장님이 복통이 심하니 한번 와 줄 수 있겠습니까 하였다. 같이 선장실로 올라가 보니 선장님이 배를 움켜잡고 있었다. 병력을 듣고 복부를 촉진하고 청진한 결과 급성 장염으로 인한 장경련 같았다. 주사를 놓고 새로 지어간 약을 한 첩 복용하게 하고 한 10분 동안 복부를 따뜻한 손으로 주물러 주었더니 선생님 손이 배에 닿으니 따뜻한 기운이 퍼져나가며 한결 좋아졌다 하였다. 장경련이 있을 때 복부를 따뜻하게 안정시켜 주면 효과가 있다고 설명해 주었다. 어릴 때 배가 아프면 외할머니께서 '할미 손은 약손'이라고 나직이 읊으시며 배를 주물러주시면 통증이 스르르 가라앉았던 기억이 난다.

선의실로 돌아와 시계를 보니 5시가 가까웠다. 아라온의 동요가 한결 줄어든 것 같아 새벽잠을 청했다.

4월 7일 일요일, 날씨 맑음.

이틀 동안 끔찍한 흔들림에 시달려 잠을 제대로 못 잤더니 피곤한데도 잠이 잘 오지 않아 오늘 새벽 5시경에야 잠이 들었다. 눈을 뜨니 9시였다. 얼른 일어나 세수를 하고 옷을 갈아입은 후 진료실에 가 보았다. 아무런 이상이 없었다. 방안에도 흐트러진 물건이 없다. 밖을 보니 물결 위로 햇살이 반짝거려 파도가 아주 윤택해 보인다. 먼 바다에도 백파는 보이지 않는다. 이제 저기압은 아주 사라져 버린 것인가. 그러나 포세이돈의 심술을 예측할 수 없으니 언제 또 큰 너울을 만날지 아무도 모르리라. 분노한 자연 앞에서는 인간의 존재와 능력이란 정말 보잘것없음을 실감했다.

브리지에 올라가니 3항사가 반갑게 맞아준다. 열심히 일하는 모습을 보니 대견하고 믿음직스럽다. 항해사가 타 주는 커피 한잔을 마시니 마음이 아주 푸근해진다. 브리지에서 보이는 하늘에 흰 뭉게구름이 떠 가고 그 사이로 보이는 하늘빛이 파라니 아주 평화로워 보인다. 유유히 떠가는 흰 구름을 보니 똑 같은 모양은 하나도 없으며 어떤 자리에도 한군데 머물지 않고 누구의 뜻에도 따르지 않고 오직 바람이 부는 대로 흘러가다가 때가 되면 스르르 사라져버리는 그 자유로움이 부러웠다. 칠레까지 남은 거리가 얼마나 되느냐고 물었더니 계산해 보더니 1,129킬로미터라고 한다. 해도 상 위치는 남위 51도 45분, 서경 85도 19분 상의 남동 태평양이다. 기상도를 보면 이제 저기압은 사라지고 보이지 않는다. 3항사는 칠레에 도착하면 휴가를 받아 귀국했다가 남극에서 여수로 돌아올 때다시 칠레에서 승선한다고 한다.

이틀 만에 1층 갑판 후미로 나와 바다를 바라보았다. 파도는 3-4미터 정도이고 배 뒤로 맑은 남색의 물결이 넘실거리며 뒤로 나아간다. 오랜만에 상쾌한 바람이 옷깃을 스치고 아래에 보이는 메인 데크 후미의 나무 갑판도 물기가 거의 말라 있다.

2층 갑판을 통해 메인 데크 갑판으로 나가 아라온 후미에서 바다 구경을 실컷 하였다. 눈길 가는 대로 사방이 모두 푸른색이다. 몸과 마음이 분리되는 듯한 심한 흔들림에 시달리다가 쾌청한 하늘 아래 바라보는 잔잔한 바다는 영롱한 푸른 사파이어처럼 맑고 신선하게 보이고 그윽하고 깊은 푸른빛은 새로운 마음의 평화와 안식을 가져다주었다.

바다를 한참 바라보다가 주변을 보면 모든 사물이 온통 푸르게 보이는 것 같이 느껴진다. 바다색이 푸른 것은 물 분자와 만난 태양광 속의 청색이 산란되기 때문이다. 물 자체는 아무런 색이 없다. 물체에 색이 있는 것이 아니라 색은 빛에 있는 것이다. 뉴턴은 프리즘을 이용하여 태양 빛이 7가지 무지개 색으로 나뉜다는 것을 증명하였다. 바닷물 자체가 파란 것이 아니라 우리 눈의 시세포가 파란 빛에 반응하여 이 정보가 여러 과장을 거쳐 뇌에 전달되어 파란 색이라고 인식하는 것이다. 따라서 색은 빛에 있기 때문에 여명 때의 샤프란 빛, 일출 때의 찬란한 황금빛과 점심 무렵의 마린 블루, 라피스 라줄리, 사파이어, 코발트빛과 같은 온갖 종류의 푸른 빛, 해거름과 황혼 무렵의 호메로스가 묘사했던 포도주빛을 포함한 다양한 붉은 빛으로 바다의 색이 시시각각으로 달라 보이는 것이다.

한낮에 보는 바다색에는 모든 푸른색이 다 들어 있다. 또한 색은 보는 사람의 내면에서도 만들어지며 주위 환경에 따라 색의 느낌이 변할 수 있기 때문에 날씨가 흐려지면 바다색도 칙칙한 회색에서 석탄 덩이 같은 검은색으로 보이기도 하며 내 마음이 우울할 때면 같은 파란색이라도 음울하게 보이는 것이다.

미로와 같은 마젤란 해협으로
들어가다

4월 8일 월요일, 날씨 흐림.

오늘도 늦잠을 잤다. 내일부터는 일찍 일어나도록 일찍 자야겠다. 날씨를 보니 바다에 안개가 짙게 끼어 있다. 흐린 날 아침에 보는 바다는 칙칙하게 검은 것이 어떤 때는 초등학교 시절 교실 난로에 집어넣던 석탄 덩어리 빛깔 같이 보인다. 바다의 회색빛 광대함이 끝없이 이어져 있으며 바다와 하늘의 경계도 모호하게 보인다.

수술실로 가서 황천 항해 동안 흐트러진 물건들을 치우고 깨끗이 청소한 욕조에 더운물로 샤워를 하고 나니 몸이 한결 개운해진다. 이제 샤워 부스 밖으로 물이 흘러넘치지 않을까 신경 쓰지 않고도 기분 좋게 샤워를 할 수 있다. 양말과 속옷을 빨아 널어놓았다.

점심 식사로 조리장이 맛있게 구워 준 스테이크가 나왔다. 아침 식사를 일부러 걸러서 점심을 아주 맛있게 배불리 먹었다. 원래 인체의 생리 리듬상 코르티솔(Cortisol) 분비가 왕성해지는 점심 때 활동량도 증가하므로 점심 식사를 푸짐하게 먹어야 하며 아침과 저녁은 적게 먹는 것이 인체 생리학에 맞다.

그 동안 나오지 않던 YTN 방송 대신 이제 칠레 현지 TV 방송이 나오기 시작했다. 식당의 해도를 보니 현재 위치가 남위 52도 27분, 서경 76도 20분의 남동 태평양이다.

오후에 브리지로 가서 선장님 말씀이 마젤란 해협을 밤에 통과하므로 절경을 볼 수 없다 하던데 언제 해협으로 들어가느냐고 항해사에게 물었더니 지금 속도라면 4시 반이나 5시경에 해협 입구로 들어간다고 하였다.

17시 20분 경 드디어 아라온은 마젤란 해협 초입으로 들어섰다. 선수의 마스트 아래에는 칠레 국기를 게양했고 선미에는 태극기가 힘차게 펄럭인다. 기관장과 얘기를 나누던 중 기관장이 오른 쪽으로 육지가 보인다고 하였다. 넘어지지 않도록 조심해서 얼른 가서 창밖을 보니 과연 먼 곳에 희미한 산의 모습이 보였다. 사진을 찍고 나서 해도를 보니 이슬라 데솔라시온(Isla Desolacion)이라는 큰 섬이다. 아라온은 스페인어로 에스트레초 데 마가야네스(Estrecho De Magallanes)라고 해도에 표시되어 있는 마젤란 해협을 통과하고 있다.

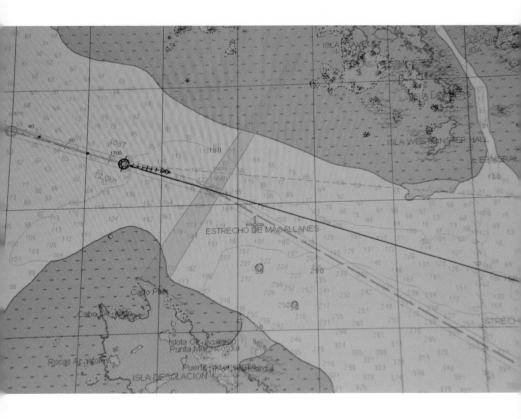

16일 만에 섬이지만 뭍을 보니 감개무량하였다. 망망대해를 표류하다가 육지를 본 사람들이 "육지다!" 하고 기뻐하는 기분을 정말 실감하였다. 표류하는 뗏목 위에서 먼 수평선에 지나가는 배 그림자를 보고 미친 듯이 손을 흔드는 '메두사호의 뗏목'이라는 프랑스의 낭만파 화가 제리코의 그림이 생각났다. 아라온은 무려 8,000킬로미터가 넘는 망망대해를 바람과 파도를 헤치고 전후좌우로 가랑잎처럼 흔들리며 여기까지 온 것이다. 망망한 태평양에 비하면 그야말로 일엽편주, 창해의 일속 같은 아라온은 잠시도 쉬지 않고 그 험한 바닷길을 달려왔다. 하늘에서 보았다면 중력이라는 신비스런 힘에 의해 공과 같은 지구의 아래쪽 반에 거꾸로 매달려 떨어지지 않으려고 안간힘을 쓰며 반대쪽으로 옮겨가는 빨간 점 같은 물체가 보였을 것이다.

곧이어 섬들이 연달아 보이기 시작하였다. 바다에는 흰 파도가 많이 보이는데 안개가 끼어 섬들의 모습이 발묵으로 그린 송나라 화가 미불의 동양화처럼 보였고 바다색도 구정물같이 흑회색으로 칙칙하였다. 그래도 어떤가! 마젤란 해협을 통과해 보다니! 한참 사진을 찍고 있는데 승무원 한 명이 "의사 선생님 식사하러 가시지요."라고 해서 식당으로 내려갔다. 저녁 식사를 간단하게 하고 다시 2층 갑판으로 나가 촬영을 하는데 바람이 차가웠다. 방으로 가서 윈드 재킷을 걸치고 다시 헬리데크로 가서 캠코더로 촬영을 하는데 갑자기 비가 후두둑하고 쏟아진다. 잠시 후 비가 그쳐 2층 선수 쪽 닻이 있는 곳에서 안전하게 사진을 찍었다. 브리지에 다시 올라가 보니 이미 날은 어두워져 바다에는 짙은 안개가 끼어 있었다. 절경을 보지 못해 아쉬웠다.

8,000킬로미터가 넘는 망망대해 끝에 도달한 마젤란 해협.
이곳은 흰파도가 넘실거리는 바다와 그 위를 감싸는 안개가 더해져
신비로운 분위기를 자아낸다.

브리지에 다시 올라가 보았더니 3항사와 1항사와 두 명의 승무원들이 있었다. 항해사들은 육지와 무선 교신을 했다. 조금 있다 해도상에 등대 표시가 보였다. 한 승무원이 배 왼쪽으로 저 멀리서 깜박이는 것을 보라고 하여 가서 보았더니 칠흑같이 캄캄한 가운데 반짝하고 노란 불빛이 몇 초간 명멸한다. 달도 보이지 않는 암흑 속에 반짝이는 저 작은 불빛이 근 2주 동안 잠시도 쉬지 않고 풍랑이 몰아치는 남태평양을 헤쳐 온 아라온과 우리 일행을 따뜻이 맞아주며 이제 잠시 쉴 수 있는 육지가 지척에 있으니 안심하라고, 그동안 수고했노라고, 이제 잠시나마 바다의 변덕과 공포와 싸우던 팽팽한 마음의 긴장을 내려놓고 편히 쉴 수 있노라고 위로해 주는 것 같았다. 유인등대라면 한밤중에도 깨어서 해협을 오가는 선원들의 마음을 따뜻이 감싸주는 등대지기의 노고에 감사의 마음을 전하고 싶었다. 우리의 삶에도 등대는 언제나 필요하다. 삶에 지친 나머지 캄캄한 인생의 바다를 홀로 표류하고 있는 영혼에게 위로를 주는 모든 대상들은 우리들의 삶에 반짝이는 등대이다. 때로는 친구가, 때로는 한 권의 책이, 때로는 가장 가까운 사람들이 우리 삶의 환한 등대가 되어 준다.

12시쯤 갑판으로 조심스레 나가 보았더니 바다는 잔잔한데 사방은 달도 보이지 않아 칠흑 같이 어두운 가운데 뱃전을 스치는 물결만 희끄무레하게 보인다. 깜깜한 밤바다를 한참 바라보니 어둠에 대한 공포가 밀려와 갑자기 소름이 끼쳐 얼른 방으로 들어와 버렸다. 배는 흔들림이 거의 없이 빈맥 환자들의 심장 박동 소리처럼 쿵쿵쿵쿵 하는 추진기 소리만 들릴 뿐 고요한 밤바다를 미끄러지듯 헤쳐 나간다. 해도 모니터를 보려고 식당으로 내려갔더니 기관장이 야식으로 라면을 끓이고 있었다.

오늘은 침대에서 몸을 어떻게 둘까 신경 쓰지 않고도 단잠을 잘 수 있으리라. 그동안 저기압 때문에 노심초사했던 선장님과 항해사, 기관사 및 모든 다른 승무원들의 노고에 감사드리며 때로 큰 파도와 너울이 몰아쳐 미끄럽고 몹시 흔들렸던 배 위에서 한 건의 안전사고도 없었던 것에 감사드린다. 나머지 항해도 순조롭기를 빈다. Von voyage! Way to go, Araon!

4월 9일

세상의 끝,
푼타아레나스에 닿다

4월 9일 화요일, 날씨 맑다가 오후에 비.

새벽 5시에 잠이 깨었다. 잠 잔 시간은 얼마 안 되지만 배의 동요를 거의 느끼지 못했다. 밤새 아라온은 마젤란 해협의 좁은 수로를 조용히 미끄러지듯 항진해 왔다. 창으로 밖을 내다보니 아직 바다는 캄캄하고 하늘과 바다가 전혀 분간이 되지 않는다.

아침 식사 후 갑판으로 나가보니 바람이 매우 쌀쌀한 가운데 해협 양안의 섬인지 육지인지 모를 경치가 흘러가고 있었다. 얼른 방으로 가서 겨울옷으로 중무장을 하고 밖으로 나와 캠코더로 촬영을 했다. 멀리 눈덮인 산의 정상들이 어렴풋이 보였다. 소문과 달리 바다는 잔잔한 편이고 흰 파도도 조금밖에 보이지 않고 뱃전에 부딪치는 파도도 거의 없다. 그러나 날씨가 완전히 쾌청하지는 않았다. 어떤 곳은 안개가 끼어 해협 양안에 보이는 육지가 제대로 된 색깔을 나타내지 않고 미국에서 보았던 스모키마운틴 국립공원이나 부석사 무량수전 앞에서 보았던 소백산맥의 연봉들처럼 푸르스름하게만 보이는데 간혹 멋진 구름이 허리를 휘감고 있다. 하늘에는 구름이 무겁게 드리워져 있다.

한참 해협을 지나가니 맞은편으로 컨테이너 화물선 한 척이 지나간다. Ships Ahoy! 망망한 태평양에서 한 척의 선박도 못 보았는데 오랜만에 지나가는 배를 바라보니 매우 반갑다.

브리지에 올라갔더니 3항사와 다른 승무원 한 명이 지키고 있었다. 조금 있으려니 그 승무원이 앞에 고래들 숨 쉬는 것이 많이 보인다고 하였다. 또 조금 전에는 물개 떼가 지나갔다고 하였다. 얼른 망원경을 들어

바라보니 내 눈엔 잘 보이지 않았다. 푼타아레나스 입항 시간을 물어보
니 12시경이라고 한다.

　잠시 후 선장님도 검은색 정복을 입고 브리지에 올라왔다. 내가 그동
안 애쓰셨다고 말하고 감사하다고 하자 싱긋이 웃었다. 이심전심 굳이
말하지 않아도 알 것 아닌가. 브리지 밖으로 나와 좁은 난간 위에 서서

지나가는 경치를 감상하였다. 브리지에서 내려올 때 1항사를 만나 그동
안 수고했다고 하니 "아, 예." 하며 역시 싱긋 웃는다.

드디어 12시 10분 대한민국의 쇄빙연구선 아라온호는 칠레 남단, 지구
의 땅끝인 푼타아레나스 항 부두에 파일럿의 인도하에 사뿐히 접안하여

입항하였다. 메인 데크에 있는 해도를 보니 남위 53도 10분, 서경 70도 54분이다. 뉴질랜드 크라이스트처치 시 리틀턴 항을 출발하여 16일 동안 일순간도 쉬지 않고 웅웅거리는 심장 박동 소리를 내며 때로는 저기압을 멀찌감치 피하거나 앞서거니 뒤서거니 하면서 거친 파도와 바람을 무릅쓰고 동으로 동으로 무려 8,500여 킬로미터를 항진해 왔다. 민태원의 '청춘예찬'이란 수필에 '청춘의 끓는 피에 뛰는 심장은 거선의 기관과 같이 힘차다.'라는 구절이 있는데 기관실에서 들어 본 1만4천 마력이나 되는 아라온의 심장 박동 소리는 쿵쿵쿵쿵 엄청난 소리를 내었고 기관실 안은 더운 열기로 가득 차 있었다.

곧이어 브리지에서 선내방송을 통해 '올 스테이션 스탠바이'라고 힘차게 말하는 3항사의 목소리가 흘러 나왔다. 갑판으로 통하는 모든 통로는 닫혔다. 선의실 창으로 보니 부두에 하륙하기 위한 사다리를(갱웨이라고 한다) 풀어서 크레인으로 내리는 작업을 하고 있었다. 잠시 후 제복을 입은 칠레 세관원들이 승선하였다. 입항 수일 전에 3항사가 모든 승무원들에게 여권을 제출하고 세관 신고 품목을 알려줄 것을 당부하였다. 나도 이에 따라 신고 해당 물건들을 신고하였고 3항사가 입국 수속 서류를 일괄 정리하였다.

약 3시경 수속이 끝났는지 세관원들이 우리 항해사들의 인사를 받으며 내려가는 모습이 보였다. 이제는 밖으로 나갈 수 있으므로 메인 데크로 내려가 갑판으로 나가 보았다. 아라온 바로 맞은편에 미국 쇄빙선인 파머(Nathaniel B. Palmer)호가 출항 준비로 컨테이너를 선적하고 있었다. 조금 뒤 이 배는 출항하였다.

갑판 위로 올라가 부두에서 보이는 푼타아레나스 항 주변의 경치를 카메라로 찍었다. 해안에 면한 낮은 구릉지대를 따라 길게 도시가 형성되어 있었으며 고개를 올라가는 직선의 오르막길이 여러 개 보였다. 방으로 돌아오는데 3항사가 여권을 돌려주며 같이 주는 분홍색 종이를 잃어버리면 출국 시 벌금을 물어야 하니 잘 간직하라고 하였다.

오늘 하루도 늦게까지 작업을 해야 하는 승무원들을 생각하면 미안하기 그지없는 일이었지만 호기심을 못 이겨 혼자 하선하여 인터넷에서 봐두었던 곳을 가 보기로 하였다. 1항사에게 얘기했더니 흔쾌히 다녀오십시오 한다. 방으로 들어와 옷을 갈아입고 카메라와 캠코더를 매고 나왔다. 갱웨이를 내려 와 혼자 걸어가고 있는데 배 위에서 1항사가 빙해도선사인 블라디미르도 밖으로 나가니 "같이 가시지요."라고 한다. 블라디미르는 이발하러 가는 길이라 했다. 이발관을 아느냐고 물었더니 모른다며 물어 찾아가겠다고 한다.

지나가는 청년에게 아르마스(Armas) 광장이 어디냐고 물으니 자세하게 가르쳐 준다. 일러준 대로 가니 곧 아름드리 나무가 늘어선 광장 입구가 보였다. 블라디미르에게 나는 광장을 보러 간다고 말하고 여기가 중심가이니 이 주변에 이발관이 있지 않겠느냐 했더니 자기가 알아서 찾아가겠다고 한다.

그와 헤어져 혼자 광장 안으로 들어갔다. 중앙에 높다란 기단 위에 마젤란의 청동상이 있었다. 그 아래로 파타고니아 원주민 조각상과 인어상이 있었다. 이 동상이 유명한 것은 원주민 조각상의 한쪽 발을 만지면 이곳을 다시 찾게 된다는 인위적 전설 때문이다. 하버드 대학교의 하버드 동상의 발과 베로나의 줄리엣 동상의 코와 가슴과 앙코르와트의 압살라의 가슴처럼 과연 얼마나 많은 사람들이 만졌는지 반질반질하게 황금빛으로 닳아 있었다. 마젤란은 자신이 겪었던 모든 고뇌와 난관을 초월한 듯 고개를 들고 먼 바다 쪽을 바라보고 있었다. 광장은 견공들의 천국이어서 나무 그늘 아래 몇 마리의 개들이 늘어지게 낮잠을 즐기고 있었다.

광장에서 나와 길을 따라 올라가다가 기념품 가게에서 마그넷 3개를 샀다. 가게 여주인에게 전망대가 어디냐고 물으니 이 길을 따라 죽 올라가라고 했다. 천천히 발걸음을 옮기며 주위를 둘러보았다. 조금 가다 교차로 건너에 종루가 달린 성당 같은 고풍스런 건물이 보여 길을 건너가 보았더니 가톨릭 성당이었다. 안으로 들어가 보니 유럽의 중세 대성당과는 비교가 안 되지만 그래도 제법 고딕 성당의 격식을 갖춘 성당이었다. 십자가 머리에 해당하는 천장 돔 안의 예수님 모습은 이콘화 양식으로 그려져 있었다. 좌우로 코린트식 주두를 가진 기둥들이 늘어서 있고 입구 위쪽에는 파이프 오르간이 마련되어 있으며 창은 스테인드글라스로 장식되어 있었다.

성당을 나와 계속 걸어 올라가니 먼발치에 계단이 보였다. 가까이 가보니 계단 축대에 이국적인 벽화 비슷한 그림이 그려져 있었다. 전망대 위로 올라가니 발아래로 직선의 가로를 따라 시가지가 펼쳐져 있는 모습이 눈에 들어왔다. 하늘에 낮게 드리워져 있는 구름 때문인지 겨울의 초입에 들어선 계절 탓인지 전체적인 느낌은 어딘지 모르게 한때 부를 자랑하던 도시가 쇠락하여 다소 침체한 느낌을 주었다. 딱히 집어 표현하기 어려운 '모노노아와레', 어딘지 모르게 슬픈 감정이라는 일본식 표현이 어울리는 분위기였다.

다시 내려와 길을 가는데 학교인 듯한 건물에서 중학생으로 보이는 제복을 입은 학생들이 쏟아져 나왔다. 그중 여학생 3명과 1명의 남학생이 나를 보더니 "니 하오." 한다. 내가 다가가 나는 꼬레아에서 왔다 하니 "꼬레아!" 하더니 저희끼리 웃는다. 내가 매고 있는 카메라를 보더니 사진을 찍고 싶어 하는 눈치다. 나란히 서라고 하여 사진을 찍어 주고 LCD로 보여 주었더니 아주 좋아한다. 내가 아이폰을 꺼내니 모두 보더니 내게 바짝 붙어 소위 셀카를 찍자고 한다. 내가 아이폰을 쳐들었으나 서툴러 사진이 잘 나오지 않는다. 남학생에게 아이폰을 주면서 사진을 찍어 달라 하니 여학생들이 내 옆에 붙어서 활짝 웃는 표정을 지었다. 다시 사진을 보여주니 웃으면서 매우 좋아들 한다. 낯선 외국인을 만나도 스스럼없이 다가와 밝고 명랑하고 천진하게 웃는 아이들. 매우 귀엽고 정답고 사랑스럽다. 어디를 가도 아이들은 다 맑고 순수하다. 비록 말은 안 통해도 눈빛과 표정으로 다 통하는 것이 아닌가.

아이들과 헤어지고 나서 소변이 몹시 마려워 지나갈 때 보았던 유니막(Unimarc)이란 슈퍼마켓을 찾아가 볼일을 보았다. 내부를 둘러보니 꼭 미국에서 보았던 스페니쉬들의 슈퍼마켓인 세다노(Sedano)와 분위기가 같았다. 작은 코너의 가게에서 콜라 캔 하나를 사 마시고 주인에게 아내가 부탁했던 선물용 달팽이 크림을 물어보았다. 인도계 같은 주인은 친절하게 약국 가는 길을 가르쳐 주었다. 그리고 달팽이 크림을 에스파냐 어로 '끄레마 데 까라골(crema de caragol)'이라고 일러준다. 내가 따라 발음하니 엄지손가락을 치켜든다.

다시 길을 되돌아 가 Farmacias Cruz Verde라는 네온사인과 녹십자 표시가 된 약국을 찾아갔다. 아까는 몰라서 병원인가 하고 지나쳤던 곳이다. 안으로 들어가니 할머니 직원 한 분이 웃으며 반갑게 맞아준다. 달팽이 크림을 사러 왔다고 하니 옆에 있는 약사인 듯한 남자 직원에게 눈짓을 한다. 약사에게 다가가니 어디서 왔느냐고 묻는다. 코리아라고 하니 "아, 꼬레아!" 하더니 "South? North?" 하며 쳐다본다. 내가 "South Korea."라고 하니 아까 그 할머니가 "사우스 꼬레아 Yes, 노스 꼬레아 No!"라고 크게 말하며 웃는다. 북한이 그간 저지른 여러 가지 비행으로 국제 사회에서 지탄을 받고 있음을 절감하였다. 엘리시아(Elicia)라는 달팽이 크림이 한 개밖에 없다 하여 근처에 약국이 또 있느냐 물으니 주변에 같은 체인의 약국이 여러 개 있으니 길을 따라 쭉 올라가 보라고 하였다. 길거리 구경도 할 겸 잘 되었다 생각하고 길을 걷다 보니 중심가를 거의 다 보았다. 자세히 보니 길거리에 주차된 승용차 중에서 현대 아반테, 엑셀, 기아 프라이드, 대우, 삼성 SM3 등 우리나라 차 모델들이 꽤

보이고 택시 중에도 현대차가 꽤 보였다. 얼른 보기에는 우리나라 중고차 같은 느낌을 받았는데 확실하게는 모르겠다. 한 군데 교차로에서 신호를 기다리는데 맞은편 건물 옥상의 광고탑에서 LG 세탁기 선전이 멋있게 나온다. 우리나라에서라면 별 느낌이 없었을 텐데 머나먼 이곳 지구 최남단 도시에서 우리나라 상품 광고를 보니 왠지 코끝이 찡해 온다. 군데군데 옛날의 영화를 보여주듯 유럽풍의 멋진 건물들이 보였다.

또 다른 약국에서 크림 1개를 더 샀다. 어느덧 남국의 해가 저물어 아라온으로 되돌아오는데 지붕 위를 빨간 색으로 칠한 컨테이너로 장식하고 흰 네온으로 로미또스(Lomito's)라고 써 놓은 패스트푸드점이 보였다. 마침 배도 출출해서 요기를 할 생각으로 안으로 들어갔다. 훑어보니 맥도날드나 롯데리아 비슷한데 패스트푸드 가게라 하기에는 인테리어가 훨씬 더 고급스럽고 한쪽 코너에서 생맥주도 팔고 있었다. 메뉴를 보

니 각종 버거와 샌드위치 종류가 있는데 어느 것을 먹어야 할지 그리고 달러를 받는지 몰라 주저하고 있으려니 식당 중간에 있는 그릴에서 버거를 만들고 있던 나이 든 직원이 그릴 옆의 카운터에 앉으라고 손짓을 한다.

갑자기 옆에서 한국말이 들려와 뒤를 돌아보니 한국인 남녀 둘이서 햄버거와 맥주를 시켜 먹고 있었다. 내가 "실례지만 한국인이세요?" 하니 그렇다고 한다. "지금 드시는 게 이름이 뭡니까?" 하니 "콤브리또."라고 한다. 여기서 달러를 사용할 수 있나 물으니 아마 페소(Peso)만 받을 거라고 한다. 다시 메뉴판을 보니 로미또스 콤플리또(Lomoto's complito)라는 메뉴가 있다. 이제 됐다 싶어 카운터에 앉으니 여직원이 와서 웃으며 무얼 원하는지 물었다. 자신 있게 "콤플리또."라고 하니 뭐라고 빠르게 에스파냐어로 얘기하는데 못 알아들어 어리둥절해 있는데 옆에서 "drink."라고 한 남자가 얘기해 준다. "아!" 하고 "Beer."라고 하니 주문표에 같이 적어 넣는다.

레스토랑 한쪽에 사방이 오픈된 주방을 만들어 놓고 젊고 잘생긴 요리사와 아까 그 중년 노인이 버거와 샌드위치를 만들고 있다. 만드는 과정이 재미있어 캠코더로 녹화를 하니 사람들이 젊은 요리사보고 뭐라 뭐라 한다. 아마 "야 너 오늘 비디오 촬영한다." 그런 말이리라. 그래서 내가 그 젊은이더러 "헬로."라고 하면서 왼손 엄지를 치켜드니 눈치를 채고 정면을 보면서 환히 웃는다. 맞은편에서 에스프레소를 마시고 있던 노신사가 보더니 빙그레 웃는다. 나도 가볍게 고개 숙여 인사해 주니 싱긋 웃는다. 잠시 후 주문한 버거와 푼타아레나스산 오스트랄(Austral) 생맥주가 나왔다. 버거가 커서 한입에 베어 물 수 없으므로 나이프와 포크를 사용해야 했다. 버거의 빵은 겉은 비스킷처럼 바삭하게 구워 아삭아삭하고 안쪽은 말랑말랑하게 익혔다. 두 겹으로 넣은 쇠고기는 매우 부드러워 먹기 좋은데 약간 싱거웠다. 그리고 토마토와 샐러드는 아주 신선한 것을 썼다.

많이 걸어서 피곤하고 배가 출출한 참에 양이 충분한 맛있는 버거와 시원한 생맥주를 한 잔 들이키니 기분이 한껏 좋아진다. 지구 땅끝(Finis Terae) 마을에 와서 이렇게 맥주 한잔할 줄 꿈에라도 상상했던가.

버거를 다 먹고 일어나 달러를 받느냐 하니 받는다고 한다. 계산서를 보니 13불이다. 싼 값은 아니지만 한껏 좋아진 기분을 생각하면 그만하면 적당한 가격이라 하겠다. 밖으로 나오니 가랑비가 오고 있었다. 캠코더 LCD를 통해 보는 비 오는 지구 땅끝 거리 풍경이 사뭇 몽환적이다. 이리저리 앵글을 맞추어 찍는데 빗방울

이 더 굵어져서 할 수 없이 캠코더는 케이스에 넣고 카메라는 그냥 매고 왔으므로 달팽이 크림을 담았던 약국 비닐봉지로 싸서 비에 젖지 않도록 하였다. '이 빗속을 걸어갈까요... 둘이서 말없이 갈까요...' 대학 시절 부르던 노래가 생각났다. 이 정도 비를 맞으며 거리를 걷는 것도 낭만적이겠으나 카메라 때문에 다음 기회로 미루고 서둘러 아라온으로 돌아왔다.

4월 10일 수요일, 날씨 쾌청.

잠에서 깨어 시계를 보니 7시 반이었다. 식당으로 내려가 요구르트 한 개와 우유 한 잔으로 아침 식사를 대신했다. 8시쯤 되니 밖이 훤하게 밝아지고 바다도 또렷하게 푸른색을 띠었다. 갑판으로 나가니 현지인 한 사람이 배 출입구를 지키고 있다. 오늘은 면세 쇼핑 구역인 조나 프랑카 (zona franca, free zone의 스페인어)를 가 보려고 그에게 물어보니 손짓을 하며 스페인 말로 뭐라고 빠르게 이야기 하는데 대충 눈치로 새겨보니 조나 프랑카는 10시에 오픈하며 택시를 타고 가야 하며 차비는 미화로 2불, 칠레 페소화로 편도 2천 페소만 주면 되고 절대 더 많이 주지 말라는 뜻 같았다. 그라치아스(Gratias)라고 감사한 뒤 갱웨이 아래로 내려가 부두를 잠깐 걸어보니 바람이 생각보다 차가웠다. 감기에 걸리면 안 되겠다 싶어 방으로 돌아와 옷을 갈아입고 나가는데 미국 여성 3명이 올라오면서 인사를 했다. 그리고 아나스타샤(Anastasia), 나탈리 (Nathalie), 스테파니(Stefanie)라고 자신들을 소개한다. 나도 내 소개를 하고 마침 그들 방이 진료실 맞은편이라 진료실과 수술실을 보여주었더니 신기해하며 셀폰으로 사진을 찍었다. 그들과 헤어져 방으로 와서 카메라와 캠코더를 들고 나가 출입구의 승무원에게 이함 신고를 하였다.

부두로 내려가니 바람은 약간 차가웠으나 공기는 매우 상쾌하였으며 바다에도 수면을 스치는 바람으로 가벼운 물결만 일고 있었다. 어제저녁 비 올 때와는 전혀 딴판으로 하늘도 깨끗하고 푸르고 잘생긴 흰 뭉게구름들이 둥둥 떠 있었다. 갈매기 한 마리가 배를 매다는 로프를 거는 쇠기둥 위에 앉아 있었다.

게이트 앞으로 가니 고래 꼬리를 크게 장식해 놓은 간판에 The Antarctic Gate, 즉 남극의 관문이라고 써놓고 펭귄과 고래 사진을 넣어 놓았다. 아라온 바로 앞에 정박한 미국 배에는 굴뚝 기둥에 United States of America, Antarctic Program이라고 쓰고 남극 지도를 그려놓았다. 나중에 알고 보니 남극연구지원선인 로렌스 굴드호였다.

게이트를 나가서 이제 꽤 익숙해진 길을 건너 한 블록 위로 가서 어떤 공장 직공들에게 "조나 프랑카."라고 하니 방향을 가르쳐 주며 웃는다. 모두들 친절하고 순박한 것 같다. 그쪽 방향으로 가는 빈 택시를 한 대 잡아타니 젊은 기사가 "올라."라고 인사를 한다. "조나 프랑카."라고 하니 알겠다는 듯 웃으며 차를 출발시켰다. 조금 가다가 기사가 어디서 왔느냐고 영어로 묻길래 꼬레아라고 했더니 북한인지 남한인지 묻는다. 남한이라 했더니 어제 약국에서처럼 "노스 꼬레아 No, 사우스 꼬레아 Yes!"라고 한다.

제법 먼 길을 달려 목적지에 도착하여 차비를 물었더니 "투 돌러."라

고 한다. 2,000페소를 주니 되었다는 듯이 "Yes."라고 하면서 잘 가라고 한다. 감사하다고 말하고 "Have a nice day."라고 하니 밝게 웃는다. 출입구로 들어가 안내 직원에게 여기가 조나 프랑카 맞느냐 했더니 맞다고 한다. 매우 넓은 공간에 여기저기 큰 쇼핑몰들이 보였다. 한 가게에 삼성과 LG의 로고가 간판 양쪽에 뚜렷이 보여 가까이 가 보니 Samsung 글자 밑에 Representante Official en Magallanes라고 적어 놓았다. 눈치로 해석해 보건대 마가야네스 주 삼성 공식 대리점이라는 뜻이었다. 지구 반대편에서 근 한 세대 만에 우리네 기업들이 일군 땀의 대가를 보니 뿌듯하게 느껴진다.

잠시 둘러보니 소문과 달리 건물들만 컸지 우리나라 백화점이나 면세점보다 별로 나은 것이 없는 듯하였다. 시간이 아까워 2층으로 올라가 카페에서 케이크 한 조각과 콜라 1캔을 사서 요기를 하였다. 밖으로 나와 시간을 보니 12시밖에 안 되었다. 갑자기 좋은 생각이 떠올랐다. 대중교통 수단을 이용하는 것도 도시 하나를 자세히 보는데 유용한 방법이다. 그래서 버스 승차장으로 가니 마침 버스가 한 대 서 있었다. 기사에게 "푸에르또(Puerto, 항구라는 뜻의 에스파냐어)?" 하고 말하니 "시(Si, yes)"라고 한다. 버스에 올라 차비를 물으니 손가락으로 한 군데를 가리키는데 보니 성인(adultos) 260이라고 쓰여 있다. 1,000페소 지폐를 주니 동전으로 거스름돈을 내준다.

버스는 골목길을 굽이굽이 누비고 언덕을 오르내리며 약 1시간 반 동안 시내 구석구석을 운행하였다. 가다가 행인이 손을 흔들면 승차장이 아니어도 두말 않고 세워주었다. 창밖으로 지나가는 풍경은 마치 70년대

우리네 도시 풍경과 비슷하였다. 지구 반대편이라고 사람 사는 것이 다르지 않음을 절감하였다. 중간 중간에 귀여운 꼬마들을 데리고 타는 엄마와 할머니들이 있었는데 아이들에게 웃으며 캠코더를 대니 수줍게 어쩔 줄 몰라 하면서 나와 엄마를 번갈아 쳐다본다. 애기들은 어디 가도 귀엽고 사랑스럽다. 순진 그 자체인 해맑은 눈동자가 부럽다.

버스에서 내려 중간에 길을 물으며 제법 걸었더니 HOTEL DREAMS DEL ESTRECHO(해협의 꿈 호텔)라는 네온사인이 있는 멋진 호텔 건물이 보였다. 해협의 꿈이라. 마젤란과 그의 부하들은 향료 섬으로 가는 새로운 항로를 발견한다는 꿈을 꾸었지만 지금 이곳 사람들은 어떤 꿈을 꾸며 살아갈까. 어제 잠시 본 듯하여 한 젊은이에게 항구가 어디냐고 물었더니 앞으로만 가라고 하였다. 가까이 가서 보니 어제와 반대 방향으로 온 것을 알 수 있었다.

3시경 다시 항구 밖으로 나가 이제는 익숙해진 유니막 슈퍼에 가서 작은 와인 4병들이 한 세트, 치즈, 감자 칩, 코카콜라 6캔을 사 왔다.

5시 반에 저녁식사를 하러 내려갔다. 맞은편에 앉은 미국 여성 연구원과 인사를 하였다. 그녀는 자기 이름은 줄리아(Julia)이고 휴스턴 대학 교수이며 지질학이 전공인데 자기 연구 분야는 해양미생물학이라고 소개하며 2명의 대학원생 제자와 함께 왔다고 하였다. 작년에 학회 참석차 제주도를 방문한 적이 있다고 하며 제주도가 환상적이라고 하였다.

식사 후 진료실로 가는데 옆에 있는 휴게실 문이 열려 있어 안을 들여다보았더니 아나스타샤, 나탈리, 제니퍼(Jennifer)와 앤드류(Andrew)라는 남자 연구원들이 소파에 앉아 얘기를 하고 있었다. 내 소개를 하자 그들은 내가 오게 된 경위를 물었다. 제니퍼는 내 이름이 정확하게 무엇이냐고 물었다. 내가 김용수라고 말하고 미국에서는 나를 '닥터 킴'이라고 불렀다 하니 자기는 '킴용수'라고 부르겠다 한다.

그들과 헤어져 다시 항구 밖으로 나와 아르마스 광장으로 갔다. 광장에 거의 이르러 들어가려는데 갑자기 젊은 여자 아이 둘이 내게로 오더니 "Hello, can you speak English?"라 한다. 내가 "yes, I can."이라고 대답하니 둘은 매우 기쁜 표정으로 자기들은 현지 대학생인데 부탁 하나 드려도 되는가 하고 물었다. 내가 좋다고 하니 이곳을 찾는 외국인과 인터뷰하면서 세 가지 질문을 하는 것을 녹화해 가는 것이 프로젝트라고 하였다. "O.K."라고 대답했더니 학생들은 몹시 기뻐하며 한 명은 모바일 폰으로 녹화 준비를 하고 나머지 한 명은 마치 기자가 인터뷰하듯 내게로 가까이 와서 "Excuse me, may I have your name, please?" 하였다. 내가 "My name is Kim Yong Soo, I'm from south Korea."라고 하니 "Oh, Korea, Will you tell me why you visit this city?"라고 물었다. 내가 "Well, I am a surgeon and I am going to Antarctica aboard Korean icebreaker Araon tomorrow."라고 하니 "Oh, you are doctor, how do you like this city?"라고 물었다. 내가 "Oh, I found this city very interesting and I like it very much. They say that if one touches the foot of native man statue at the plaza he will surely return to this place once again. And I'd like to come again."이라 말하자 "Thank you so much." 라고 말하고는 녹화를 마치고 몇 번이나 감사하다고 하면서 자기들끼리 마치 좋은 인터뷰 한 건 했다는 듯이 마냥 웃으며 즐거워했다.

이제 내일이면 이곳 푼타아레나스를 떠나 드레이크 해협을 거쳐 남극해로 들어갈 것이다. 뜻하지 않은 인연으로 세상 끝까지 내려 와 생전 처음 보는 이국의 도시를 경험하였다. 의식주의 방식은 비록 다를지라도 사람 사는 곳은 어디나 다를 바 없다는 생각이 들었다.

이제 내일이면 이곳을 떠나 드레이크 해협을 거쳐 남극해로 들어갈 것이다.

세상 끝까지 내려와 생전 처음 보는 이국의 도시를 경험했다.

이곳에서 만난 뜻하지 않은 인연들을 기억한다.

4월 11일

거친 바다,
드레이크 해협을 지나

4월 11일 목요일, 날씨 쾌청

6시에 기상하여 식당에서 선장님을 만난 자리에서 천장에서 물이 샌다 하니 험한 항해 도중 가끔 배관이 손상되어 그럴 수 있다고 하였다. 1항사에게 얘기했더니 곧 고쳐드리겠다고 하였다. 잠시 후 조기장과 3명의 다른 승무원들이 방으로 왔다. 물기를 깨끗이 닦고 다른 승무원이 가져 온 퍼트를 잘 주물러 새는 부위에 발랐다. 더 이상 물이 배어나오지 않는 것을 확인한 후 패널과 커튼 섀시를 다시 고정시켰다.

감사하다고 말한 다음 갑판으로 나왔더니 어제 만났던 스테파니가 세탁기가 어디 있느냐고 물어 3층 세탁실로 가 사용법을 설명해 주었다. 다시 갑판으로 가는데 줄리아 교수와 자그맣고 뚱뚱한 여학생 같이 보이는 여성이 "헬로우." 하며 인사를 한다. 나도 답례를 하고 이름을 물으니 알레그라(Allegra)라고 한다. 알레그라는 뉴욕 출신이며 학부 재학생이라고 한다. 나더러 뉴욕에 가 본 적 있느냐고 물었다. 미국 연수 시절 두 번 가 보았으며 맨해튼 맨 아래에서 맨 위 블록까지 걸어가 보았다고 했다. 내가 뉴욕을 구경한 지 두 달 후 9.11 사태가 발생했기 때문에 아마도 내가 마지막으로 월드 트레이드 센터를 본 사람들 중에 속할 거라고 하니 놀라는 눈치였다.

선실로 들어가려는데 복도에서 두 명의 미국인이 나를 보더니 그 중 한 명이 "Doctor, are you American doctor?"라고 웃으며 물었다. 나는 한국 외과 의사며 미국에서 2년 3개월 동안 수련을 받은 적이 있다고 말해주었다. 그들은 이 배에 전자기사가 있느냐고 물었다. 표지판을 보여주고 1층에 전자실이 있는 것을 알려주니 감사하다고 했다.

점심 식사를 하러 식당에 갔더니 아나스타샤가 굿모닝 하며 반갑게 인사를 한다. 나도 같이 인사를 하고 간밤에 잘 잤느냐 물었더니 아주 잘 잤다고 한다. 대학원생이냐고 물었더니 그렇다고 한다. 미국 어느 주가 고향이냐고 물으니 자기는 그리스 출신이라고 한다. 내가 그리스를 좋아한다 하니 가 본 적 있느냐고 물었다. 5년 전에 관광 여행 다녀간 적 있다 하니 다시 한번 간다면 어디를 가보고 싶으냐 하기에 시간이 허락한다면 그리스 반도 전체를 둘러보고 싶다고 대답했다.

이런 저런 사람들과 얘기를 나누는 동안 승무원들은 부지런히 움직이며 출항 준비를 했다. 아라온은 선수부위에 컨테이너 3개를 더 적재하였고 배 안에는 한국과 미국 연구원들이 가져온 각종 연구 장비들이 실험실마다 가득 찼다. 아라온은 헬기 두 대를 탑재했으며 세종 과학기지 보급을 위한 LPG 가스통 30개와 각종 물자 500kg도 실었다. 12시 출항이 조금 늦어진다 하였다. 브리지에 올라갔더니 선장님이 극지연구소 수석 연구원과 얘기를 나누고 있었다.

드디어 오후 1시 30분 출항을 알리는 경적이 울렸다. 먼저 부두와 연결되는 사다리인 갱웨이를 분해하여 이중으로 겹치게 접은 다음 갑판 위의 작은 기중기를 이용하여 자동으로 끌어올려 갑판에 부착시켰다. 다음에 배를 고정시키고 있는 로프를 풀었다. 양팔의 이두박근과 식스 팩 복근처럼 굉장히 크고 두꺼운 타이어를 두 겹씩 선체 사방에 붙인 작은 헤라클레스처럼 보기에도 힘이 셀 것 같은 다부지게 생긴 커다란 예인선이 다가와서 아라온을 부두에서 서서히 바다 쪽으로 밀어내었다. 선미를 어느 정도 민 다음 로프로 당겨 선수가 밀려나게 하였다. 이 과정을 수차례 반복하니 어느덧 아라온은 부두에서 멀찌감치 떨어져 뱃머리를 외해 쪽으로 돌려 천천히 파일럿 선의 인도를 받으며 앞으로 나갔다. 칠레여 안녕, 땅끝 마을 푼타아레나스여 안녕, 한 달 뒤에 다시 보자꾸나.

브리지에서 해도를 보니 남위 53도 21분, 서경 67도 35분의 마젤란 해협 상이다. 갑판 양쪽으로 마라도 같이 생긴 납작하고 평평한 나무가 거의 없는 섬들이 띄엄띄엄 나타난다.

오후 1시 반에 푼타아레나스를 떠난 아라온은 5시경 벙커링(급유)을 위해 카보네그로(Carbo Negro)라는 곳에 있는 벙커링 부두에 접안하였다. 푼타를 떠날 때 같이 따라왔던 예인선이 앞에서 선회하더니 아라온 선미 쪽으로 가서 아까처럼 아라온을 천천히 밀어 접안을 도왔다. 아라온이 해상에 설치된, 튼튼한 파일을 박아 만든 접안시설에 접근하자 우리 승무원들이 로프를 던져 상대측에서 이를 잡아 쇠갈고리 같은 것에 감아 고정시켰다. 해상 정유소를 살펴보니 큰 저유탱크가 많이 보이고 풍력발전용 바람개비 3개가 아주 세찬 바람에 회전하고 있었다.

오후 10시 25분경 경적이 울리더니 "올 스테이션 스탠바이."라는 선내 방송이 나왔다. 아라온이 벙커링 작업을 끝낸 모양이다. 갑판으로 살짝 나가 보았더니 이미 해상 부두에서 아라온이 멀어지고 있었다. 배의 후미를 보니 예의 그 예인선이 아라온 후미를 힘차게 밀어내고 있었다. 잠시 후 예인선이 아라온에서 스르르 떨어지더니 한 바퀴 빙 돌아서 어두운 밤바다로 사라져갔다. 아마 제 할 일을 다 하고 푼타로 귀항하는 것이

리라. You did good job, tug boat. Bye!

　아라온은 점차 속력을 내더니 정상 속도로 항진하기 시작했다. 약간의 롤링이 느껴졌다. 아침에 알레그라가 멀미할까 봐 매우 긴장된다고 하던 말이 생각났다. 지금 어떨는지. 선실로 들어오는데 그리스 아가씨 아나스타샤가 컵라면을 들고 올라오다가 나를 보더니 수줍게 웃는다. 저녁 식사하고 올라갈 때도 간식거리인 칩을 먹으면서 가더니 한창 나이라서 배가 출출한 모양이다.

　오늘도 아라온 승무원들은 벙커링 부두로 쉬프팅(shifting)하는 작업과 각종 연구 장비와 물품을 정리하고 설치하느라 바쁜 하루를 보냈다.

4월 12일 금요일, 날씨 맑으나 구름.

7시에 기상하였다. 오늘 아침부터 아라온은 약간 흔들리고 있다. 브리지에 올라갔다. 칠레에서 승선한 2항사와 다른 승무원이 브리지를 지키고 있었다. 아라온은 아직 마젤란 해협을 빠져나가고 있으며 100마일 정도 더 가면 드레이크 해협으로 들어갈 것이라 한다. 브리지에 있는 해도를 보니 마젤란 해협의 수로가 매우 복잡하고 해협 주위로 수많은 작은 섬들이 있다. 날씨는 맑으나 흰 구름이 많이 끼어 있다. 바다는 약간 녹색을 띤 푸른색이고 파도는 별로 치지 않는다. 뱃머리에 있는 마스트 위의 풍향계 바람개비도 천천히 돌고 있다. 브리지 뒤의 갑판에서 보니 잔잔한 녹색의 바다 위를 아라온이 조용한 궤적을 남기며 달리고 있다. 해도를 보니 머리 앞쪽으로 티에라 델 푸에고 섬이 보인다. 브리지에서 이제는 눈에 익은 해도와 레이더 및 Anti-Rolling/Ice-Heeling system을 포함한 각종 계기판들을 자세히 살펴보았다. 계기판 중에는 Hospital call panel도 있다. 현재 아라온의 속도는 11노트이다.

저녁 식사 후 오후 7시에 아라온 승무원과 극지연구소 연구원들 및 미국 연구원들과 서로 소개하는 자리가 식당에서 만들어졌다. 이런 자리에는 개인적 및 국가적 이미지가 있는데 포멀하게 차려 입어야 되겠다 싶어 수트로 된 가운을 입고 내려갔다. 먼저 극지연구소 수석연구원이 인사말을 하고 이어서 선장 이하 승무원들 소개가 있었다. 내 차례가 되자 선장님이 나를 좌중 앞으로 슬그머니 떠밀었다. 정중하게 인사를 하고 나는 다음과 같이 말했다. "Dear ladies and gentlemen, Nice to meet you. And I am very pleased and privileged to be with you aboard this Korean icebreaker Araon bounding for Antarctica. My name is Kim Yong Soo and I'm in charge of ship doctor. The small clinic of this ship is equipped with essential necessary drugs for primary care and in the operating room I can do appendectomy and other minor surgery but I don't want such a situation(좌중 웃음). Once again I am very happy to be with you and I wish all of you godspeed. Thank you." 이어서 극지연구소 연구원들과 미국 연구원들이 자기소개를 했다. 미국 연구원들은 미국 내 유명 대학의 교수들과 대학원생과 캘리포니아 주 샌디에이고에 있는 세계적으로 유명한 스크립스(Scrips) 연구소의 젊은 과학자들이었다. 마지막으로 선장님이 우리 승무원들이 노고가 많다는 뜻의 영어를 했다. 복도에 나와 보니 어제 사진으로 찍은 한미 연구원들과 아라온 승무원들의 사진이 두 장으로 나뉘어 크게 붙어 있었다. 나는 사진을 보고 다시 사람들의 이름을 확인하였다.

저녁 식사 도중 1항사에게 물어보니 오늘 밤 드레이크 해협으로 들어간다고 하였다. 그곳이 제일 거친 바다라던데 하였더니 날씨에 따라 다른데 지금 같으면 날씨가 좋은 편이라고 하였다.

4월 13일 토요일, 날씨 맑음.

잠에서 깨어 시간을 보니 오전 3시였다. 누워 있다 다시 잠이 들었는지 일어나니 8시였다. 내 근무 시간은 원칙적으로 오전 8시부터이다. 얼른 세수를 하고 진료실로 가 보았다. 어젯밤에도 많이 흔들린 기억은 없었다. 한두 번 몸이 좌우로 기우뚱한 기억이 난다. 진료실은 별 이상이 없었다.

브리지로 올라갔더니 2항사와 다른 승무원이 있었다. 드레이크 해협을 통과했는지 물으니 어제 통과했다며 해도 모니터를 보여준다. 좁은 수로를 지나 남위 57도 38분, 서경 64도 01분의 넓은 바다로 나와 항해 중임을 볼 수 있었다. 거칠기로 악명이 높은 바다를 좋은 날씨 덕분에 무사히 통과했다니 감사하지만 한편으로는 한 번 더 삶과 죽음의 경계를 느끼게 해 주는 포세이돈의 분노를 경험해보았더라면 하는 아쉬움이 있었다.

갑판으로 나와 보니 날씨가 맑고 하늘에는 흰 구름이 보기 좋게 떠간다. 늘 보는 바다지만 볼 때마다 물색이 다르다. 오늘 바다는 차가워 보이는 검푸른 빛이다. 뱃전에서 물살이 갈라질 때 남색 파도가 매우 아름답고 색깔이 뚜렷하고 곱다. 선수 바로 아래의 창으로 검푸른 바다가 다가온다.

1층 계단을 통해 메인 데크 갑판으로 내려오는데 갑판 안쪽 연구용 원치가 있는 곳에서 해오라기 비슷한, 깃털이 눈처럼 하얗고 길고 뾰족한 부리가 노란 새 한 마리를 보았다. 나를 보더니 뛰어 달아나는데 바닥이

미끄러운지 발을 다쳤는지 자꾸 미끄러진다. 어째 보니 발을 다친 것 같아 안됐다는 생각이 들었다. 또 한 번 눈이 마주치자 갑자기 하얀 똥을 찔끔 눈다. 이 녀석이 스트레스를 받았나. 너를 해칠 내가 아니란다. 다쳐서 우리 배에 내려앉

았나. 안쓰러워 다가가  니 벽과 기계장비 사이의 틈 속으로 들어가 버렸다. 뒤로 해서 살금살금 다가가 손으로 잡으면 잡힐 만큼의 거리까지 접근하자 쇠로 된 바닥에 서너 번 미끄러지면서 갑판 후미로 뛰어

나가더니 공중으로 뛰어올라 훨훨 날갯짓을 하며 날아간다. 다친 게 아니고 바닥이 미끄러워 그랬구나. 안심이 되면서도 다시 돌아왔으면 하고 날아간 방향을 펴다 보니 벌써 멀리 날아가 버렸다. 바닷새야 나는 널 해코지 할 생각은 전혀 없었단다. 정말 다리를 다쳤으면 멋지게 부목을 대주고 정성껏 치료해 주려고 했으니 혹시 추호도 오해는 하지 말아라. 귀여운 새야. 덕분에 좋은 사진을 찍었으니 고맙구나. 잘 가거라. 그리고 또 놀러 오너라. 그때는 네 입에 맞을지는 몰라도 맛난 모이를 주마. 메인 데크의 운동실에 가보니 트레드밀과 탁구대를 깨끗하게 손질해 놓았고 그 옆의 사우나도 말끔히 치워 놓았다.

저녁 식사 후 식당에서 칠레 헬기 조종사들을 만났다. 그중 한 명인 카를로스가 "헬로 독또르." 하며 반갑게 인사를 한다. 함께 있던 크리스티안이란 조종사가 영어로 주치의에게 고지혈증 약을 처방받았으나 약국에서 사지 않았다면서 약이 있는지 물었다. 고지혈증 약은 기억이 안 나서 확인해 보겠다 하니 급할 것은 없다며 내일 얘기해 달라고 하였다. 어제 제니퍼란 미국 연구원이 안약이 필요하다 해서 기다렸는데 오늘도 오지 않아 지나는 길에 그녀의 방을 노크했더니 나온다. 어제 아이드랍을 원한다고 했는데 기다려도 안 와서 지나는 김에 와 보았다 하니 고맙다며 곧 진료실로 오겠다 하였다. 잠시 후 진료실로 온 그녀에게 단순히 인공눈물만 원하느냐 아니면 눈에 충혈이나 자극 증상이 있느냐고 묻자 약간 자극이 있다고 한다. 알바론이란 뉴질랜드산 안약을 주었더니 감사하다고 악수를 청한다. 내 방으로 가다가 해밀턴 대학 교수인 미국 팀 수석연구원인 유진 도맥(Eugene Domack) 교수를 만났다. 나를 보더니 "Hello doctor." 하며 아주 듣기 좋은 달콤한 목소리로 인사를 한다. 이 분은 첫인상부터 매우 젠틀하였다. 오늘 하루 어땠느냐 하니 "Excellent." 하며 엄지손가락을 세운다. 내가 "You seemed to be so busy. Have a good night." 하니 미소를 지으며 "You too!" 하였다.

아라온은 오늘도 쉬지 않고 앞으로 앞으로 남극을 향해 달린다. 밤이 가까워져 오니 선창 밖으로 휘이 하는 바람소리가 난다. 일교차가 크므로 지금은 밖이 차가울 것이다. 멀미약을 타러 온 한 연구원 말로는 세종기지 부근은 4도 정도로 따뜻하다고 하였다. 바람이 불면 영하로 내려간다 하니 생각보다 무서운 추위는 경험하지 않을 것 같다. 기온이 너무 차면 카메라와 캠코더의 배터리가 얼어 작동을 멈출 수 있기 때문에 걱정되었는데 그 정도라면 괜찮겠다는 생각이 들었다. 하지만 실제 도착해 보아야 알 것이다.

흰색과 푸른색의 세계,
남극 도달

4월 15일 월요일, 날씨 흐리고 눈.

어제 늦잠을 자서 7시에 잠에서 깨어났다. 세수를 하고 바람을 쐬러 갑판으로 나갔더니 갑자기 눈앞에 무언가 하얀 것이 보였다. 자세히 보니 눈 쌓인 산이었다. 다만 육지에서 보는 산과 달리 바다 위에 솟아 있는 봉우리들이었다. 갑판으로 나와 보니 바닥에 눈이 쌓여 있고 헬리데크로 나가는 통로에도 눈이 소복이 쌓여 미끄럽고 날이 몹시 차다.

밤사이 아라온이 조용히 달려 드디어 남극해로 들어온 것이다. 나중에 선장님에게 들은 바로는 웨델해는 큰 빙산이 너무 많아 특히 야간 항해시에는 빙산에 충돌할 우려가 있으므로 위험하여 깊이 들어갈 수 없고 대신 반대쪽 바다를 계속 이동하면서 실험과 연구를 한다고 한다. 2항사에게 물어 여기가 남극반도(Antarctic Peninsula) 서안(West Coast, Graham Coast)의 남위 65도 45분, 서경 64도 31분에 위치한 비고 만(Bigo Bay)이라는 곳임을 알았다.

헬리데크로 나가니 사방으로 완만하거나 삐죽삐죽한 능선을 가진 눈 덮인 산들과 군데군데 탁자 모양의 탁상형 빙산과 커다란 유빙들이 보였다. 만의 한쪽 끝에는 코뿔소의 뿔처럼 생긴 눈 덮인 수직 암벽이 우뚝 서 있다. 마이산처럼 생긴 두 암봉 사이에 눈이 두껍게 쌓인 곳도 있다. 하늘에는 안개가 짙게 끼어 있다. 설산들은 히말라야를 연상하게 한다. 눈에 덮인 검은 암벽이 노출되어 있고 완만한 능선에는 눈이 두텁게 쌓여 있다. 바다로 떨어지는 단애는 날카로운 선으로 이루어진 파르스름한

색의 갖가지 형상의 조형을 보여준다. 그리고 빙산은 보기에도 차갑게 느껴지는 약간 푸른빛을 띠고 있다. 빙산의 모양은 가지각색이며 모서리들도 날카로운 선을 이루고 있다.

바다 위로 제법 큰 얼음덩어리들이 둥둥 떠간다. 어떤 것은 무게 때문에 파도 위아래로 들락날락하며 마치 물 위에 내려앉은 바다 새처럼 유유히 떠내려간다. 바다는 회색빛이 도는 검푸른 색인데 바람이 세차게 불어 흰 파도가 일렁인다.

갑자기 바람이 윙윙하고 불더니 엄청나게 추워진다. 손이 얼어붙는 것 같이 2–3분 이상 노출되니 얼얼하게 감각이 마비되어 온다. 다시 방으로 들어가 양손에 두꺼운 장갑을 끼고 나왔다. 얼굴에도 방한 마스크와 발라클라바를 썼다. 승무원들이 헬리데크 위에 적재해 놓았던 몇 가지 연구 장비들을 풀었다.

아라온은 오전 7시 40분에 연구 정점에 도착하여 8시부터 연구 작업을 대기하였으나 기상 상황이 악화되어 헬기 작업이 불가하여 지속적으로 라인 서베이(Line survey)만 하면서 대기하였다. 오전 10시 경 아라온은 러루 베이(Leroux Bay)란 곳을 향하여 검푸른 바다를 천천히 항해했다. 갑판에서 앤드류와 제니퍼와 알레그라와 아나스타샤를 만났다. 아나스타샤가 대충 입고 나왔기에 모자도 쓰고 동상 걸리지 않게 꼭 장갑을 끼라고 하였다. 그녀는 다시 무장을 하고 나왔다. 기온은 그리 낮지 않지만 바람이 불면 체감 온도가 영하 30도 이하로 내려가는 것은 순식간이다. 그들과 함께 사진을 찍고 즐겁게 얘기하다가 진료실로 왔다. 알레그라는 키미테 패치 2개를 원했고 아나스타샤에게도 패치 2개와 보나링 4정을 주었다. 제니퍼가 하제를 원해 둘코락스 6정을 주었다.

점심 식사 후 갑판으로 가 보았더니 눈이 너무 많이 와 카메라와 캠코더를 쓸 수 없었다. 잠깐 동안 눈이 내렸는데 등산화가 푹 빠질 정도이다. 헬리데크에도 눈이 온통 하얗게 쌓였다. 할 수 없이 진료실에 와서 창으로 바다를 보니 세찬 눈보라가 휘날린다. 하늘에는 짙은 안개가 끼어 조금 전에 보았던 풍경이 전혀 보이지 않는다.

조금 있다가 갑자기 둥근 비늘처럼 작은 얼음 조각들이 빽빽하게 나타나더니(나중에 이것들이 팬케이크 아이스라는 것을 알았다) 그 사이사이에 큰 얼음 덩어리들이 떠내려온다. 카메라를 들고 나가니 그새 눈이 그치고 날씨도 비교적 덜 춥다. 브리지로 올라가 밖으로 나가는 문을 통해 밖으로 나왔다. 발등까지 빠지는 눈이 쌓여 바닥이 매우 미끄러우므로 신경을 집중하여 조심조심 난간으로 가서 시야가 좋은 곳에 중심을 잘 잡고 난간에 기대섰다.

아라온이 앞으로 진행함에 따라 바다를 꽉 메우다시피 하여 얼음이 떠내려오는데 사방으로 시선이 닿는 곳은 모두 얼음으로 꽉 차 그 광경은 말로 다 표현할 수 없다. 작은 비늘 같은 얼음 중간 중간에 큰 유빙들이 어떤 것은 집채만 한 것들이 떠내려오는데 제 무게로 인해 물속에 거의 잠겼다 둥실 떠오르며 참으로 느긋하게 둥둥 떠내려간다. 그런 유빙들은 색깔도 옥색으로 주위의 온통 흰색과 뚜렷한 대조를 이루며 보기에도 매우 차고 단단하고 깨끗하게 보인다. 얼음 표면에는 눈이 쌓여 있다. 오직 바다가 보이는 곳이라곤 아라온이 지나온 길 뿐인데 그나마 점차 꼬리가 가늘어져 나중에는 다시 완전한 얼음 벌판이 된다. 이런 기가 막힌 장관이라니! 하루 만에 세상이 온통 흰색으로 바뀌어 버렸다. 아라온이 그 사이를 비집고 전진하는데 얼음들이 배 양옆으로 밀리면서 차르륵하는 대나무로 만든 발이 촤 펴질 때 나는 것과 비슷한 멋진 소리를 낸다. 브리지 위에서 보는 하얀 바탕 위에 완만한 파란 곡선을 그리는 아라온의 항적이 보기에 매우 멋지다. 이런 광경은 정말 이 세상 어디에서도 구경할 수 없을 것이다.

하얀 바탕 위에 완만한 파란 곡선을 그리는 아라온의 행적이 매우 멋지다.
이런 광경은 정말 이 세상 어디에서도 구경할 수 없을 것이다.

추위에 배터리가 얼까봐 브리지 안에서 구경을 하는데 누군가가 바다사자가 있다고 말해주었다. 놈은 아라온이 지나가는 것이 아무런 일도 아니라는 듯이 포식한 후의 느긋함 때문인지 얼음 위에서 여유만만하게 머리와 꼬리를 흔들며 놀고 있었다. 멀리서도 동그란 눈동자가 속세와는 거리가 먼 순진한 동승의 눈동자 마냥 천진난만하게 보였다

한참을 얼음 바다를 헤쳐 나가자 얼지 않은 검푸른 바다가 나타났다. 여기에도 역시 갖가지 형상으로 생긴 옥색의 유빙들이 철썩철썩 소리를 내며 물속으로 잠겼다 떠올랐다 하며 주위에 소용돌이를 일으키며 떠내려간다. 수없이 많은 작은 얼음 조각들이 떠 있고 군데군데 띠 모양의 아주 얇은 회색빛의 얼음이 얼어서 물결에 흔들거린다(이런 것을 grease ice라고 한다는 것을 나중에 알았다).

잠시 후 아라온 양옆으로 멋진 설산들이 나타나기 시작했다. 산들은 보기에도 매끈하고 아주 두꺼운 눈으로 덮여 있고 군데군데 검은색 암벽이 노출되어 있다. 브리지에 비치되어 있는 망원경으로 보니 바다에 면한 산의 얼음 절벽은 이루 말이나 글로 표현할 수 없는 기기묘묘한 모습을 하고 있다. 그 선과 면이 이루는 조형미는 인간의 솜씨로는 도저히 흉내 낼 수도 상상할 수도 없을 것 같다. 하나하나에 채색을 해 놓으면 그 자체만으로도 뛰어난 작품이 될 것이다. 브리지에서 내려다보니 뱃머리는 온통 흰 눈으로 덮여 눈이 덮이지 않은 크레인의 옆면의 노란색을 제외하고는 모두 순백이다.

조금 있으려니 불그레한 노을이 한쪽 하늘을 물들여 그 쪽의 설산의 능선이 노을과 선명한 대조를 이루어 파르스름하게 빛이 났으며 절벽은 옥색으로 더 뚜렷하게 보였다. 이 주위의 바다는 얼지 않아 검푸른 빛을 띠고 있는데 소량의 작은 얼음 조각이 떠다녔다. 여태까지 미국 대륙횡단 여행 때 보았던 옐로스톤 국립공원이 가장 인상 깊었는데 남극의 비경에 비하면 아무 것도 아닌 것 같은 생각이 든다.

4월 17일 수요일 날씨 맑음.

6시 반쯤 일어나 세수를 하고 갑판으로 나가보니 아라온이 사방이 설산으로 빙 둘러싸인 고요한 호수 같은 바다에 정박해 있었다. 해 뜨기 전의 새벽빛에 비친 산과 바다가 어둑한 푸른빛과 흰 빛을 띠며 환상적인 모습을 연출하고 있었다. 얼른 방으로 들어가 카메라와 캠코더를 가지고 나와 사진을 찍었다. 산 뒤쪽으로 멀리 새벽의 여신 에오스의 옷과 같은 샤프란 색으로 물든 엷은 구름이 띠처럼 둘러 있고 옅은 파란 색 하늘이 열리고 있었다. 바다에는 어제 본 얼음 바다보다는 양이 적지만 군데군데 큰 얼음 덩어리를 포함하여 얼음이 아주 가볍게 출렁이고 있고 그 위로 서치라이트 불빛이 커다란 타원형으로 비치고 있어 멋진 광경을 보여주고 있다. 식당으로 내려가 우유에 탄 콘플레이크로 아침을 먹었다.

식사 후 2층 갑판으로 나가 헬리데크에서 사방을 둘러보니 주위는 호수 같은 고요한 얼음 바다인데 어제보다 설산 봉우리들이 더 가깝게 빙 둘러져 있었다. 군데군데 설산 앞에 길쭉하고 네모반듯한 유빙들이 떠

아라온은 사방이 설산으로 빙 둘러싸인 고요한 호수같은 바다에 정박해 있다.
해뜨기 전 새벽빛에 비친 산과 바다가 푸른빛과 흰빛으로 광경을 연출한다.

있었다. 오늘 온 곳은 비스코치아 만(Beascochea Bay)이란 곳이다.

기상이 좋아서 오전에 헬기 탐사가 시작되었다. 한미 연구원들이 두 대의 헬기에 분승하였다. 조금 뒤 Start Pac이라고 하는 시동용 배터리를 헬기 머리 아래에 꼽으니 프로펠러가 굉음을 내며 힘차게 돌아간다. 몇 분 돌더니 마지막으로 훨씬 더 큰 굉음을 내더니 헬기가 공중으로 둥실 떠오르더니 한 100미터 상공으로 올라가서 원을 그리며 차츰 더 상승하더니 멀리 보이는 설산 위로 사라져 버렸다. 잠시 후 두 번째 헬기도 이륙하여 설산의 눈 쌓인 계곡을 비스듬히 따라 올라가 사라졌다. 헬기가 이륙하는 동안 많은 연구원들이 각층 갑판 위에서 사진을 찍고 탑승자들을 전송했다.

점심때가 되어 날이 맑아지니 산 빛은 푸른 하늘을 배경으로 눈부시게 더욱 희게 빛났다. 망원경으로 설산과 바다에 접한 절벽들을 보니 이들이 만들어 내는 선과 조형들이 도저히 무어라고 형용할 수 없을 정도로 다채롭고 아름다웠다. 어떤 곳은 날카로운 직선이고 어떤 경우는 완만하고 부드러운 곡선이며 또 어떤 것은 사물을 닮은 것 같은 형상을 하고 있어 그 다양함이 이루 말할 수 없다. 바다에 떠내려가는 얼음 덩어리의 모양도 매우 다양한데 어떤 것은 물 아래 잠긴 부분이 옥색으로 깔끔하게 비쳐 보였다.

이 고요하고 아름다운 경치를 좀 더 잘 보려고 컴퍼스 데크로 올라가 사방을 둘러보았다. 둥근 호를 그린 만에는 뾰족한 능선을 가진 설산들이 빙 둘러져 있고 산 능선 위로 흰 구름이 엷게 둘러 있다. 그 위로는 시리도록 맑고 푸른 하늘이 열려 있었다. 잔잔한 바다에는 옥색의 수면하부가 투명하게 비치는 갖가지 모양의 예쁜 유빙들이 검푸른 바다에 떠있고 수많은 작은 얼음 조각들이 넓은 띠를 이루어 천천히 흘러 다닌다. 얼지 않은 수면에는 이 모든 것이 어리 비쳐 물결에 따라 가볍게 흔들리고 있다. 갑판에는 눈이 소복이 쌓여 있고 레이더가 빙글빙글 도는 가운데 ARAON 글자가 뚜렷이 보인다.

오후 1시경에 연구 작업을 떠났던 헬기 두 대가 무사히 아라온으로 돌아왔다. 오후 2시 40분 아라온은 비스코치아 만을 떠나 다른 연구 지점으로 이동을 하였다. 맑은 바다에는 점점이 수많은 흰 얼음들이 떠다녔고 아라온의 항해 궤적이 바다를 둘로 나누어 놓았다. 브리지 밖의 작은 갑판에서 조심조심하며 사진을 찍던 중 제법 먼 곳에서 길쭉한 검은 물체 두개가 바다 위로 떠올랐다가 잠겼다 하는 것이 보였다. 캠코더 줌으로 당겨보니 그것은 놀랍게도 두 마리의 고래였다! 두 마리가 앞서거니 뒤서거니 하며 나란히 유유히 헤엄치고 있었다. 물 밖으로 몸통을 좀 더 드러내주면 좋을 텐데 아쉽게도 조금밖에 보여주지 않았다. 만을 거의 다 빠져나오자 바다는 거울 같이 맑고 잔잔하였다. 이따금씩 바다제비들이 휙 하고 지나쳐 날아갔다. 여기서 해수분석을 위한 바닷물을 채취하였다.

오늘은 날씨가 좋고 그동안 실험 준비에 분주하던 한미 연구원들도 조금 여유가 생겨 많은 이들이 갑판에 나와 사진을 찍고 비경을 보고 즐거워했다. 1항사는 내게 "박사님은 행운이십니다. 저도 4년간 아라온을 탔지만 이번 같은 경치 좋은 곳은 처음입니다."라며 즐거워했다. 저녁 식사 시간이 다 되어 식당으로 가려다 창밖을 보니 바다에 붉은 빛이 감돈다. 갑판으로 나가보니 황홀한 빛깔의 노을이 바다와 하늘을 붉게 물들이고 있었다. 줌으로 당겨본 바다는 일렁이는 붉은 빛의 물결이 정말 압권이었다. 붉게 타는 하늘과 붉은 바다가 정말 멋지게 어울렸다. 그 광경은 바로 호머가 읊었던 포도주빛의 해를 연상시켰다. 얼른 카메라와 캠코더를 가져와 사진을 찍고 녹화를 했지만 그 아름다운 광경을 어찌 기계로 100% 재현할 수 있겠는가. 노을을 다 찍고 다시 바다를 바라본 순간 믿을 수 없는 광경이 눈앞에 벌어졌다. 길이 약 5-6미터는 됨직한 고래 한 마리가 뱃전에서 불과 수 미터 떨어진 곳에서 숨을 쉬면서 숨구멍으로 물을 뿜어내고 있었다. 물속의 점박이 꼬리와 머리 부분도 분명하게 보여주면서 말이다. 이 절호의 기회를 놓칠까 봐 얼른 카메라로 찍은 다음 이런 경우는 캠코더로 녹화하는 것이 상책이라 얼른 캠코더를 꺼내 녹화를 하는데 아쉽게도 한 번 더 떠올라 숨을 내뿜더니 물속으로 사라지고 말았다.

오후 6시 35분경 아라온은 웨델해를 향해 이동을 시작하였다. 저녁 식사 시간에 선장님에게 물었더니 내일은 웨델해로 간다고 한다. 미국 측의 요구라고 하였다. 웨델해는 미국 쇄빙선도 잘 못 들어간 비경 중의 비경이라 하니 자못 기대가 된다.

황홀한 빛깔의 노을이 바다와 하늘을 붉게 물들이고 있었다.
그 광경은 바로 호메로스가 읊었던 포도주빛의 해를 연상시켰다.

4월 19일

천하의 비경 웨델해를 가로지르는 쇄빙항해

4월 19일 금요일, 날씨 맑음.

새벽에 쾅 하는 소리에 잠이 깨었다. 시간을 보니 5시다. 이어서 쿵쾅 하는 소리와 함께 큰 진동이 배 바닥이 아니고 배 정면으로부터 느껴진 다. 이것이 쇄빙할 때의 소리와 충격인가 보다. 얼른 옷을 차려 입고 갑 판으로 나가보았다. 2층 갑판에서 보니 뱃전에 깨지는 얼음이 지지직하 는 묘한 소리를 내는 가운데 얼음 위로 서치라이트 조명이 희고 불그스 름하게 빛났다. 쩍쩍 갈라진 두꺼운 얼음장들이 뒤로 밀려 나가 물살에 쓸려가고 매끈한 넓은 얼음판에 금이 쩍 가 있다. 쇄빙항해가 시작된 것 이구나 하고 중무장을 하고 브리지로 올라갔다.

브리지에는 선장님과 1항사와 다른 승무원 1명, 러시아인 아이스 파일 럿인 블라디미르가 있었다. 어두운 밤바다에는 오직 두 줄기 서치라이트 불빛만 비칠 뿐 앞의 방향을 전혀 알 수 없다. 낮에는 결빙해역의 하늘색 으로 해상의 상태를 확인할 수 있는데 눈이 덮인 경우 하늘색은 눈부신 흰색으로 보이고(Snow blink라고 함) 얼음이 덮인 경우 하늘색은 좀 덜 밝은 색이다(Ice blink라고 함). 그러나 야간에는 육안으로 식별이 되지 않는다. 오직 레이더와 위성사진 전송에만 의지해 길을 찾아야 하는데 위성사진은 시시각각으로 전송되는 것이 아니라서 길 찾는 데 별 도움이 되지 않는다. 한편 레이더는 작은 유빙은 반사하지 않는 경우가 많고 기 온이나 기상 또는 전파의 소멸로 큰 빙산이 식별되지 않는 경우도 있다. 레이더는 멀리 있는 유빙은 식별하는 경우가 많지만 유빙 안에서는 그 기능이 매우 떨어져 잔잔한 해면에서 매끄럽고 평탄한 유빙은 마치 바다처럼 보이고 작은 얼음이 섞여 있는 해면이 마치 유빙처럼 보이기도 한다. 따라서 선장의 판단이 매우 중요하다. 물론 항해사들과 아이스 파일럿의 도움을 받지만 어디까지나 최종 결정은 선장의 몫이다. 의심스럽거

나 자신이 없거나 시정이 좋지 않을 때는 상황이 호전될 때까지 기다리는 것이 최선책이다. 선장님은 "뭐가 보여야 길을 찾지." 하며 빙산 쪽으로 잘못 가는 경우 크게 위험할 수 있다고 하였다.

빙산은 녹고 전복되는 과정이 반복되기 때문에 무게중심이 불안정하여 갑자기 전복되거나 부서지는 경우가 많으므로 빙산에 접근하는 것은 대단히 위험하다. 특히 빙산의 수면 하부에 튀어 나와 항해에 지장을 초래하는 부분을 램(ram, 충각)이라고 하는데 접근시 유념해야 하며 빙벽 하부에도 램이 잘 발달하여 갑자기 벽면이 대량으로 쪼개져 나오므로 근접 항해는 극히 위험하다.

빙산에 의한 해양사고 중 가장 유명한 것은 1912년 4월 14일 밤 11시 40분, 당시 영국이 자랑하던 세계 최대의 호화여객선이었던 타이타닉(Titanic, 총톤수 46,329톤, 길이 269미터)호가 뉴욕으로 향하는 처녀항해 때 뉴펀들랜드의 그랜드 뱅크 남단 부근(북위 41도 401분, 서경 50도 14분)에서 큰 빙산에 접촉하여 침몰(15일 오전 2시 20분)한 사건이다. 빙산에 의해 선측이 찢어져 승선자 2,208명 중 1,513명이 차가운 바다에서 사망하였다.

브리지 선창으로 아라온 전방을 보니 조명으로 희게 빛나는 뱃머리의 테두리 밖으로 파란 서치라이트 불빛에 비치는 흰 얼음들이 깨어지면서 좌우로 밀려 나간다. 아라온이 큰 얼음장과 충돌하면 배 정면으로부터 큰 충격과 함께 진동이 몸으로 느껴지며 갑판에서 들으면 우지끈 쿵쾅, 뿌지직 등 형용하기 어려운 굉음과 함께 얼음장이 금이 쩍 가면서 갈라지고 뱃전에는 삼각형, 사각형 등 갖가지 형태로 깨진 얼음 조각(커프스라고 한다)들이 서로 엇갈리면서 튀어 오른다. 얼음장은 계속 금이 가고 갈라지고 깨진 얼음 조각(조각이라 해도 큰 것은 작은 운동장만 하다)들이 서로 엉켜 뒤로 밀려가면서 으지직하는 소리를 낸다. 크고 평평하고 매끄러운 아이스링크 같은 빙원이 쩍 갈라지면서 갈라진 금이 번개 형상으로 얼음 위로 쭉쭉 뻗어 나가면서 균열의 틈이 점점 벌어진다. 롤스로이스사에서 제작한 강력한 선수의 스러스트(thrust)에서 밀어내는 물살이 큰 얼음장을 밀어낸다. 큰 얼음 조각이 내동댕이쳐지면서 뱃전에 이리저리 부딪치면서 튕겨 나가기도 하는데 그럴 때는 쏴아 하고 얼음 주위에 소용돌이가 친다. 갑판 옆으로 선수 부위를 보면 배가 얼음 위로 지나가면 얼음이 배 무게로 쩍쩍 갈라지면서 주위로 금이 가기 시작하며 곧이어 뱃전으로 깨어진 얼음 조각이 밀려 나오며 물살에 쓸려 큰 소리를 낸다. 후미에서 보면 스크류에서 뿜어 나온 물살에 밀려 얼음 조각들이 큰 소리를 내며 제 멋대로 우당탕 튕겨 나가다가 배가 조금만 지나가면 다시 중간으로 몰려 금방 배 지나간 흔적을 메워버린다. 얼음을 깨느라 엔진의 출력을 최대한 높이기 때문에 후미에서 뿜어대는 물살이 대단하게 끓어오른다. 거품이 부글거리는 푸른 물살도 잠시, 곧 다시 흰색과 해조류 침착으로 갈색의 층이 있는 얼음으로 항적이 채워져 버린다. 뱃전에서도 계속 깨어진 얼음 조각이 부딪치며 튕겨 나가는 소리가 울린다.

마침내 아라온은 얼음 지대를 통과하여 검푸른 바다로 나왔다가 한참 전진하여 다시 얼음 위로 쇄빙항해를 하면서 앞으로 앞으로 힘차게 전진하였다. 브리지 뒤쪽으로 가서 보니 하얀 넓은 해빙 사이로 깨어진 얼음 조각들로 가득한 아라온이 지나온 궤적이 보인다.

아라온 오디세이

앞을 보니 젠투펭귄 4마리가 얼음 깨지는 소리에 기겁을 하여 꽁지가 빠지도록 얼음 위를 달아나는 것이 보인다. 한 마리는 넘어졌다가 다시 일어나서 죽어라고 도망친다. 뒤처진 한 마리는 정신이 없는지 자꾸 엉뚱한 방향으로 달아나다 넘어진다. 아닌 밤중에 홍두깨라고 펭귄으로서는 사활이 걸린 문제였을 것이다. 남극 항해 중 처음 보는 펭귄들인데 달콤한 잠을 방해하였으니 이들에게 본의 아니게 큰 실례를 한 것 같아 마음이 안쓰러웠다.

모세의 지팡이는 홍해 바다를 둘로 갈랐지만 아라온은 지금 다지고 다져진 남극바다의 얼음을 짓으깨면서 앞으로 달리고 있다. 바다가 갈라지는 장면도 장관이겠지만 아라온 뱃전에서 갈라지는 얼음을 보는 것도 평생 잊지 못할 장관이다. 시간이 조금 지나면 아라온 후미에서 부글부글 끓어오르는 듯한 물살 속에 떠다니는 박살난 얼음 조각들이 다시 모여 꽁꽁 얼어붙어 버릴 것이며 그러면 웨델해는 다시 태고의 정적으로 돌아갈 것이다. 그리고 오직 빙원 위로 불어오는 무시무시한 블리자드만이 눈과 얼음의 표면에 사스트루기(sastrugi)라고 하는 할퀸 흔적을 남길 것이다.

마침내 아라온은 검푸른 웨델해로 들어왔다. 웨델해는 아직 완전히 결빙되지는 않아서 바다에는 얼음껍질(ice rind)이라고 하는 엷은 얼음의 막이 쳐 있는 곳도 있고 해빙이 형성되어 있는 곳도 있다. 여기서도 아라온은 이따금 쇄빙을 하면서 나아갔다.

한 군데에서는 엄청나게 넓은 해빙 위에 사오십 마리의 젠투펭귄과 황

시간이 조금 지나면 물살 속에 떠다니는 박살난 얼음 조각들이
다시 모여 꽁꽁 얼어붙어 버릴 것이며
그러면 웨델해는 다시 태고의 정적으로 돌아갈 것이다.

제펭귄 떼가 모여 있는데 젠투는 아라온의 기관 박동 소리에 놀라 잰걸음으로 달아나고 황제펭귄들은 내 알 바 아니라는 듯 고개를 끄덕이며 천천히 걸음을 옮기고 있다. 어떤 곳에서는 멀리 해빙 위에 마치 눈 덮인 러시아 동토 위를 퇴각하는 나폴레옹의 병사들처럼 황제펭귄 떼가 일렬로 서서 고개를 숙이고 묵묵히 걸어가고 있다. 비록 멀리서지만 황제펭귄을 본 것도 처음이었다.

오전 내내 갖가지 유형의 얼음 바다와 온갖 형태와 크기의 빙산과 일망무제 드넓은 해빙을 보면서 풍성한 눈의 즐거움을 맛보았다.

오후 2시 10분경 아라온은 웨델해 동안의 스노우힐 아일랜드(Snow Hill Island) 부근의 해빙 옆에 정선하였다. 한미 연구원들이 해빙 위로 내려가 얼음 시료를 채취하는 동안 나도 선장님에게 말씀드린 후 메인 데크 후미의 갱의실에서 안전복으로 갈아입고 갱웨이를 내려 와 해빙으로 내려섰다. 한쪽 수평선까지, 눈길이 닿는 데까지 무한한 해빙이 펼쳐져 있었다. 사진을 찍으려고 아무리 앵글을 맞추어보아도 제대로 담을 수 없었다. 단지 내가 사진을 잘 못 찍어서만이 아니라 이 광대한 해빙이 너무도 압도적이었기 때문이었다. 폐포 가득 남극의 맑은 공기를 마음껏 호흡하였다. 대기과학자들의 연구에 의하면 남극의 공기는 1세제곱미터당 미세 먼지의 농도가 에어로졸 200개에서 수백 개라고 한다. 깨끗할 경우 같은 면적당 10만 개, 평상시 30만 개, 더러울 때는 50만 개에 달하는 서울의 공기와 비교해보면 남극 공기의 깨끗함에 대해서는 더 언급할 필요가 없다. 게다가 먼지의 특성 자체도 판이하다. 남극의 먼지는 광물이 풍화되고 침식된 깨끗한 입자인 반면 서울의 먼지는 대부분 타이어가 닳은 고무가루와 중금속 알맹이라고 하니 둘의 비교 자체가 불가능할 정도이다. 나는 이누이트족들이 신는 머클럭보다는 둔하지만 두 발 아래로부터 전해지는 얼음의 느낌을 즐기며 이리저리 해빙 위를 걸어 다녔다. 무심코 한 곳을 보다가 황제펭귄 9마리가 무리를 지어 있는 것을 보았다. 나는 그리로 다가가 그들의 고고한 모습을 자세히 살펴보았다. 그들은 난데없이 나타난 침입자들에 전혀 놀란 기색도 없이 오히려 우리들 가까이 다가와 이리저리 훑어보는 듯하더니 우리들의 존재에 아무런 관심도 없다는 듯이 예의 근엄한 모습으로 해빙 위를 어슬렁어슬렁 걸어 제 갈 길을 가버렸다. 해빙의 표면은 바삭바삭한 최근에 얼어붙은 거죽이었는데 이제 겨울 내내 놓여 있을 것이다. 해빙은 움직이지 않았으나 이따금씩 얼음 아래의 바다 소리가 들리는 것 같은 느낌이 들었다. 이 얼음 속에 갇혀 얼음과 함께 나선형의 웨델해를 서서히 표류해 갔던 새클턴의 인듀어런스호 탐험대 생각이 났다. 나더러 그 긴 시간을 속수무책으로 맷돌 위의 곡식 낱알처럼 얼음 위에서 표류 생활을 하라면 과연 견디어 낼 수 있을까 하는 생각이 들었다. 잠시 후 연구원들이 모두 배 위로 올라간다 하여 사진을 마저 찍은 후 먼저 아라온으로 돌아왔다.

저녁 식사 후 창을 통해 보니 아라온은 이곳에 정지해 있다. 브리지로 올라갔더니 1항사가 있었다. 내일은 여기서 빠져나갈 것이라 하였다. 내려와 2층 갑판에서 보니 얼음 바다 맞은 편 하늘에는 엷은 붉은색 비단 같은 노을이 깔려 있고 얼지 않은 바다에도 노을빛이 투영되어 불그레하

게 아주 환상적인 아름다움을 보여주고 있다. 바다는 호수같이 잔잔하고 저 멀리 빙산 주위에만 잔물결이 일렁이고 있고 군데군데 얇은 살얼음이 얼어 물 위로 떠다닌다. 붉게 물든 엷은 구름 사이로 베일로 얼굴을 반쯤 가린 아리따운 신부처럼 하얀 반달이 부끄러운 듯 살짝 얼굴을 내민다. 그 아름다운 모습이란! A beauty to die for! 해거름에 하늘과 바다는 포도주빛으로 붉게 물들고 빙산은 어슴푸레 푸른빛을 띠고 있고 간간이 남

은 햇살에 비친 빙산의 일부가 하얗게 빛난다. 아주 먼 곳에는 길게 이어진 산 능선 위로 해거름의 잔 햇살이 희미한 붉은 빛을 발하고 있다. 그야말로 고요하고 평화로운 풍경이다.

밤에 배가 출출하여 식당으로 야식을 먹으러 갔다. 조리장이 맛있는 샌드위치를 만들어 알루미늄 호일에 싸놓았다. 다 먹고 일어서려는데 옆 테이블에서 얘기하고 있던 극지 연구소 연구원들이 합석하자고 한다. 보드카 반 잔을 마시고 그들과 어울려 얘기하다 방으로 올라왔다.

4월 20일 토요일, 날씨 맑음.

아침에 조금 늦게 일어났다. 어제 1항사 말이 내일 50마일 정도 떨어진 다른 곳으로 이동한다 하더니 창밖으로 보니 아직 그 자리에 정선 중이다.

메인 데크에 있는 해도를 보니 경위도상 위치가 남위 64도 35분, 서경 57도 29분의 웨델해이다. 10시쯤 갑판으로 나가보니 햇살이 강하게 내리 비치고 있다. 주변의 경치가 어젯밤에 보던 것과는 딴판이었다. 어제는 노을 진 하늘과 바다가 매우 고요하고 평화롭게 보였는데 오늘 아침

은 밝게 빛나는 태양으로 인해 주위가 온통 환하게 빛난다. 바다는 눈부
시게 흰 해빙과 또렷한 대조를 이루어 잉크를 풀어놓은 듯 코발트색으로
짙푸르고 파랗게 열린 하늘에는 바람을 활짝 받아 부풀어 오른 갈레온선
의 돛 같은 보기 좋은 흰 구름이 피어 있고 햇빛을 받은 빙산의 면이 은
빛으로 빛난다. 바다에는 어디서 왔는지 모를 바닷새 떼가 어지럽게 날
아다니고 있다. 일부는 수면에 내려 물결과 함께 유유히 떠다닌다. 바다
에는 잔물결이 일고 있으며 바람은 약간 세차게 불고 있다. 쨍하고 강하
게 내리 쬐는 햇빛에 반사된 바다가 눈이 부시다.

줌렌즈로 멀리 보이는 해빙 위를 보니 갖가지 형태의 눈부시게 흰 빙산들이 마치 외계의 어느 혹성 표면처럼 보인다. 작은 얼음 조각들이 평화롭게 떠다닌다. 3층 갑판에서 보니 ARAON이라고 적혀 있는 빨간 구명정이 코발트빛 바다와 멋진 대비를 보인다.

잠시 후 진료실에 앉아 있으려니 쿵 하는 소리와 함께 진동이 느껴진다. 이동 중에 쇄빙을 하는구나 생각하고 카메라와 캠코더를 챙겨 갑판으로 나갔다. 갑판에서 옆으로 선수 쪽을 보니 아라온이 얼음을 올라 타내리누르자 우지직하며 크고 두꺼운 얼음장이 조각조각 커프스로 갈라져 뱃전으로 튕겨 나간다. 어제처럼 조각그림 맞추기의 그림조각처럼 산산 조각난 얼음들이 뒤로 밀려 나가고 축구장만 한 크기의 매끈한 얼음판에 가는 균열이 점점 더 벌어지면서 번져나가기도 한다.

잠시 후 아라온은 단단한 해빙을 통과하여 맑은 바다로 나와 경쾌하게 달린다. 바다 건너편에는 해빙과 빙산이 보인다. 이곳을 지나 아라온은 다시 쇄빙항해를 하였다. 가끔 옥색의 큰 빙산들이 지나간다. 이번에는 바다 표면에 약간 언 살얼음들이 아라온이 지나가면서 마치 찢어지듯 소리도 없이 가볍게 갈라져 떠내려간다. 다시 두꺼운 얼음을 깨면서 조금 더 가니 이번에는 회색의 얇은 띠 모양의 살얼음(grease ice라고 한다)과 함께 동글동글하고 어떤 것은 테두리가 약간 두꺼운 얇은 얼음판들이 수도 없이 파도를 타고 너울거리며 다가온다. 이것이 바로 내셔널 지오그래픽 매거진에서 보았던 소위 팬케이크 아이스(pancake ice)구나! 둥글둥글한 모양이 마치 팬케이크를 닮았다고 그렇게 이름 붙인 것이리라. 짙푸른 물결 위에 엷은 망사 같은 살얼음과 그 속에 점점이 박힌 팬케이크 아이스가 파도에 너울거리는 것이 마치 얇은 물방울무늬 커튼을 바다 위에 살짝 드리워 놓은 것 같다.

조금 더 가니 이번에는 평평하게 넓게 단단히 언 해빙은 아니고 살얼음이나 팬케이크 아이스보다는 더 두껍지만 그래도 얇은 얼음들이 마치 꽃잎 모양으로 수없이 겹쳐져 먼 데서 보면 마치 연꽃 밭처럼 보이는 곳이 나타났다. 줌으로 당겨보니 마치 얇게 썬 감자 칩이 수 없이 포개져 있는 것 같았다. 나중에 안 것이지만 이것은 팬케이크 아이스들이 미처 다음 단계의 얼음을 형성하지 못하고 파도나 바람에 밀려 한 곳에 모인 것이라 한다. 카메라 앵글을 광각으로 잡아보면 일망무제 끝없이 너른 바다 위에 빙산을 비롯하여 온갖 종류의 얼음들이 퍼져 있다. 가히 얼음의 제국이라 부를 만하다.

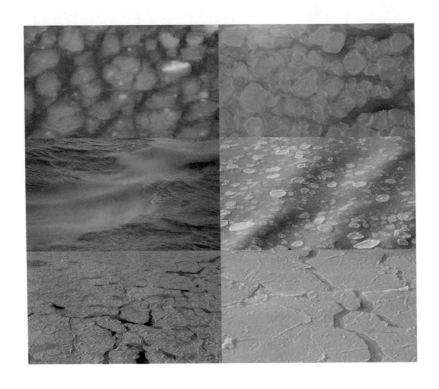

저녁 식사할 무렵 아라온은 어느 지점에 잠시 정지하였다. 갑판에 나가보니 어제보다 더 붉은 노을이 하늘을 수놓고 있었다. 가로로 길게 깃발처럼 이어진 빨간 노을이 검게 보이는 구름과 대비되어 멋진 풍경을 연출하고 있다. 노을 진 하늘을 전부 보려고 2층 갑판 앞쪽으로 가서 선수 위로 통하는 계단을 올라갔다. 거기서 보는 저녁놀이 장관이었다. 각종 얼음으로 이루어진 빙원 아득히 멀리 수평선에 화염처럼 붉게 타는 노을과 짙은 회색 구름이 수평선을 따라 길게 이어져 있다. 세찬 바람이 수면을 스치며 수많은 잔주름 같은 물결을 만들고 있다. 몹시 차가운 바람이 윙윙 소리를 내며 세차게 불어 자칫하면 몸이 바람에 날아가 버릴 것 같았다. 갑자기 쿠르릉 하는 엄청나게 큰 소리와 함께 온몸이 흔들리는 진동을 느꼈다. 나중에 기관장에게 물어보았더니 스크류 소리라고 하였다.

저녁 식사로 맛있게 구운 쇠갈비가 나왔다. 선장님과 1항사와 함께 저녁을 먹는 중에 작년에 미국 쇄빙선이 이 부근 어느 지점에 띄워 놓았던 계류 부표(MOORING BUOY)가 얼음 밑으로 들어가 버린 것을 좌표로 확인하여 찾다가 선장님이 망원경으로 발견하여 배를 선회시켜 얼음을 밀어내 미국 연구팀의 부표를 회수하였다고 하였다. 미국 연구원들이 몹시 기뻐하더라고 하며 1년 동안의 실험 데이터를 고스란히 찾았으니 기쁘지 않겠느냐고 했다. 선장님 말로는 이 데이터로 논문을 써내면 많은 예산을 확보할 수 있으니 그들로서는 얼마나 기쁘겠느냐는 것이었다.

저녁을 먹고 바람을 쐬러 갑판으로 나가니 어제 본 반달이 교교하게 바다를 비추고 있다. 달빛을 받은 수면이 어둠 속에 환히 빛나며 일렁이고 있다. 擧頭望山月(머리를 들어 산 위에 뜬 달을 보다)이 아니라 擧頭望海月(머리를 들어 바다에 뜬 달을 보고) 底頭思故鄕(고개를 숙이니 고향 생각이 난다)이라. 잠시 달빛을 감상하는데 얼굴이 얼얼하게 얼어 방으로 들어왔다. 딸에게 어제 남극 얼음 바다 위에 내린 사진과 펭귄 사진을 카톡으로 보내었더니 두 손을 모으고 감탄의 눈물을 흘리는 이모티콘을 보내 왔다. 몸은 비록 만 리 밖에 있어도 저 달이 가족을 사랑하는 내 마음을 실어 고향 해운대 바다 위에 비추이리라.

갑판으로 나가니 아라온은 웨델해 안쪽으로 이동을 하고 있다. 반달이 은은하게 비치는 가운데 서치라이트 조명을 받은 뱃전에 떠내려가는 얼음 조각들이 불그스름하게 보인다.

4월 21일 일요일, 날씨 맑음

8시에 기상하여 현창 밖으로 하얀 해빙으로 이루어진 너른 빙원이 보였다. 갑판으로 나가보니 코발트빛 바다 위에 일망무제 끝이 없는 해빙이 펼쳐져 있었다. 가장자리의 얼음 두께는 족히 1미터는 넘게 보였다. 아라온은 해빙을 찾기 위해 웨델해 안으로 이동하여 이런 아름다운 해빙에 정지한 것이다. 메인 데크에 있는 해도에서 보니 현 위치가 남위 65도 32분, 서경 60도 40분의 웨델해 상이다. 아라온이 접안한 자리에는 충격으로 인해 균열이 있고 뱃전과 그 균열과 바다에 닿은 가장자리가 긴 삼각형 모양을 하고 있었다. 삼각형 한쪽 꼭짓점에 닿은 부분이 거의 직각으로 꺾어져 있었는데 그 부분의 바닷물이 아래의 얼음이 비쳐 신비로운 파란 빛을 띠고 있었다. 꼭 제주도 외돌개 부근의 파란 바다 색깔과 비슷하였는데 아마도 차이는 이곳의 파란 빛은 수면 아래에 잠긴 얼음이 투영된 것이리라. 망원렌즈로 당겨보니 해빙의 가장자리에는 냉동 창고 문을 열었을 때와 같은 차디찬 기운이 서려 있었다. 그 물빛이 너무나 아름다워 몸이 얼어붙는 듯한 추위와 바람을 무릅쓰고 한참 동안 황홀하게 바라보았다. 투명한 옥색의 수면 위로 스치는 바람에 밀린 잔잔한 물결이 이는 광경이 매우 아름다웠다.

오후 3시경 아라온은 이동을 시작하였다. 갑판으로 나가 아까의 해빙 가장자리를 보니 그 사이에 바다가 얼기 시작하였는지 얇은 얼음들이 막처럼 해빙 가장자리 주위에 둘러 쳐져 있었다. 줌 렌즈로 가까이 당겨 보니 바닷물과 경계를 이루는 곳에는 정말 과일 슬러시 같이 바닷물이 엉겨서 얼고 있고 중간 중간에 팬케이크 아이스 같은 둥근 모양의 얼음들이 모여 있었다. 아침에 보았던 해빙 가장자리의 신비로운 푸른빛은 사라져 버리고 가장자리 가까이는 벌써 꽤 두꺼운 얼음이 얼어 있었다. 아까 햇빛에 눈부시게 희게 빛났던 해빙은 언제 그랬느냐 싶을 정도로 짙은 안개가 자욱하게 끼어 한 치 앞도 보이지 않고 다만 차가운 바람만이 얼음 위를 스쳐 쌓인 눈이 가루처럼 흩어지고 있었다. 순식간에 악천후가 되어 버린 것이다. 얼음만으로 이루어진 이러한 단순한 세상에 일어나는 천변만화의 조화를 인간이 어떻게 알 수 있겠는가. 대자연 앞에 서면 인간은 한낱 보잘것없는 존재에 불과할 따름이다.

갑판에 나가 보니 갑판장이 있었다. "날씨가 매우 안 좋은데 여기서 다른 연구를 합니까?"라고 물었더니 다시 연구 작업을 나갔던 헬기가 아직 안 왔다고 한다. 3층 갑판에 올라가 보니 몸이 날아갈 듯한 바람이 불고 있는 가운데 바다에는 흉흉한 파도가 일고 주변의 해빙은 안개가 끼어 하나도 보이지 않는다. 안개 속을 망원경으로 보니 그야말로 오리무중 한 치 앞도 보이지 않는다. 걸음을 옮기기가 어려울 정도의 세찬 찬바람이 분다. 장갑을 벗으니 금세 손이 얼 것 같다. 겨우 후미가 보이는 난간으로 가보니 조금 전에 바람 소리와 엔진 소리와 뒤섞여 프로펠러 소리가 나더니 한 대는 무사히 착륙해서 사람들이 짐을 내리고 있다. 조금 뒤 면 데서 프로펠러 소리와 함께 두 번째 헬기가 공중에 나타났다. 그런데 헬리포트에 한 대가 착륙해 있으니 착륙하지 못하고 잠깐 공중에 멈춰 있더니 아래의 해빙에 착륙한다. 빙원에 앉은 헬기를 보니 영락없이 큰 겹눈을 가진 한 마리 잠자리 모양이다. 그동안 승무원들이 여러 명 나와 첫 번째 헬기를 밀어서 격납고 안으로 들여보냈다. 다음으로 두 번째 헬 기가 공중으로 날아오르더니 센 바람을 이기지 못하는 듯 전후좌우로 몇 번 휘청거리더니 헬리포트에 착륙하였다. 두 번째 헬기 조종사는 잘생긴 카를로스였다. 헬기가 안전하게 모두 내리는 것을 보고 안심이 되어 나 도 2층으로 내려왔다. 복도에서 짐을 잔뜩 진 알라스카 페어뱅크스 대학 에서 온 에린(Erin) 교수를 만났다. 무거운 가방 한 개를 들어 엘리베이 터까지 옮겨주었다. 내가 "날씨가 갑자기 변했네요."라고 하니 "예, 아까 까지 참 좋았는데 말이에요."라고 하며 감사하다고 했다. 카를로스가 복 도로 들어오길래 "You did good job."이라 하니 내가 3층 갑판에서 본 줄 은 모르는지 약간 어리둥절 하는 눈치더니 이내 "Gracias."라고 한다. 그 럴 리는 절대 없겠지만 갑자기 기상이 악화되어 사고라도 나는 날엔 어 떻게 할 것인가.

진료실에 있으려니 노크 소리가 나서 문을 열어보니 한국산악회 소속 안전요원이 오셨다. 왼손 새끼손가락을 얼음에 치었다고 한다. 가벼운 열상이 있고 피가 조금 묻어 있을 뿐 심한 부종이나 통증은 없다. 포비돈 과 알코올로 소독한 후 드레싱 해 드렸다. 아까 두 번째 헬기가 세찬 바 람에 휘청거릴 땐 걱정되더라 하니 "저는 재미있던데요." 하시며 웃는다.

"날씨가 갑자기 나빠졌습니다." 하니 "인간의 힘으로 어쩌겠습니까. 이삼일 계속 안 좋을 것 같네요."라고 하였다. 그렇다. 파스칼이 아무리 생각하는 갈대라고 말했다 하더라도 이런 거친 대자연 앞에 인간은 한낱 보잘것없는 존재일 뿐이다. 아닌 말로 펭귄보다 못하지 않은가. 펭귄은 여기서 살아갈 수 있지만 우리 인간은? 자연은 결코 인간이 정복할 수 있는 대상이 아니다. 인간은 오직 겸손하게 자연의 순리를 따라야 할 것이다.

오후 9시 경부터 남쪽 방향으로 시속 60노트 이상의 강풍이 불어 나갈 길이 얼어붙어 막힐 것이 예상되어 저녁부터 시행하던 해저 지형탐사를 중단하고 아라온은 인근의 로버트슨 섬(Robertson Island)으로 피항하였다.

4월 22일 월요일, 날씨 맑음.

아침 8시에 눈을 떴다. 커튼을 살짝 펼쳐 창밖을 보았다. 무수한 팬케이크 아이스들이 지나간다. 얼른 세수를 하고 갑판으로 나갔다. 갑판 출구문 쪽 복도에 소복이 흰 눈이 엷게 덮여 있었다. 이런 경우는 매우 조심해야 한다. 문손잡이를 끝까지 붙잡아야 한다. 그렇지 않으면 문을 열고 나오는 순간 배의 움직임으로 인해 특히 롤링하는 경우에는 몸이 기울어지면서 바닥에 미끄러지기 십상이다. 해서 천천히 문손잡이를 끝까지 잡고 나온 뒤 복도에 바로 서서 자세를 안정시킨 다음 손을 놓아야 한다. 오늘 아침 8시에 연구 작업 회의에서 오늘은 로버트슨 섬 북쪽에서 연구 작업을 시행하기로 결정하였다 한다.

갑판 옆의 안전한 난간으로 가서 자세를 확보한 다음 카메라 앵글을 맞추었다. 아라온이 지나가고 있는 곳은 온통 팬케이크 아이스들의 밭과 같은 곳으로 셀 수 없이 많은 팬케이크 아이스들이 형성되어 서로 융합하여 얼어붙고 있는 곳이었다. 하늘은 안개가 끼어 부옇다. 팬케이크 아이스를 자세히 보면 대개 타원형의 얼음인데 가장자리에는 살짝 융기된 희게 비치는 테두리가 있고 중간의 얼음은 아주 엷은 푸른색이 나는 좀 더 단단하게 언 부분이다. 인접한 여러 개가 붙어서 같이 언 곳을 보면 큰 타원형의 얼음판 안에 여러 개의 팬케이크 아이스들이 함께 붙어 얼어 있는데 테두리 사이사이도 단단하게 얼어 있다. 많은 수의 팬케이크가 융합하여 큰 타원형 또는 원형의 얼음판을 만드는데 멀리서 보면 붉은 색으로 염색만 한다면 마치 현미경 하에서 보는 혈관 속에 적혈구가 꽉 차 있는 것 같이 보인다. 이런 얼음판들이 가까이 모여 더 큰 얼음판을 만들고 단단하게 어는 것이다. 일망무제 시선이 닿는 곳은 모두 팬케이크 아이스로 덮인 바다이다. 아라온이 진행하면 이런 얼음들은 깨지지 않고 옆으로 갈라지듯 밀려나서 둥둥 떠내려간다. 두께도 얼마 안 되어 보인다.

한참을 팬케이크로 덮인 바다를 지나가니 이번에는 푸른 바다 위에 회색빛 엷은 막을 쳐 놓은 것 같은 얼음 슬러시들이 둥둥 떠내려온다. 이들은 대개 일정치 않은 모양의 긴 띠처럼 생겼는데 이를 그리스 얼음 (grease ice)이라고 부르며 물결이 이는 대로 같이 일렁이는 것이 마치 바다 위에 쳐 놓은 커튼 자락이 바람에 살짝 나부껴 주름이 지는 것 같다.

자세히 보면 슬러시의 엷은 막 위에 점점이 아주 얇은 팬케이크 아이스
들이 섞여 있는 것이 마치 물방울무늬의 회색 망사 커튼이 파도를 따라
너울너울 떠내려오는 것 같다. 엷은 얼음 슬러시 사이사이에는 얼지 않
은 코발트빛의 맑고 깨끗한 바닷물이 햇빛에 반사되어 반짝이는 잔물결

을 이루고 있다.

　슬러시 지대가 한동안 계속되더니 이번에는 팬케이크 아이스들이 서
로 융합하여 더 두껍게 얼어 팬케이크의 테두리는 없어지고 타원형의 모

습의 흔적만 살짝 보이는 큰 얼음판들이 떠내려온다. 이것들은 이제 제법 완성된 큰 얼음판 모양을 하고 있는데 이런 것들이 수없이 가까이 모여 있고 이들의 사이로 바닷물이 흐르는 모세혈관 같은 틈이 보인다. 이들의 사이가 얼어서 함께 붙어 버리면 아마 큰 얼음판이 형성될 것 같다. 이런 얼음들은 아라온이 지나가면 소리 없이 살짝 깨어져 버린다.

조금 더 가니 이제 제법 단단한 빙원을 이룬 지대가 나오는데 망원렌즈로 보니 이제 팬케이크의 모습이나 함께 얼어붙은 인접한 얼음의 경계는 전혀 보이지 않는다. 표면에도 눈이 얼어붙은 것처럼 촘촘한 구조를 보이고 있다. 그래도 아직 두께는 별로 두꺼워 보이지는 않는다. 이런 얼음은 아라온이 지나가면 스르르 옆으로 미끄러져 버린다. 아침부터 오후 내내 아라온은 이런 얇은 결빙(ice rind) 지대를 지나가고 있다.

잠시 후 아라온은 멀리서 보면 흡사 회색빛이 도는 푸르스름한 갯벌 같이 보이는 잔잔한 바다를 한동안 지나갔다. 해가 높이 떠 추위가 조금 풀려 2층 갑판 앞쪽으로 가서 뱃머리로 올라갔다. 뱃전으로 밀려오는 풍광이 장관이다. 바다는 흰 얼음 색을 제외하고는 코발트빛이고 멀리 바다와 맞닿은 하늘은 시리도록 맑고 파란 색이다. 이것들이 점점 내 앞으로 다가온다. 조금 가다가 앞을 보니 두꺼운 해빙이 보였다. 나는 선수의 갑판 난간 한 군데를 손으로 꼭 잡고 얼음 쪽을 향해 꼿꼿이 서 있었다. 아라온은 서서히 앞으로 다가갔다. 마침내 아라온이 얼음과 충돌하는 순간 쾅 하는 굉음과 함께 큰 진동이 온몸으로 느껴졌다. 맨 앞의 얼음이 우지지직 소리를 내며 깨어지고 아라온이 얼음 위로 올라타자 뱃전의 얼음들이 아라온의 무게를 견디지 못하고 빠지직하고 일제히 갈라졌다. 아라온은 의기양양하게 서서히 진행하다가 힘이 부치는 듯 정지해버렸다. 이번에는 두께가 1미터 이상 되는 강적을 만난 모양이다. 아라온은 크르릉 하는 소리를 내더니 할 수 없이 후진하기 시작했다. 그 틈에 축구장 만하게 깨어진 네모난 큰 얼음장과 날카롭게 깨어진 삼각형의 얼음 및 산산 조각난 무수한 작은 얼음 파편들이 옆으로 밀려나 아라온 선체의 주홍색 페인트와 맞닿은 파란 바닷물에 둥둥 떠다닌다.

잠시 후 아라온은 뱃머리를 돌려 전진하였다. 멀리 보이는 하늘에는 노을이 붉게 물들어 있고 빙산들이 검푸르게 보이기 시작한다. 아라온은 팬케이크 아이스들이 포함된 얇은 얼음들을 가볍게 깨면서 힘차게 전진하였다. 2층 갑판에서 보니 부드러운 곡선의 아라온 항해 궤적과 팬케이크 아이스 바다와 멀리 보이는 붉은 노을과 어슴푸레한 빙산과 거무스름한 구름이 멋진 조화를 이루어 보였다.

저녁 식사 후 메인 데크 대회의실 싱크대 안에 있는 진공청소기를 꺼내 와서 선의실과 진료실 및 수술실 바닥의 먼지를 깨끗이 청소하고 봉걸레로 3번 씩 말끔하게 닦아내고 꽃향기 나는 스프레이를 뿌렸더니 기분이 상쾌하다.

아라온은 오늘 종일 CTD작업을 하였다. CTD란 conductivity, temperature, depth의 약어로 해수의 가장 기본적인 물리적 성질인 수온과 염분을 수심에 따라 측정하는 해양관측 장비이다. 미리 정한 수심에서 개폐할 수 있는 해수 채집병을 사용하여 원하는 수심에서 바닷물을

채취하여 센서로 측정한 각종 값을 직접 관측하거나 생물시료를 채집하고 실험을 수행한다.

하루 종일 이 지구상의 다른 곳에서는 결코 볼 수 없는 엄청난 양의 다양한 얼음을 보니 '얼음은 뉘 태에서 났느냐 공중의 서리는 누가 낳았느냐 물이 돌같이 굳어지고 해면이 어느니라.'라고 한 구약성서 욥기의 구절이 생각났다. 과연 이 얼음은 누가 만들었는가? 창조주의 역사인가 아니면 단지 기온 하강에 따른 물 분자의 화학적 변화에 불과한 것인가? 두 가지 모두 옳다고 해도 그 규모는 가히 인간의 상상을 초월한다.

4월 23일 화요일 날씨 맑다가 흐려짐.

7시에 잠에서 깨어 식당으로 내려가 우유와 콘플레이크로 간단히 식사를 했다. 갑판으로 나가니 아라온은 결빙이 잘 된 해빙을 지나가고 있다. 이따금씩 얼음을 깨기도 한다. 그럴 때는 지진 난 것처럼 온몸이 흔들리고 아라온은 고통스런 신음 소리를 내었다. 아이스 링크처럼 말간 얼음 위를 지나갈 때는 서치라이트 불빛이 더욱 환상적으로 보인다. 멀리 수평선 위로 먼동이 터 오르려 하고 있다. 카메라로 찍으니 칼라가 아주 멋있게 섞여 나온다. 이층 갑판으로 헬기 조종사 카를로스와 마르코스가 지나가다가 헬로 하고 인사를 한다. 아마 오늘도 헬기가 출동하려는가 보다.

3층 갑판 위로 올라가 아라온 후미로 가니 키 큰 미국연구원 마티아스(Mattias)가 벌써 와 있었다. 이 청년은 샌디에이고에 있는 스크립스(Scripps) 연구소에서 왔는데 190센티미터는 족히 넘는 키에 인상이 참 선하다. 연구 작업 틈틈이 부지런히 풍경 사진을 찍는데 어깨에 항상 메고 다니는 카메라 가방에는 각종 렌즈가 갖추어져 있다. 아마 사진을 잘 찍는 모양이다. 내가 인사를 하니 웃으며 "Beautiful sunrise!"라고 한다. 망원 렌즈로 당겨 보니 수평선 일부에 걸쳐 네모반듯한 탁상형 빙산의 실루엣 위로 새빨간 빛이 가로로 죽 이어져 있다. 그 위로 밝은 주황색 빛이 겹쳐 있고 그 위에 엷은 붉은 색이 더해서 층층이 묘한 대조를 이루고 있다. 황홀한 광경에 취하여 몇 분 서 있자니 살을 베는 듯한 찬바람과 추위가 엄습한다. 아라온 주위로는 마치 바다에 김이 서린 것 같이 얇은 얼음 슬러시들이 지나가다가 곧 두꺼운 해빙이 나타난다.

날씨가 조금 풀려 2층 갑판으로 나가 뱃머리 바로 아래 장소로 가서 아라온이 진행하는 방향으로 보고 쇄빙항해를 구경하였다. 얼음이 다가와서 부딪치면 얇은 얼음은 무지막지한 소리는 내지 않고 꼭 무슨 짐승이 울부짖는 것 같은 야릇한 소리를 내며 쩍쩍 갈라졌다. 얼음 위에 가는 균

열이 생겨 앞으로 나뭇가지처럼 갈라져 나가는 것이 보기에 신기하다. 뱃전에서 보면 배가 나아감에 따라 얼음판이 소리 없이 갈라지면서 작은 조각으로 부서진다. 갈라지는 패턴이 참으로 다양해서 어떤 균열들은 나란히 또 다른 것들은 격자무늬 모양으로 갈라져 나간다.

얼음이 금방 어는 곳이라 그런지 공기가 몹시 차다. 바람이 불면 체감 온도가 급격히 떨어진다. 3층 갑판과 브리지 갑판에서 바다의 전경을 보고 있으니 손가락이 얼얼해지며 아려온다. 오래 있다간 동상에 걸리기 쉬우므로 얼른 브리지 안으로 들어가 차가운 손을 녹였다.

점심시간에 선장님을 만났더니 항해에 대해 걱정을 많이 하고 있었다. 예전에 미국 배들이 여기에 많이 드나들었지만 그것은 주로 여름철이었으며 지금 같이 얼음이 얼기 시작하는 계절에 이곳에 들어온 것은 아라온이 처음이라고 한다. 자고 일어나면 얼음이 한 뼘씩 두꺼워지는 계절이라 들어온 길은 얼음으로 막히고 있기 때문에 그리로 되돌아 갈 수 없다 하였다. 하기야 어제 보니까 불과 몇 시간 지나니 바닷물이 얼기 시작하여 슬러시가 생기지 않았던가. 반대쪽이 아직 열려 있어 그리로 빠져나가야 하는데 예측할 수가 없다고 하였다. 특히 야간에는 잘 보이지 않으므로 길 찾기가 매우 어려우며 따라서 선박을 정지시켜 놓아야 하는데 그런 경우 기름은 기름대로 소비되므로 이왕 기름을 소모할 바엔 차라리 이동을 해야 하는데 어두워서 그럴 수 없다고 하였다. 만약 얼음에 꼼짝없이 갇히는 경우 모든 책임은 자기에게 돌아온다며 신경이 많이 쓰인다고 했다. 회사에서도 알아서 판단하라고만 했지 구체적 지침을 준 것도 아니고 아라온에 승선한 연구팀 측으로 보면 하루라도 더 충실히 연구 작업을 수행하는 것이 좋은데 기상 때문에 예측할 수 없으니 실험 데이터 수집에 애로가 많아 신경이 곤두서 있다고 하였다. 하루에만도 2,500만 원의 비용이 드니 그들의 입장에서 보면 그럴 만도 하겠다. 여기서 세종 과학기지까지는 헬기가 날아갈 수 있다고 하면서 기관장은 "얼음에

간히면 그리로 가면 되죠."라고 말했다. 사생이 유명이라 남극 바다에서 이 세상을 하직할 운명이라면 받아들이는 수밖에 더 있겠는가. 보이는 경치야 장관이지만 생존의 관점에서 보면 열악하고 거칠기 짝이 없는 이곳에서 고립무원의 처지가 되면 죽기밖에 더하겠는가. 인간은 결코 자연을 정복할 수 없다. 약간 이용할 수는 있겠지만.

오후에도 아라온은 계속 망망한 얼음 바다를 헤쳐 나갔다.

4월 24일 수요일, 날씨 안개에서 맑아짐.

8시에 기상하여 창밖을 보니 햇살이 가득 비친다. 옷을 챙겨 입고 갑판으로 나가 보니 어제와 달리 찬란한 아침 햇살에 바다가 금빛으로 빛난다. 하늘에는 엷은 흰 구름이 부챗살 모양으로 퍼져 있다.

바다 한쪽은 얼지 않았고 반대쪽은 어제 밤사이에 얼었는지 얇은 얼음들이 보이고 군데군데 슬러시들이 많이 보인다. 금방 나가면 별로 추운 것 같지 않아도 조금 있으면 쌀쌀함을 느끼기 때문에 미리 옷을 제대로 입고 출입하는 것이 좋다. 해가 비치지 않은 쪽의 뱃전을 보니 바다에 막 형성된 듯한 슬러시들이 떠다닌다. 전형적인 것들이라 급히 카메라를 가지고 나와 사진을 찍었다. 줌렌즈로 당겨보니 전체적으로는 꼭 과일 슬러시처럼 생겼는데 중간 중간에 흰 얼음 덩어리들이 박혀 있다. 막 형성된 오돌토돌한 얼음 결정과 얼지 않은 바닷물의 경계가 선명하게 보인다.

2층 갑판을 통해 뱃머리로 올라가 보았다. 어제저녁에 보았던 빙산이 아침 햇살에 더욱 환하게 자태를 드러낸다. 파르스름하면서도 하얗게 보이는 매끈한 속살이 그대로 드러난다. 지붕 위에는 군데군데 균열이 가 있어 훨씬 더 단단하게 보인다. 주위의 바다는 잉크를 풀어 놓은 듯 짙푸른데 무수한 작은 얼음 조각들과 큰 얼음장들이 물결 하나 일지 않는 고요한 수면에 떠 있다. 화가들에게 흰색과 푸른 색 물감만 주고 그림을 그려보라 하면 어떤 그림을 그릴 수 있을까. 자연은 오직 두 가지 색만으로도 이렇게 아름답고 황홀한 광경을 연출하는데 말이다. 반대쪽 바다는 밤새 꽁꽁 얼어붙어 버렸다. 얇은 얼음장들이 마치 여러 장의 헝겊을 아름답게 덧대어 만든 조선 시대 보자기처럼 겹쳐져 파르스름하게 보인다. 아직 얼지 않은 쪽 바다에는 잔잔한 물결이 일렁이는데 아침 햇살이 찬란한 황금빛을 뿌리고 있고 하늘에는 붉은 색과 흰색의 엷은 구름들이 부챗살 모양으로 파란 하늘에 퍼져 있다. 반대쪽의 언 바다는 하얗게 빛나는데 낮은 언덕 모양의 얼음에 덮인 산들이 보이고 멀리 수평선에는 푸르스름한 빙산들이 아련하게 보인다.

브리지에 가 보았다. 선장님과 2항사가 무언가 이야기를 하고 있었다. 수석연구원이 "오늘은 안 보이십니다."라고 하였다 "어제와 같은 장소라서 일찍 나오지 않았습니다." 하니 "하도 사진을 많이 찍으시길래." 하며 웃었다. 브리지 전방의 경치를 보고 있는데 헬기 조종사 카를로스와 크리스티안이 "헬로 닥터, 굿모닝." 하고 웃으면서 인사를 하고 다가온다. 아마 오늘 헬기 탐사 스케줄이 있어 기상을 확인하러 브리지에 온 모양

아라온 오디세이

화가들에게 흰색과 푸른색 물감만 주고 그림을 그려보라 하면
어떤 그림을 그릴 수 있을까.
자연은 오직 두 가지 색만으로도
이렇게 아름답고 황홀한 광경을 연출하는데 말이다.

이다. 크리스티안이 가까이 오더니 에스파냐어로 뭐라 하더니 이내 영어로 더듬더듬 얘기를 하는데 들어보니 전에 찍은 헬기 이착륙 동영상이 있으면 자기 USB에 옮기고 싶다는 내용이었다. 내가 적절한 커넥터가 없어서 그러니 전자부에 알아보겠다 하니 자기도 어떻게 하든지 알아보겠다고 하였다. 정 안되면 내가 DVD를 구워서 주겠다 하니 감사하다고 하였다. 며칠 전에 헬기 조종이 어렵지 않았느냐고 물었더니 그날 오전에 헬기가 뜰 때는 날씨가 좋았는데 돌아올 때는 갑자기 기상이 악화되어 힘들었다며 바람이 어지간히 세어도 헬기가 나는 데는 지장이 없지만 헬리데크에 내릴 때가 어렵다고 한다. 그러면서 뭐라 말할지 적절한 말이 안 떠오르는지 주저하더니 하는 말을 들으니 헬기를 조심스럽게 부드럽게 사랑스럽게 다루어야 한다고 말했다. 내가 헬기를 사랑하면 헬기도 나를 사랑한다며 마치 여자를 다루듯 부드럽게 다루어야 한다고 했다.

헬기가 단순히 기계 이상이다 그런 의미냐고 물어보니 맞다며 두 손으로 carefully, tenderly 하며 사랑하는 여인의 뺨을 감싸는 듯한 제스처를 했다. 이 정도 되면 전문가라고 말할 수 있는 경지에 이른 조종사이다. 흔히 조종사들이 자기 비행기를 애기라고 하지 않는가. 그렇다 나도 지금 아라온이 사랑스러워 죽겠는데 그 심정을 충분히 이해할 수 있을 것 같았다. 자기의 도구를 제 몸같이 아끼는 장인은 진정한 장인이라고 할 수 있지 않겠는가.

오늘 갑판과 배 곳곳에 흰 눈이 엷게 쌓여 있어 매우 미끄러워 다니기가 여간 조심스럽지 않았다. 사흘 전에 문을 닫다가 오른손 약지를 가볍게 다친 적이 있는데 미끄러져 나동그러지기라도 하는 날엔 카메라와 캠코더는 물론이고 나도 큰일 날 수 있으니 한걸음 옮길 때마다 조심 또 조심해야 한다. 3시 10분경에 갑자기 헬기 소리가 들려 3층 갑판으로 가 보았더니 이미 두 대의 헬기가 헬리데크에 랜딩해 있었다. 그 사이에 날씨가 또 변하여 햇빛은 사라지고 짙은 회색 구름이 수평선 가까이 넓게 끼어 있고 작은 눈가루가 날리기 시작한다.

저녁 식사 전에 오후에 다시 나갔던 헬기가 착륙했다. 그 광경을 녹화하려고 3층 갑판에서 10분여를 기다렸다. 조금 있으려니 헬기 관제원이 나오고 방화복을 입은 승무원 두 명과 다른 승무원들이 헬리데크에 나타났다. 잠시 후 하늘을 가르는 소음과 함께 아라온 왼쪽 하늘 높이 비행등을 깜박이며 헬기가 조그맣게 나타나더니 배 주위로 크게 선회하여 고도를 낮추어 헬리데크를 향해 빠르게 날아와 데크 위에서 천천히 하강하여 사뿐히 2층 갑판에 착륙하였다. 오늘은 어제 정박했던 곳에 하루 종일 있었기 때문에 헬기 이착륙 이외에는 별다른 일이 없었다. 라르센 빙붕을 따라 북쪽으로 라인 서베이를 시행한 후 Cape Framnes란 곳에서 대기하였다. 오후에 헬기를 이용한 연구 작업을 수행하였다.

저녁 식사에는 차게 냉장해 두었던 참치 회와 멍게가 하이네켄 맥주와 함께 나왔다.

4월 25일 목요일, 날씨 맑으나 약간의 눈.

아라온은 밤새 가끔 쇄빙을 하면서 항해를 하였다. 아침에 눈을 떠 창밖을 보니 하얗고 약간 푸르게 빛나는 얼음이 보인다. 갑판으로 나가 헬리데크로 가보니 사방이 그야말로 완전한 해빙 지대에 정박해 있다. 아라온이 지나온 궤적마저 밤새 얼어붙어 전혀 구별이 되지 않는다. 겨울이 차츰 다가오는 것 같다. 카메라를 들고 나갔으나 날리는 눈발에 잠시서 있을 수도 없다. 장갑을 벗어보니 금방 손이 아려온다. 브리지 갑판으로 가 보았다. 갑판에 눈이 엷게 쌓여 얼고 있어 몹시 미끄러웠다. 이럴 때는 그냥 걷다가는 자칫 미끄러지기 쉽다. 안전한 손잡이가 없는 곳을 걸을 때는 바닥을 쾅쾅 구르듯이 걸음을 한 발짝씩 내딛는 것이 안 미끄러워지는 방법이 된다. 3층 갑판으로 내려가 난간에 서서 주위를 둘러보았다. 시선이 닿는 곳은 끝을 모르게 사방이 모두 하얀 빙원인데 하늘과 바다가 맞닿은 곳이 잘 구별되지 않는다. 공중에서 아라온을 보면 하얀 도화지에 빨간 점을 하나 찍어 놓은 것 같으리라. 실은 이것이 바다가 얼어붙은 것인데 마치 눈 덮인 시베리아 들판 같이 보인다. 아래층 갑판

도 온통 눈이 쌓여 하얀데 누군가의 발자국이 촘촘히 찍혀 있다. 낀 채로 아이폰 사진을 찍을 수 있는 장갑을 사 왔지만 실제 사용해 보니 잘 되지 않는 경우가 있다. 할 수 없이 장갑을 벗고 맨손으로 찍어야 하는데 조금이라도 꾸물거리면 곧 손이 얼면서 아려온다. 피부를 마치 바늘이 무수히 꽂힌 솔로 꼭꼭 찌르는 것 같이 아프다. 게다가 바람까지 불면 정말 너무 추워 5분 이상 바깥에 머무를 수가 없다. 얼른 사진을 찍고 브리지로 들어갔다.

브리지에 들어가니 항해사가 나를 보고 인사를 하며 매일 보는 광경이 지겹지 않느냐는 이야기를 한다. 내가 매일 보아도 각각 다르고 아름답고 신비롭다고 하자 똑같은 얼음인데 뭐가 그리 신기하느냐는 듯 박사님은 매일 피보고 수술하는 것이 지겹지도 않느냐며 그것과 같이 매일 보는 게 얼음인데 뭘 그리 사진을 많이 찍느냐는 투의 말이었다. 그리고 하는 말이 과학적으로 보면 얼음에 지나지 않잖아요 하였다. 이런 물음에는 어떤 대답이 가장 적절할 것인가. 이 광활한 대자연의 신비한 광경을 한낱 얼음 덩어리로 취급해 버리고 그래서 똑같은 얼음이니 보는 것이 지겹다고 생각한다면. 모든 대상은 어떻게 보느냐에 따라 크게 달리 보일 수 있다. 적어도 내게는 이 상상을 초월하는 어마어마한 얼음덩어리와 얼음바다가 단순히 수소 2분자와 산소 1분자가 결합하여 이루어진 물 분자가 영하의 기온에서 얼음 결정으로 바뀐 것에 지나지 않다는 생각은 도저히 머리에 떠오르지 않는다. 그저 숨이 막힐 정도로 큰 스케일과 아름다운 광경일 뿐. 하기야 그의 말처럼 항해사의 입장에서 보면 아라온의 진로에 걸림돌이 되는 귀찮은 얼음에 불과할 수도 있다. 하지만 말이다. 적어도 돈을 아무리 많이 주어도 함부로 들어올 수 없고 또 온다고 해도 날씨가, 아니 대자연이 받아주지 않으면 볼 수 없는 이런 전인미답의 비경을 즐기면서 대한민국의 위상을 한층 더 높이는 선박에서 근무한다고 생각하면 하루하루가 훨씬 더 보람되지 않을까?

점심 식사 후 날이 점차 맑아진다. 메인 데크의 후미 갑판으로 나가보았다. 배 후미에서 바다를 보니 아라온 스크류에서 밀려 나온 소량의 물을 제외하고는 사방 어디를 둘러보아도 푸르스름하고 하얀 얼음뿐이다. 갑판에도 눈이 소복이 쌓였고 크레인과 윈치 그리고 실험장비들에도 눈이 가늘게 쌓여 있다. 헬리데크와 각층 갑판을 오르내리며 광활한 해빙을 눈에 실컷 담고 왔다.

　작은 식당에서 저녁을 먹고 있는데 쇄빙항해 하는 소리가 굉장하게 들려왔다. 으르릉 쾅 철썩 쏴아 마치 괴물의 울음소리와도 같고 무엇이라 형용하기 어려운 굉음이었다. 식사 후 방으로 올라갔다가 다시 내려와 주방 뒤의 창고로 가서 소리를 녹음하였다. 무엇인가에 쓸리는 소리와 깨어지는 소리 등 엄청난 소음이 들리며 가끔 컨테이너가 진동한다.

　밤중에 진료실에서 창밖을 보니 아라온은 계속 해빙을 부수면서 어디론가 항해하고 있다. 아침에 감독님 말이 이번 아라온의 남극 쇄빙항해가 올해 새로 부활된 정부 부처인 해양수산부의 첫 보도 자료라고 하였다. 부디 무탈하게 항해하여 여태까지 온갖 수고를 아끼지 아니했던 선장 이하 모든 승무원들의 노력이 그리고 모든 연구 작업이 허사가 되지 않기를 빈다. 그리고 임무를 무사히 완수하고 고국으로 돌아가는 날까지 모든 승무원들의 건강과 안녕을 빌어마지 않는다. 오늘 아라온은 헬기 작업을 시행할 예정이었으나 시정이 나빠 시행하지 못했다.

4월 26일 금요일 날씨 맑으나 구름.

밤사이 안 좋은 얼음 상태에서 어떻게 항해를 했는지 모르겠으나 8시
에 눈을 떠 창밖을 보니 아라온은 계속 해빙을 통과하고 있다. 오늘은 어
제처럼 아주 단단한 해빙만이 아니라 얼지 않은 부분도 있고 슬러시가
보이기도 하고 얇게 언 얼음 껍질들이 보인기도 한다. 가끔 세찬 바람이

얼음 위로 지나가면서 가벼운 눈보라를 일으키기도 한다. 해가 어슴푸레 붉게 떠올랐으나 하늘에는 구름이 짙게 깔려 있다. 햇빛에 반사된 구름들만 약간 붉게 빛날 뿐이다.

식당에 내려갔더니 칠레 헬기 파일럿 둘이 "헬로 독토르!" 하며 인사를 한다. 그중 카를로스가 헬기 동영상을 의미하는지 "필름!" 하며 소리친다. 안 그래도 캠코더로 녹화한 동영상을 외장 하드 디스크로 옮겼다가 거기에서 USB로 옮길 수 있다는 전자장 얘기를 듣고 시도해보았으나 DC 어댑터를 가져오지 않아서 외장하드로 옮길 수 없었다. 다른 조종사에게 적절한 어댑터와 연결 케이블이 없다고 하니 자기가 어떻게 해 보겠다며 나중에 진료실로 오겠다고 한다.

진료실이 너무 더워 선창을 조금 열어놓으니 찬바람이 세차게 들어온다. 순식간에 방안이 서늘해진다. 조금 더 가니 오랜만에 보는 코발트빛 푸른 바닷물에 빙붕에서 떨어져 나온 빙산들이 점점이 떠 있고 어떤 것은 배 가까이 보인다. 갑판으로 나가니 세찬 바람이 얼굴을 때린다. 깎아지른 단애를 형성한 가장자리의 아름다운 선들과 그 위를 덮고 있는 하얀 얼음이 매우 아름답다.

점심 식사 시간에 1항사에게 들으니 어제 오후 4시경부터 기온이 하강하고 얼음이 점점 더 두꺼워져 모든 연구 작업을 취소하고 웨델해 밖으로 빠져나가기로 결정하였다 한다. 해빙 상태가 안 좋아 더 이상 깊숙이 들어가다가는 빠져나올 수 없기 때문에 이 정도에서 중단하고 다른 루트를 찾아 들어온 곳으로 다시 빠져나가는 중이라고 했다. 어제 밤과 새벽에 길 찾기가 어려워 고생을 좀 했다 한다. 그러면 실험은 중단되느냐 물었더니 자세한 것은 모르나 나가면서 할 수 있는 것들이 있다고 하며 이정도 들어온 것도 처음이므로 미국 연구원들은 상당한 성과를 올렸을 것이라고 말하였다.

1항사의 얘기를 들으니 한 세기 전에 이곳 웨델해의 해빙에 갇혀 얼음과 함께 북쪽으로 표류하다가 마침내 무자비한 얼음의 압력으로 그들이 타고 왔던 배가 파괴되어 침몰해버려 얼음 위에서 두 번에 걸친 긴 캠프 생활을 했던 인듀어런스호 탐험대가 생각났다. 특수강으로 만든 갑주로 무장한 아라온은 적어도 부빙의 압력을 받아 파괴되지는 않겠지만 다음 해 얼음이 녹을 때까지 적어도 6개월은 갇혀 있을 것이다. 아라온은 70일 무보급 항해가 가능한데 그 이상의 경우는 어떻게 될 것인가. 아마 요즘 같으면 칠레의 공군기가 와서 필요한 물자를 공급해주거나 남극해 건너 푼타아레나스로 승무원들을 대피시킬 수 있을 것이다.

오후 2시가 넘어서자 하늘이 푸르게 열리기 시작했다. 아라온은 엷은 얼음이 언 바다를 헤쳐 가는데 빙붕에서 떨어져 나온 빙산들이 자주 눈에 띄었다. 어떤 것은 전형적인 남극 빙산 형태인 네모반듯하면서 길쭉한 탁자 모양이고 어떤 것은 고운 뚜렷한 능선을 가진 산 모양이고 또 어떤 것들은 형용하기 어려운 갖가지 모양을 하고 있었다. 금이 쩍쩍 가 있어 언제라도 갈라져버릴 것 같은 빙산도 있었다. 검푸른 바다에는 회색의 긴 띠와 같은 그리스 아이스(grease ice)와 팬케이크 아이스와 작은 유빙들과 그 보다 더 작은 얼음조각들이 많이 떠 다녔다. 3층 갑판에서 보니 흰 구름이 짙게 낀 푸른 하늘을 배경으로 아라온의 궤적이 남색으로 보이고 그 양쪽에 갖가지 얼음들이 떠내려간다. 중간 중간에 아라온은 쇄빙항해를 하며 사방이 해빙으로 덮인 곳을 통과하였다. 오후 4시경 아라온은 남위 63도 55분, 서경 56도 23분, 웨델해 입구인 EREBUS AND TERROR GULF까지 무사히 빠져나왔다.

8일 동안 우리의 자랑스러운 아라온은 온몸으로 얼음과 부딪쳐 조각 퍼즐처럼 산산조각으로 깨부수고 고통에 찬 신음 소리를 내며 악명 높은 겨울의 웨델해 해빙 지역을 무사히 헤쳐 나왔다. 원래 겨울에는 웨델해 해빙이 멀리 북쪽으로 사우스샌드위치 제도까지 확장되기 때문에 아무리 초현대식 쇄빙선이라도 겨울에는 웨델해 속으로 진입할 수 없다. 설사 겨울에 성공적으로 부빙 속으로 들어갔다 하더라도 잘못하여 얼음에 둘러싸여 퇴로가 막혀버리면 다음 해 봄 해빙이 녹아 물길이 열릴 때까지 꼼짝없이 갇혀 버리게 된다.

황혼 무렵 아라온은 작은 유빙들이 많이 떠다니는 바다를 항해했는데 여기서는 특히 빙산들이 많이 보였다. 온갖 형태의 파르스름한 유빙들이 트로이를 향하는 무수한 그리스 함선들처럼 끝없이 흘러갔다. 어느 장소에서는 수많은 팬케이크 아이스들이 물결에 너울거리며 떠다녔다. 한 번은 뱃전 가까이 흘러가던 얼음 덩어리 위에 젠투펭귄 대여섯 마리가 모여 있는 것이 보였으나 카메라를 갖다 대기 무섭게 얼음의 방향이 바뀌어 아쉽게 펭귄 사진을 놓쳤다. 대신 왼쪽 뱃전에서 경치 구경을 하다가 아라온에 의해 얼음이 깨지는 소리와 진동을 들었는지 모를 젠투펭귄 한 마리가 아마도 놀라서 혼이 빠져라 종종걸음으로 달아나는 것을 보았다. 그 모습이 얼마나 귀엽던지 급히 카메라로 사진은 찍었으나 캠코더를 들이대는 순간 또 지나가 버렸다.

3층 갑판에서 조금 더 높은 곳으로 가는 수직 계단을 타고 올라가 사이렌 옆에 서서 시원한 황혼의 바다를 구경하였다. 내려오면서 보니 누군가가 흘려버린 것 같은 오렌지색 위성 추적장치 1개가 갑판 위에 놓여 있었다. 메인 데크의 대회의실에 가니 유진 교수와 전자기사 로날드가 있었다. 기계를 보더니 옆방의 실험실로 가서 사람들에

게 기계를 보여주니 에린(Erin) 교수가 자기 것이라 하며 감사하다고 하였다.

　8시 반경 브리지에 올라가서 전방을 보니 사방이 얼음으로 꽉 막혔던 어제와는 딴판으로 얼음이 없는 바다를 헤쳐 나가고 있다. 검은 바다와 그 위를 비추는 두 줄기 강력한 서치라이트 불빛이 파르스름하게 밑이 터진 V자 모양으로 바다 위로 내리꽂히고 있다. 레이더에도 거의 얼음이

보이지 않는다. 아라온은 남위 63도 07분, 서경 57도 00분의 트리니티 섬(Trinity island)과 브랜스필드 섬(Bransfield Island)과 호프 섬(Hope Island) 사이의 브랜스필드 해협(Bransfield Strait)을 항해하고 있다. 서 치라이트에 가벼운 눈보라가 날리는 것이 보인다. 브리지 갑판에도 눈이 녹은 듯한 물이 흥건히 고여 있다. 얼음이 진로를 방해하지 않으니 아라온은 12.7노트의 속도로 가볍게 흔들리며 경쾌하게 수면 위를 미끄러지듯 달리고 있다. 아라온의 심장 박동도 쇄빙항해시의 거친 박동보다는 경쾌한 리듬으로 약간 느리게 뛰고 있다. 조금 전 식당으로 내려가 주스 한 잔을 마실 때에도 어제처럼 울부짖는 듯한 소리는 전혀 들리지 않고 가볍게 파도치는 소리만 들렸다. 선창으로 바라보니 깜깜한 바다 위에 뱃전을 스치는 흰 물결만 시원하게 철썩거리는 것이 보인다. 배 밑바닥이 경쾌하게 수면을 스치는 느낌이 몸에 느껴진다. 속이 약간 울렁거리는 느낌이다. 처음에 이 정도 가벼운 요동에도 멀미를 호소했던 한미 연구원들도 이제는 이 정도에는 익숙하리라.

4월 27일 토요일, 날씨 안개 후 맑아짐.

어제 늦게 처음으로 야식으로 국수 한 그릇을 비우고 잤기 때문인지 아침에 일어나도 배가 고프지 않았다. 밤 10시에 야식을 먹고 2시가 조금 지나 잠들었어도 역시 자기 전에는 위를 비워 놓아 위도 쉬게 해 주어야 하는 게 옳다.

　식당으로 내려가 물 한 잔을 마시면서 해도를 보니 좁은 해협을 통과하고 있다. 식당의 선창으로 보이는 코발트빛 바다가 오랜만이다. 뱃전에도 오랜만에 흰 물보라와 남색 파도가 친다. 아마 해빙지대는 다 빠져나온 모양이다.

푸른 바다에 크고 작은 빙산들과 얼음들이 떠다닌다. 3층으로 올라가 경치를 감상하였다. 이제 아라온은 쇄빙을 하느라 그리 애를 쓸 필요가 없다. 선미 쪽으로 보아도 쇄빙항해시와는 전혀 다르게 해빙 대신 검푸른 바다가 보이고 가운데로 아라온의 항해 궤적이 뚜렷이 보인다. 바다에는 잔파도가 희게 일고 있고 바람이 매우 세차게 불고 있다. 크고 작은 갖가지 형상의 얼음들이 떠내려 온다. 그중 큰 것들은 제 무게 때문에 물속으로 가라앉았다 물 위로 떠올랐다 하며 유유히 떠다닌다. 물속으로 1/3쯤 가라앉을 때는 물보라가 친다. 많이 큰 것은 옥색의 물밑 부분이 투명하게 비쳐 매우 아름답게 보인다. 어떤 것은 두 개의 큰 얼음 덩어리와 중간의 수면에 거의 닿은 평평한 부분으로 이루어져 중간 부위는 옥색으로 신비하게 보인다. 바다 멀리에는 큰 섬들이 흰 구름에 가려 아름다운 자태를 흰 베일로 감춘 듯 보일락 말락 한다. 바다에는 케이프 페트렐(cape petrel)이라고 하는 바다제비들이 어지러이 날아다닌다.

갑자기 날씨가 흐려지면서 안개가 자욱하게 끼고 가벼운 눈보라까지 날려 마치 이 아까운 경치를 이제 그만 보라는 듯이 눈앞의 비경을 순식간에 가려버린다. 옷과 장갑 위로 작은 눈알갱이들이 덮이기 시작하더니 몸을 통째로 날려 보낼 것 같은 세찬 바람이 불어 몸을 가눌 수 없다. 한순간에 일어난 하늘의 조화에 미약한 인간은 그저 순종할 수밖에. 겹겹이 입었는데도 속이 추워지기 시작하니 안으로 쫓겨 들어가지 않을 수 없다. 이럴 때는 아이폰으로 사진 찍는 것은 일찌감치 포기하는 것이 좋다. 캠코더를 상의 호주머니에 넣고 카메라를 두 팔로 감싸고 미끄러지지 않도록 조심조심 발걸음을 옮겨 얼른 진료실로 들어와 언 몸과 카메라를 녹인다.

오후 1시경 아라온은 해도상으로 남위 64도 12분, 서경 61도 53분의 제를라슈 해협(Gerlache Strait)이란 해협에 정지하여 CTD 작업을 시행하였다. 날씨는 어느 순간 또 돌변하여 해가 쨍쨍 내리비치는 쾌청한 날씨가 되었다. 바람도 조금 잦아졌으며 밝게 빛나는 푸른 바다에는 수많은 얼음조각들이 둥둥 떠다닌다. 코발트빛 푸른 바다와 햇빛에 반사되는 얼음의 눈부신 흰색이 뚜렷한 대조를 이룬다. 바다는 샤갈이 즐겨 쓴 신비한 블루 색이다.

브리지로 올라갔더니 극지연구소의 감독님이 와 있었다. 그분께 유익한 설명을 많이 들었다. 남극과 북극의 빙산의 차이는 남극은 네모반듯하고 평평한 탁자 모양의 빙산이 많고 우리가 흔히 말하는 산 모양의 빙산은 북극에 많다고 한다.

오후 내내 아라온은 유빙과 작은 빙산이 수없이 떠내려 오는 코발트빛 바다를 항해하고 있다. 배가 바다 위를 미끄러지듯 나아가는 경쾌한 느낌이 온몸에 전달된다. 가끔 요동칠 때는 그 진동이 느껴진다. 멀리 보이는 눈 덮인 하얀 섬들과 하늘의 불그레한 구름들이 바다와 멋진 색의 조화를 이루고 있다. 옥색의 유빙들이 검푸른 바다와 뚜렷한 대조를 이루며 수많은 유빙들이 나란히 떠가는 모습이 마치 함대가 기동훈련을 하는 것 같이 보인다. 2층 갑판에서 뱃머리 쪽으로 가보려고 하였으나 바람이 몹시 세게 불어 자칫 몸이 흔들려 미끄러질까 봐 함부로 움직일 수가 없다.

오후 5시경 밖을 보니 수평선 위로 구름이 붉은색으로 곱게 물들어 있다. 갑판으로 나가 멀리 수평선의 섬들 위로 지고 있는 해와 낙조에 황홀하게 물든 구름을 한참 바라보다가 사진을 찍고 진료실로 들어왔다.

저녁 식사 시간에 선장님께 아라온 홍보용 리플렛에 보면 현재 세계 18개국에서 쇄빙선을 보유 운용하고 있다고 하던데 그러면 전체 쇄빙선 척수는 몇 대 가량 되느냐고 물었더니 약 60대 정도 된다고 하였다. 아라온은 푼타아레나스 항에서 보았던 미국 쇄빙선 파머(Palmer)호를 많이 벤치마킹한 것이라고 하였다. 그러나 외국 쇄빙선은 대부분 건조된 지 오래된 노후선들이며 아라온이 가장 최신 설비를 갖춘 쇄빙선이며 실험 장비도 가장 최신이라고 하였다. 그 때문에 외국의 과학자들이 아라온호를 많이 이용하고 싶어 하며 우리로서는 옛날 저들에게 진 빚도 있기 때문에 가급적 부탁을 들어주려고 하는 편이나 승선 인원의 제한 때문에 각국에서 몇 명씩 이렇게 편의를 제공한다 하였다. 아라온은 건조비만 약 1억 달러이며 매년 운행비와 유지 보수에도 적잖은 돈이 들기 때문에 경제력이 없는 나라에서는 이런 특수 선박을 건조할 수 없다고 한다. 최근 중국에서 쇄빙선을 건조하려고 아라온 사진을 많이 찍어갔다고 한다. 중국은 쉬에 룽(雪龍)이라는 쇄빙선을 보유하고 있는데 아마 제2의 쇄빙선을 건조할 모양이란다.

오후 7시 반 현재 아라온은 남위 64도 38분, 서경 62도 53분의 윙케 섬(WIENCKE ISLAND)과 맞은편의 론지 섬(RONGE ISLAND)을 위시한

다수의 섬들 사이의 좁은 수로인 제를라슈 해협을 미끄러지듯 통과하고 있다. 아까 해협 입구에 잠깐 정박했을 때 우측 갑판의 크레인을 작동시키고 있었는데 아마도 전에 했던 것 같은 지구물리학 실험기구를 바다속에 내린 것이 아닌지 모르겠다.

11시경 목이 말라 식당에 내려갔더니 다른 조리사가 아직 일하고 있다. 아직 일이 안 끝났느냐고 물으니 이제 다 했다고 하면서 큰 식당에 피자를 구워 놓았으니 드십시오 한다. 고마운 친구들이다. 배가 고프지는 않았지만 만든 정성을 생각해 1쪽만 먹었다. 아침 7시에 일어나 밤 11시에 일이 마치는 것이다. 조금 있으니 헬기 조종사들이 온다. 카를로스가 피자를 보더니 "피자!"라고 소리를 지르더니 한 조각 덥석 베어 문다. 맛있느냐고 하니 엄지손가락을 치켜세운다. 크리스티안에게 헬기 동영상 자료를 다 주었다고 하니 "탱큐, 닥터!" 한다.

해도를 보니 아라온은 아직 윙케 섬을 따라 해협을 항해하고 있다. 미동도 거의 없는 것을 보니 잔잔한 수로를 따라 미끄러지듯 항해하고 있는가 보다. 등고선을 보니 섬의 정상 높이가 1,435미터나 되는 큰 섬이다. 낮에 보면 절경이겠는데 밤이라서 볼 수 없으니 아쉽다.

이제 두 번 다시 꽁꽁 얼어붙은 웨델해를 못 본다고 생각하니 가슴이 저려온다. 평생에 한 번이 될지도 모르는 여행이라 생각하니 마음이 찡하다. 하지만 내 마음 속과 캠코더에 모두는 아니지만 일부라도 그 절경인 비경을 담아가니 언제라도 되돌려보아 즐거웠던 추억을 회상할 수 있지 않겠는가. 아라온은 내일 남극반도 서안의 플랑드르 만(Flandres

능선 위로 햇빛을 받은 구름들이 연한 황금빛으로 빛난다.
수면에도 붉은빛이 비쳐, 마치 얼음과 같이 차가운 바다가 따뜻하게 느껴진다.

Bay)으로 이동하여 연구 작업 및 헬기 작업을 시행할 예정이라고 한다.

4월 28일 일요일, 날씨 맑다가 흐려짐, 저녁부터 눈보라.

8시에 잠에서 깼다. 요즘 늦게 자느라고 일어나는 것도 좀 늦다. 창으로 내다보니 회색 빛 바다에 얼음이 무수히 떠 있고 주변에 큰 산이 보이는 것 같다. 갑판으로 나가보니 우와! 사방이 큰 섬으로 막힌 절경이다. 카메라와 캠코더를 챙겨 갑판으로 나와 3층으로 올라가 보았다. 밤새 눈이 많이 와 갑판마다 약 10센티미터 정도로 소복이 쌓여 있다. 눈이 쌓인 풍경은 보기 좋으나 대신 바닥이 매우 미끄러우므로 조심해야 한다.

조심조심 3층 갑판으로 올라가 보니 3면이 산으로 둘러싸인 조용한 호수 같은 만으로 아라온이 들어와 있다. 나중에 해도를 보았더니 여기는 남위 65도 2분, 서경 63도 9분에 위치한 플랑드르 만(FLANDRES BAY)이란 곳이었다. 바다에는 무수한 동그란 얼음들이 떠 있다. 망원으로 당겨보니 어떤 것들은 가장자리에 눈인지 얼음 결정인지 모르게 하얗게 융기되어 있고 동그란 회백색의 얼음판 위에 흰색 크림을 군데군데 짜 놓은 듯한 모양을 하고 있다. 전체적으로 보면 모네의 수련 그림처럼 여러 가지 구도의 얼음 수련 그림을 그려놓은 듯하다. 3면에 보이는 섬들은 알프스의 설산처럼 깎아지른 빙벽이 있고 능선과 계곡에는 엄청나게 두꺼운 파르스름한 얼음과 눈이 덮여 있는데 여러 군데 바위 절벽이 짙은 갈색으로 노출되어 중국 산수화의 부벽준처럼 보이며 주위의 빙벽과 좋은 대조를 이루고 있다. 능선 위로 햇빛을 받은 구름들이 연한 황금빛으로 빛나고 수면에도 붉은 빛이 비쳐 차디찬 바다가 따뜻하게 느껴진다. 바다로 떨어지는 단애는 줌 렌즈로 당겨보니 역시 파르스름하게 보이는 아름다운 가지각색의 조형을 이루고 있다. 망원렌즈로 일일이 당겨 부분부분으로 나누어 사진을 찍었다. 한 군데 멀리 보이는 능선에 마치 암수 두 마리의 사자가 나란히 엎드려 있는 듯한 모양의 봉우리가 보인다. 수면에 떠 있는 큰 유빙들도 형용하기 어려운 온갖 모양을 하고 있으며 특히 좀 큰 것들은 물아래 부분이 신비스런 옥색을 띠며 파랗고 투명하게 비쳐 보인다. 그 색깔이 너무나 깨끗하고 고와서 일일이 찾아서 사진을 찍었으나 실제로 보는 것과 같은 감흥을 주지는 않을 것 같다. 카메라 렌즈가 아무리 좋다고 해도 조물주가 만들어주신 눈만큼이야 성능이 좋겠는가. 정말 혼자 보기엔 너무나 아까운 고요하고 평화롭고 장엄한 절경이다.

2층 갑판에서 뱃머리로 올라갔다. 뱃머리에도 발목 깊이로 눈이 쌓여 있고 2.8톤이나 되는 큰 검은 닻에도 눈이 소복이 덮여 있다. 여기서 보는 파노라마가 진짜 압권이다. 왼쪽으로부터 높은 산이 가로로 알프스의 연봉처럼 굴곡진 능선을 보여주며 병풍처럼 빙 둘러져 있고 이 봉우리가 끝나는 곳에 멀리 안으로 들어가는 좁은 만이 있으며 그 오른 쪽으로는 삼각형의 뾰족한 능선을 가진 섬들이 펼쳐져 햇빛에 반사되어 희게 빛나며 어떤 것은 일부분이 안개에 희미하게 가려 있다. 바다에는 지천으로 수련 잎 모양의 얼음들과 옥색의 잠긴 부분을 가진 큰 유빙들이 떠 있다. 바다에는 잔잔한 호수처럼 잔물결도 일지 않아 얼음이 없는 수면에는 섬 그림자가 어리비친다.

한참 감탄하며 보는데 언제 왔는지 미국 연구원 앤드류가 인사를 한다. 앤드류도 열심히 사진을 찍었다. 갑자기 앤드류가 크레인 박스 안을 가리키기에 들여다보니 하얀 깃털에 까만 두 눈과 조그맣지만 날카로운 부리와 앙증맞고 귀여운 물갈퀴 달린 두 발을 가진 바다제비(snow petrel) 한 마리가 박스 안에 갇혀 나오지 못하고 있다. 인기척을 느끼자 날아오르려고 시도를 하지만 이상하게 그때마다 박스의 철망을 오르지 못하고 만다. 바로 훌쩍 날아오르면 될 텐데 그게 안 되는 모양이다.

앤드류가 가고 난 후에도 혼자서 한참을 뱃머리 위의 갑판에서 경치를 감상하고 파노라마 사진을 찍었다. 아래층 갑판을 보니 콜로라도 대학의 빙하학 교수인 로버트와 제니퍼와 칠레 헬기 조종사 크리스티안이 모여 얘기를 나누고 있다. 내가 내려가 인사를 하니 모두 반갑게 인사를 한다. 제니퍼가 나를 보더니 경치가 매우 아름답다고 하면서 전에도 남극 여행을 한 적이 있느냐고 물어 이번이 처음이며 아마 마지막이 될 것 같다 하니 다시 오고 싶지 않느냐 한다. 내가 기회가 온다면 다시 오고 싶지만 다시 온다 하더라도 날씨가 허락해 주어야 하지 않겠느냐 하니 맞다고 하며 고개를 끄덕인다. 로버트가 나더러 칠레에서 하선하여 한국으로 돌아가느냐고 물어 나는 이 배를 타고 한국까지 간다고 하니 세일러가 되겠네 하고 웃는다. 내가 미국 연수 시절 38일 동안 8만 마일 달린 중고 토요타 캠리로 대륙횡단을 했다고 하니 로버트와 제니퍼 모두 놀라며 옐로우 스톤도 가 보았느냐고 물었다. 내가 옐로우 스톤은 물론 그랜드 캐년, 자이언 캐년, 브라이스 캐년도 다 둘러보았으며 엘비스 프레슬리 고향인 미시시피주 투펠로와 링컨의 탄생지 하젠빌도 가 보았다 하니 놀란다. 로버트가 크리스티안과 내게 휘발유 값을 물어 대답했는데 칠레도 우리와 가격이 비슷하였다. 그러자 크리스티안이 그래도 이분은 닥터인데 헬기 조종사인 나보다 월급이 3배는 될 거라고 하며 웃었다. 내가 우리나라 의사들은 미국 의사들처럼 매우 높은 보수를 받지는 않는다고 말해주었다. 이런 저런 얘기를 하다가 함께 식당으로 점심 먹으러 갔다.

방이 더워 뱃머리로 다시 나가 보니 크레인 박스 안에 바다제비가 아직 갇혀 있다. 나중에 저 녀석을 구해서 날려 보내주어야지 생각하고 가까이 들여다보니 본능적으로 위험을 느끼는지 자꾸 날아오르려고 날개를 파닥거리다가는 주저앉는다.

아라온은 CTD station으로 위치만 약간 바꾼 채 오전의 정선 장소에 그대로 머물러 있다. 아까 작은 크레인으로 해수를 채취하는 기구를 바다 속으로 내리는 것을 보았다. 뱃전 가까이에 두 발을 가진 괴수 모양의 유빙이 옥색의 수면하부를 선명하게 보여주며 투명한 바닷물 속으로 철썩하는 소리를 내며 잠겼다 떠올랐다 하고 있다.

저녁 식사 후 창밖을 보니 눈이 많이 내리고 있다. 갑판으로 나가서 보니 서치라이트 불빛에 비치는 눈보라가 환상적이다. 특히 서치라이트가 바다를 비추면 파란빛이 흰눈빛과 아라온의 다른 불빛과 합쳐 환상적인 장면을 연출한다. 카메라로 찍으니 더욱 환상적이다. 브리지로 올라가 보았다. 브리지 창밖으로 눈보라가 치는 광경이 아주 아름답다. 2층 갑판으로 내려가 선수 쪽으로 가 보았다. 눈보라가 날리는 가운데 아라온 전방으로 큰 빙산이 있고 여기에 두 개의 서치라이트 불빛이 내려꽂히고 있다. 주위의 작은 얼음 조각들이 붉게 비쳐서 그 광경이 마치 붉은 낙엽 위에 흰 더듬이를 가진 큰 곤충 한 마리가 누워 있는 것 같이 보인다. 서치라이트 불빛에 비치는 눈보라가 가는 실처럼 희고 푸르게 빛난다. 바다에 비치는 서치라이트 불빛은 정말 아름다운 푸른빛이다. 카메라로 찍어보니 파르스름하고 희게 빛나는 빙산과 주황색으로 비치는 얼음의 빛깔이 멋지다. 한참 구경하다가 2층 갑판으로 다시 나오니 작은 크레인을 작동시켜 다시 해수 샘플을 채취하고 있다. 식당으로 들어가 해도를 보니 오후 9시 30분 현재 아라온은 그레이엄 섬(Graham Island) 맞은편의 플랑드르 만(Flandres Bay)을 이동항해 중이다. 배 좌우의 서치라이트 불빛을 공중에서 본다면 매우 아름다울 것 같다.

밤 10시 45분 현재 아라온은 이동항해 중 CTD 작업을 위해 아직도 플랑드르 만에 잠시 정지 중이다. 서치라이트에 비치는 바닷물이 타원형의 신비스런 파란빛을 발하고 있다. 갑자기 바다에서 퍼덕이는 소리가 나더니 큰 물체가 서치라이트가 비치는 곳으로 다가 왔는데 그것은 다름 아닌 고래였다. 고래는 파란빛 속에서 희고 검은 몸을 한두 번 뒤척이더니 물 위로 한번 솟구치고는 서치라이트 밖으로 사라져 버렸다. 그러자 갑자기 서너 군데서 같은 소리가 들려 자세히 보니 어두워 희미하지만 다른 고래들임에 틀림이 없었다. 뱃머리 아래에서 브리지 쪽을 쳐다보니 3개의 서치라이트가 파랑색의 눈보라 기둥을 만들고 나머지 1개의 서치라이트는 주황색으로 빛나고 브리지 아래 선루는 하얗게 환상적인 아름다움을 연출한다. CTD 작업을 위해 바다에 비춘 서치라이트에 바닷물이

타원형으로 파랗게 빛나고 그 속으로 하얀 밀가루 같은 눈이 비스듬히
내리는 광경이 정말 아름다웠다. 11시경 CTD 작업을 마쳤다. 파란 바다
에서 하얀 CTD 장비가 서서히 올라오는 광경이 인상적이었다. 아라온은
조용히 다시 항해를 계속했는데 서치라이트가 얼음을 비추면 하얀 얼음
이 더욱 희게 빛나고 얼음이 없는 바다를 비추면 타원형의 파란 빛이 아
라온을 따라 오는 것이 황홀하리만큼 아름다워 한참을 바라보고 또 캠코
더로 촬영을 했다.

4월 29일 월요일, 날씨 흐리고 눈보라.

8시에 잠을 깼다. 2층 갑판으로 나가보니 바람은 좀 약해졌는데 어제 저녁부터 계속 눈보라가 치고 있다. 뱃전을 보니 이 눈보라 속에 해수 샘플을 채취하는지 작은 크레인이 작동되고 있고 파란 바닷물 속으로 동그란 하얀 CTD 장비를 내리고 있다. 이런 날씨에 작업하는 것은 상당히 힘들 것이다. 승무원들의 노고가 크다.

브리지로 올라갔더니 2항사와 다른 승무원이 있었다. 창을 통해 뱃머리 쪽을 보니 선수 갑판과 적재된 4개의 컨테이너, 크레인에 흰눈이 소복이 쌓여 있다. 바다는 회색빛인데 서치라이트 불빛에 눈보라가 날리고 있다. 브리지 우측에 있는 열린 창으로 눈을 들어 바라보니 서치라이트 불빛에 눈보라가 아주 근사하게 보인다. 작은 눈송이들이 마치 한 개 한 개가 밝게 빛나는 별처럼 반짝이면서 떨어지는데 계속 보고 있으니 정신이 몽롱해지는 것 같다. '백설이 난분분할 제...'라는 시조 구절이 딱 들어맞는 광경이다. 브리지 뒤쪽의 출입구로 가서 보니 3층 갑판에도 눈이 가득 쌓여 있다. 아라온의 노란 불빛과 흰눈이 묘한 색의 대비를 이루고 있다. 사진으로 찍어보니 은은하고 편안하고 고즈넉한 풍경을 연출한다.

식당으로 내려가 해도를 보니 아라온은 아직 플랑드르 만에 있는 불터 패시지(Bulter passage)란 곳에 머물러 있다. 경위도상 위치가 남위 65도 5분, 서경 63도 9분이다. 메인 데크 복도를 따라 가면서 좌우의 실험실을 들여다보니 한미 연구원들이 모두 실험에 열중하고 있다. 갑판 밖으로 나가 보니 후미의 마루 갑판과 크레인과 연구기자재 모두에 눈이 소복이 쌓여 온통 설국 풍경이다. 큰 파도에 바닷물이 홍수처럼 갑판으로 밀려오던 광경과는 사뭇 다른 풍경이다. 흰 눈과 노란 크레인과 푸르스름한 바다가 묘한 대조를 이루고 있다. 갑판에는 해수 채취하는 물통 같은 기구를 비롯하여 많은 장비들이 어지럽게 널려 있다. 연구원 두 명이 길다란 쇠파이프에 물통 2개를 단 것을 밖으로 옮기고 있어서 문을 열어 붙잡아 주었다. 왼쪽 복도에 있는 해수분석실이 열려 있어 보니 해수를 채취

하는 기구를 바다로 내놓는 작업을 하고 있다. 기다란 물통들이 주렁주렁 달린 기구를 바닥에 깔린 레일을 따라 실험실 밖으로 밀어내어 크레인으로 바다에 내리는 모양이다. 이 방만 바로 바다로 통하는 문을 만들어 놓았다. 승무원 3명이 작업을 하고 있다. 여러 실험실을 지나가며 열려 있는 곳은 사진을 찍었다. 한 방에는 줄리아 교수가 다른 미국 여성과 얘기를 하고 있고 마티아스가 발에 고무장화를 신고 양손에 깔때기 같은 것을 들고 무슨 실험 준비 같은 것을 하고 있다. 미생물 실험실에는 극지연구소 연구원 한 명이 실험에 몰두하고 있다. 식당 바로 옆의 제일 큰 실험실에는 실험기자재가 빼곡하게 들어차 있고 테오도르 교수, 브루스 교수, 마리아 교수, 에린 교수, 아나스타시아, 알레그라 등이 의자에 앉아 제각각 눈앞의 모니터를 열심히 주시하고 있다.

　오전 11시 경 아라온은 슬러지와 유빙이 가득 찬 바다 위를 미끄러지듯 항해하고 있다. 눈보라가 치는 바다는 안개와 함께 회색빛이다. 하늘도 잔뜩 흐리고 멀리 희미하게 역시 회색빛의 수평선이 보인다. 한 20분 지나니 창밖의 풍경이 확 바뀌어 눈보라 속에 눈이 쌓인 유빙과 얼음조각들과 얇게 언 얼음장들이 가득 떠내려온다. 아라온이 지나가니 얼음들이 스르르 밀려나고 얇은 얼음장은 소리도 없이 갈라진다. 2층 갑판에 있으려니 마티아스도 카메라를 들고 부지런히 다니고 있다. 전기기사 로버트도 나를 보더니 인사를 하고 날씨와 바다가 금방 금방 바뀌니 변화무쌍하다고 한다. 내가 그렇기 때문에 진료실에 가만히 앉아 있을 수 없다고 하니 그렇다면서 밖이 잘 보이는 좋은 위치에 진료실이 있다고 하였다.

점심 식사 후 아라온은 팬케이크 아이스가 서로 얼어붙어 두꺼워져 큰 빙야를 형성한 빙원을 지나갔다.

큰 빙원을 계속 항해한 뒤 아라온은 경치가 매우 아름다운 작은 만에 도착하여 정지하였다. 해도를 보니 여기는 남위 65도 8분, 서경 63도 11분에 위치한 에티엔느 피오르(Etienne Fjord)라는 곳으로 그레이엄랜드(Graham Land)로 둘러싸여 있다. 좌측에는 알프스의 설산을 연상시키는 표고가 1,000미터는 족히 됨직한 산이 보이고 우측으로도 눈 덮인 해빙 위에 옥색의 탁자 모양의 빙산들과 설산들이 솟아 있다. 이 사이에 멀리 어슴푸레하게 빙하가 흘러나온 모습이 보인다. 피오르는 빙하가 육지 깊숙이 들어와 생긴 협만으로 이곳은 사방이 온통 눈과 얼음뿐이라는 점이 노르웨이 송네 피오르와 다르다. 좌측의 산은 위의 반은 알프스 연봉을 연상시키는 삐죽삐죽한 눈 쌓인 능선과 눈 속에 노출되어 있는 흑갈색 암벽으로 되어 있고 아래의 반은 암벽 위에 눈이 두껍게 쌓여 암벽은 조금밖에 보이지 않고 곳곳에 균열이 가 있고 파르스름하게 비쳐 보이는 빙산과 같은 모습을 하고 있다. 한쪽 능선에는 V자형으로 굉장히 두꺼운 눈이 쌓여 있다. 산 맨 밑을 망원렌즈로 보니 암반 위에 눈이 두텁게 쌓여 있다. 꼭대기 능선의 일부에서는 눈이 굉장히 두껍게 쌓여 있는 곳도 있다. 망원 렌즈로 보니 꼭대기 능선에서는 강한 눈보라가 날리고 있다.

오후 4시경에 하늘이 훨씬 더 맑아져 푸른 하늘이 보였다. 줌렌즈로 보니 훨씬 더 깨끗하게 보였다. 피오르의 원인이 되는 빙하가 뚜렷이 보였다. 브리지에 올라가 보니 유진 교수와 에린 교수가 와 있다. 주위를 관

찰하는지 창밖을 유심히 본다. 아라온은 계속 여기에 머물며 위치를 유지하기 위해 바우 스러스터(bow thruster)라고 하는 선수 아래에 있는 스크류에서 간간이 물을 뿜어내고 있다. 뱃전에서는 또 한 차례 해수 샘플을 채취하고 있다.

저녁 식사 조금 전에 아라온은 에티엔느 피오르에서 불과 조금 떨어진 곳으로 이동하였으며 식사 시간 후 여기서도 서치라이트 불빛을 받아 파랗게 비치는 투명하고 깨끗한 바다에서 해수 샘플을 채취하느라고 잠시 멈추어 섰다. 이동할 때 한쪽을 보니 잔물결이 이는 검푸른 바다 위에 오각형의 큰 평평한 해빙이 더 있고 그 뒤로 정으로 거칠게 쪼아놓은 듯 온통 균열이 가 있고 구멍이 숭숭 난 연한 옥색의 거대한 탁상형 빙산이 거대한 성벽처럼 위압적인 자태를 하고 막고 있었다. 사람들이 다투어 사진을 찍었다. 줌렌즈로 당겨보니 구멍 속에서 보기에도 오싹한 느낌을 주는 차디찬 김이 풀풀 흘러나왔다. 잠시 후 아라온은 거대한 빙산과 슬러지가 막 형성되는 바다를 뒤로 하고 아름다운 피오르를 떠났다.

메인 데크에 있는 해양 생물학 실험실에 들어가 보니 두 연구원이 실험에 몰두하고 있다. 나는 몰랐지만 어제는 해수 샘플을 16회나 채취했다고 한다. 이 추운 날씨에 아라온 승무원들도 물론 수고가 많지만 그들의 도움으로 바닷물을 채취하여 실험에 몰두하는 연구원들도 노고도 크다. 우리의 아들딸들이 모든 분야에서 이렇게 열심히 일한다면 대한민국의 앞날은 밝지 않겠는가.

4월 30일 화요일, 날씨 맑으나 구름 약간.

어젯밤은 오랜만에 아라온이 좌우로 요동을 쳤다. 진료실 책상 서랍들이 빠져나올 정도였다. 이제 이 정도 롤링에는 아주 익숙해져 있다. 수술실의 메이요 스탠드의 바퀴 달린 받침대만 롤러스케이트 마냥 이리저리 굴러다니며 소리를 냈다.

아침 8시에 잠이 깼다. 요즘은 아침 식사를 거르고 있다. 원래 두 끼 식사를 했는데 아라온에서 세끼를 꼬박꼬박 먹으니 체중이 3kg 정도 불어 몸이 불편했다. 다이어트에는 뭐니 뭐니 해도 굶는 것이 제일이다. 한 일주일가량 아침을 걸렀더니 65kg 정도의 평소 체중이 되어 다니기가 한결 편해졌다. 갑판으로 나가 보니 한쪽이 터진 말굽 모양의 만에 아라온이 정박해 있는데 한쪽의 산을 자세히 보니 낯이 익다. 가만히 생각해 보니 웨델해로 들어와 사흘째 되던 날 왔던 곳이었다. 식당에 가서 해도를 보니 아니나 다를까 남위 65도 29분, 서경 63도 51분에 위치한 비스코치아 만(Beascochea Bay)이다. 오른 쪽으로 눈에 익은 여러 개의 탁상형 빙산들이 보인다. 2층 갑판을 거쳐 뱃머리로 올라갔다. 좌측에 공룡능선 같은 날카로운 능선을 가진 설산이 있는데 매우 아름답다. 능선 아래로 두껍게 눈이 쌓여 있고 군데군데 흑갈색 빛 암벽들이 흰 눈과 대조를 이루고 있다. 날카로운 능선들이 급경사를 이루어 바다로 떨어진다. 이 산 좌우로 갖가지 형상의 설산들이 펼쳐져 있다. 어떤 곳은 두 봉우리 사이의 V자 모양의 능선에 두꺼운 눈이 쌓여 있고 어떤 봉우리는 눈이 매끄럽게 쌓여 있어 햇빛에 눈부시게 빛난다. 조금 있으려니 우측의 설산들

허리에 회색 구름이 끼고 하늘이 약간 흐려져 봉우리들이 시야에서 사라져 버린다. 잘 보일 때 놓치지 말고 사진을 찍어두어야 한다.

언제 왔는지 내 옆에 앤드류가 와서 인사를 한다. 내가 날씨가 변덕이 심하다 하니 그렇다면서 그래도 오늘은 바람도 거의 없고 따뜻해서 좋다고 한다. 작년에 스키 타러 스위스에 갔는데 거기보다 여기가 더 좋다고 한다. 앤드류의 사진을 찍어주고 내 사진도 찍어달라고 부탁하였다. 잠시 후 제니퍼와 나탈리가 올라왔다. 서로 사진을 찍어주더니 제니퍼는 즐거운지 아예 갑판에 발목까지 빠질 정도로 폭신하게 쌓인 눈 위에 드러누워 눈을 던지는 시늉을 한다. 앤드류가 그녀의 사진을 찍어주었다.

어느새 햇빛이 밝게 비치고 푸른 하늘이 나타난다. 아까 구름에 가리었던 산들이 눈부시게 빛나면서 푸른 하늘과 뚜렷한 대조를 이루며 보이기 시작한다. 언제 사라질지 모르는 이 기회를 놓치면 안 되지. 얼른 캠코더를 꺼내 촬영을 하고 카메라로 자세하게 사진을 찍었다. 아라온의 선수 스러스터에서 뿜어내는 물결로 인해 작은 얼음들이 움직이기 시작하여 만의 호수 같은 부분을 바꾸어 놓았다. 물아래 잠긴 부분이 신비한 옥색으로 투명하게 비치는 유빙들도 나타났다. 전체적으로 보니 처음 왔을 때보다 바다에 떠 있는 얼음의 양이 더 많은 것 같았다.

오후 3시경 아라온은 비스코치아 만을 떠났다. 푸른 하늘 위로 가로로 길게 옅은 회색빛 안개가 끼기 시작했다. 브리지 갑판에서 서서히 멀어지는 아름다운 만을 보고 있으려니 평생에 다시는 못 볼 장관이라는 생각이 들었다. 안녕! 비스코치아 만이여, 잘 있거라 아리따운 산과 얼음들

이여. 흰 구름과 파란 하늘을 배경으로 오늘 보는 설산과 빙산과 옥색의
유빙과 호수 같은 바다는 더할 나위 없이 아름다웠다. 아까 선장님도 그
렇게 말하지 않았던가. 이곳에 들어온 것은 아라온이 처음이며 다시 오
려고 해도 때와 기후가 맞지 않으면 들어올 수 없다고. 대자연이 받아주
지 않으면 결코 들어올 수 없다. 나는 브리지 갑판에 서서 한참 동안 마

음 한구석의 아쉬움과 훗날의 그리움과 함께 사라지는 만을 바라보고 있었다. 온몸이 얼어붙는 듯한 추위에 브리지 안으로 들어오니 기관장이 1항사와 얘기를 하고 있다. 아라온은 온통 하얀 눈을 소복이 쓴 채로 호수같이 잔잔한 바다를 미끄러져 가고 있다. 30여 분 뒤 아라온은 만 입구에 있는 바다로 바로 떨어지는 수직의 암벽을 가진 산을 지나 얼음 조각 하나 없이 잔물결이 넘실대는 푸른 바다로 나왔다.

이제 아라온은 너른 바다로 나왔다. 그래도 좌우로 멀리 설산들이 보인다. 뱃전의 난간에 고드름이 주렁주렁 달려 있다. 오랜만에 고드름을 보는구나. '고드름 고드름 수정 고드름. 고드름 따다가 발을 엮어서 각시 방 영창에 달아 놓아요.'라는 초등학교 때 부르던 동요가 생각이 나서 가만히 불러 보았다. 그때가 어제 같은데 참으로 세월은 유수로구나!

5월 1일 수요일, 날씨 흐림.

아침에 일어나 갑판으로 가 보니 아라온은 조용하고 평화로운 작은 만에 정박해 있다. 안개에 조금 가렸지만 주위를 둘러보니 여기도 웨델해로 들어올 때 들렀던 곳 같다. 주위의 산들과 넓적한 탁자형의 빙산이 기억이 난다. 갑자기 아내에게서 카톡이 와 받으니 내가 제일 존경하는 선배 형님을 바꿔준다. 반갑게 통화를 했다. 식당으로 내려가 벽에 걸린 모니터에서 해도를 보니 아니나 다를까 비고 만(Bigo Bay, 남위 65도 45분, 서경 64도 31분)이란 곳으로 처음 들렀던 곳이다. 마침 유진 도맥 교수가 식당으로 커피를 가지러 왔기에 인사를 하고 이곳이 처음 왔던 곳이 아니냐고 물으니 맞다고 한다. 여기도 어제 지나온 만처럼 작은 만으로 된 곳인데 어제보다는 못하지만 주위에 아름다운 설산들이 빙 둘러져 있고 특히 여기에는 빙붕에서 떨어져 나온, 엄청나게 큰 탁상형 빙산이 떠 있다.

브리지로 올라가 보았다. 2항사가 있다. 브리지에 놓여 있는 니콘 쌍안경으로 주위 산들을 둘러보았다. 카메라가 이만큼 잘 사진을 만들어 준다면 참 좋겠는데 하는 생각이 들었다. 대충 훑어보고 나중에 사진 찍을 곳을 내심 물색해 두었다. 브리지 갑판으로 나가보았다. 얼음이 얇게 얼어 있어 바닥이 몹시 미끄러웠다. 웨델해로 들어왔던 첫날은 이곳의 기상이 매우 안 좋았는데 오늘도 흐리지만 그때보다는 날씨가 좋은 편으로 줌렌즈로 당겨보니 흰눈이 매끄럽게 쌓인 능선들이 보인다. 캠코더로 설산의 옥색 얼음 단애를 찍고 경치를 감상하다가 브리지 안의 화장실에 있는 가래를 들고 나와 갑판의 눈과 살얼음을 밀어 치웠다. 한참 치우는데 극지연구소 감독님이 와서 나를 보더니 "박사님 눈을 다 치우십니까?" 한다. 내가 웃으며 "바닥이 미끄러워 저뿐만 아니라 다른 사람들 다 칠까 봐 그럽니다." 하니 감독님도 안으로 들어가더니 망치를 들고 나와 브리지 난간 가까이 바닥에 있는 단단한 얼음들을 깨어 발을 디딜 장소를 만들어준다. 난간에 서서 주위를 둘러보니 엷은 안개에 가려 있어 경치가 또렷하지 않다. 게다가 금방 작은 눈발이 날리기 시작한다. 날씨가 호전되기를 기다려야겠다고 생각하고 진료실로 내려왔다.

2층 갑판으로 나가니 한 승무원이 망원 렌즈로 사진을 찍고 있다가 나를 보더니 "펭귄 사진은 많이 못 찍으셨죠."라고 한다. 내가 저번에 얼음 바다 위에 내렸을 때 먼발치에서 본 펭귄을 찍은 사진밖에 없다고 하니 펭귄 사진이 많으니 나중에 드리겠다고 한다. 렌즈를 보니 500밀리미터 줌렌즈이다. 이런 고성능 줌렌즈로 찍으면 멀리 있는 경치도 잘 나오겠다 하니 싱긋 웃기만 한다. 그가 한 번은 브리지에서 항해사가 키를 잡고 있을 때는 전방의 시야 방해가 안 되게 해달라고 점잖게 부탁하였다. 나는 즉시 미안하다고 사과하였다. 평소에도 승무원들 일하는 데 절대 방해되지 않도록 조심하는데 나도 모르게 실수를 했던 모양이다.

오후 1시가 다 되도록 날씨가 별로 좋아지지 않는다. 일기가 좋지 않으니 전번처럼 헬기를 띄울 수도 없는 모양이다.

조금 후 아라온은 만을 빠져 나오기 시작했다. 아라온 양 쪽으로 무수한 크고 작은 얼음 조각들이 때로는 신비한 옥색의 물 아래 잠긴 부분을 가진 큰 유빙들과 함께 흘러간다. 브리지 갑판 높은 곳에서 보면 흰 얼음이 아니라면 마치 홍수 뒤 바다를 꽉 메우며 떠내려온 스티로폼 더미 같이도 보인다. 그중 갖가지 형상의 큰 유빙들은 제 무게를 이기지 못해 주위에 소용돌이를 일으키면서 쏴아 소리를 내며 물속으로 잠겼다 떠올랐다 하며 흘러간다. 서서히 멀어져가는 만을 바라보니 착잡한 생각이 든다. 이제 다시 여길 올 수 있을까. 지금처럼 지구온난화가 지속되면 2050년이면 남극의 얼음이 다 녹을 거라는 기사를 신문에서 읽은 적이 있다. 급작스런 기후 변화로 저 얼음이나 눈이 다 사라지지 않는 한 이 작은 만은 지구가 없어질 때까지 존재하겠지만 인생은 고작 100년을 다 채우지 못하고 돌아가는 것이 아닌가.

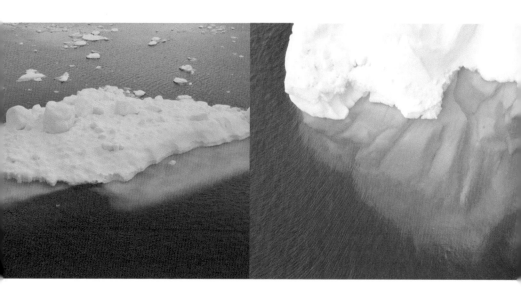

오후 3시경 브리지로 올라갔다. 브리지 갑판에서 오랜만에 보는 푸른 바다를 감상하였다. 바다는 짙푸르고 멀리 바다와 맞닿은 하늘에는 햇빛을 받아 불그레하게 빛나는 구름과 회색 구름이 짙게 끼어 있다. 간간히 두터운 눈을 머리에 이고 있는 큰 섬들이 지나가고 갖가지 형상의 유빙이 떠 있다. 수석연구원이 "저기 고래가 있다."고 하여 창으로 먼 곳을 내다보니 하얀 물기둥이 솟는다. 망원 렌즈로 당겨보니 고래 한 마리가 분

기공으로 물을 내뿜으며 꼬리지느러미 부분이 조금 보일락말락할 정도로 수면 위로 오르내리며 유유히 헤엄치고 있다. 내일 고래가 많은 만으로 간다고 하니 마음이 설렌다. 고래를 보니 정일근 시인의 '기다린다는 것에 대하여'라는 시가 생각난다. 시인은 '사람의 사랑이 한 마리 고래'라고 말하며 '망망대해에서 검은 일 획 그으며/반짝 나타났다 빠르게 사라지는 고래는/첫사랑처럼 환호하며 찾아왔다/이뤄지지 못할 사랑처럼 아프게 사라진다.'라고 하며 '고래는 기다리는 사람의 사랑이 아니라/놓아주어야 하는 바다의 사랑이다.'라고 노래하였다. 기다리는 사랑도 일종의 집착이라면 '신심명'의 가르침처럼 세상사 인생사가 모두 꿈이요, 환영이요, 헛것인 것을 무엇 때문에 수고로이 붙들고 집착하며 애원하겠는가. 옳고 그름, 얻음과 잃음을 일시에 놓아버리면 저 고래처럼 자유로워

지지 않겠는가 하는 생각이 들었다.

오후 4시 반경 아라온은 그랜드 디디어 채널(GRAND DIDIER CHANNEL)이라는 수로 한가운데 잠시 멈추었다. 이런 경우 대개 해수 샘플을 채취하거나 지층 퇴적물 연구를 위한 퇴적층 샘플을 채취하기 위해 해저에 파이프를 박는 소위 코링(coring) 작업을 한다. 저녁 식사 시간에 갑판장 말에 의하면 6미터짜리 파이프를 5미터 78센티미터 깊이까지 성공적으로 박았다고 한다. 여기서 채취한 퇴적물을 가지고 여러 가지 연구를 수행하는 것이다.

저녁 식사 후 갑판으로 나가 보니 작은 눈보라가 치는 가운데 아라온은 고요한 바다 위를 스치듯 미끄러지며 달리고 있다. 캄캄한 하늘에 서치라이트에 비치는 눈송이들이 같은 수만큼의 반짝이는 별처럼 빛난다.

8시 30분경 치과 병원장인 고등학교 동기가 '아라온호, 남극 라르센 빙붕 탐사 세계 두 번째 성공'이라는 헤드라인하의 기사를 인터넷으로 보내 왔는데 기사의 내용을 보면 우리나라 쇄빙선 아라온호가 한국시간으로 4월 25일 오전 1시 58분경 남극 웨델해 북서쪽에 발달한 라르센 빙붕(Larsen Ice Shelf) 지역 탐사에 성공했다는 것과 이번 탐사는 남극의 초겨울에 이루어졌다는 점에서 2006년 미국 쇄빙선 파머(Palmer)호가 세계 최초로 접근에 성공한 이후 두 번째로 이룬 쾌거라고 하였다. 또 빙붕에 대한 설명으로 빙붕은 남극대륙과 이어져 바다에 떠 있는 거대한 얼음 덩어리로 300-900미터 두께의 얼음이 1년 내내 덮여 있는 곳이라고 말하고 있다. 라르센 빙붕 지역은 세계에서 가장 험난한 지역으로 겨울철 기온이 영하 40도까지 떨어지는 극한 지역이라고 설명하면서 최근 이 지역이 지구온난화로 인해 빙붕의 붕괴가 급속도로 진행되는 지역으로 빙붕으로 덮여 있던 곳이 노출됨에 따라 미국, 영국, 독일 등 극지 탐사 선진국들이 탐사에 열을 올리는 곳이라고 하였다.

곁에서 이 모든 과정을 유심히 지켜본 바로는 이번의 탐사 성공은 수석연구원, 감독을 위시한 극지연구소 연구원들과 미국 연구원들, 그리고 무엇보다 불철주야 노심초사하면서 항해를 성공적으로 이끌어준 선장과 항해사들, 기관장과 기관사들, 손발이 얼어붙는 강추위와 때로는 눈보라 속에서 밤을 세워가면서까지 연구와 실험에 필요한 모든 준비 작업을 완수해 낸 갑판장, 그리고 전자장, 조기장 등 25명의 모든 아라온 승무원들의 노고의 결정체인 것이다. 그들 모두에게 축하를 보내고 아직까지 아무런 안전사고가 나지 않았음을 감사한다.

5월 2일 목요일, 날씨 흐림.

아침에 일어나 갑판으로 나가보니 아라온은 밤새 이동 항해하여 작은 만에 정지해 있다. 식당으로 내려가 해도를 보니 남위 64도 48분, 서경 62도 44분, 그레이엄랜드(Graham Land)와 앤버스 섬(Anvers Island) 사이의 좁은 수로 가운데 위치한 앤드보드 만(Andvord Bay)이란 작은 만에 와 있다. 지도를 보니 주위는 해발 2,000미터가 넘는 산들이 즐비하다. 하늘에는 회색 구름이 군데군데 끼어 있는데 그 사이로 태양이 마치 잿빛 유리를 통과한 것처럼 희미하게 빛나고 있어 몽환적인 분위기를 보여준다. 이처럼 추운 곳에 표고가 그렇게 높으니 두꺼운 얼음으로 덮여 있는 것이 조금도 이상하지 않은 것이 당연하다. 주위 풍경은 어제, 그저께와 별 차이는 없지만 역시 매혹적이다. 은은하게 환한 하늘을 배경으로 파르스름하게 빛나는 얼음과 눈으로 덮인 봉우리와 갖가지 선의 조형미를 갖춘 채 바다로 이어지는 단애들과 하얀 눈 살 속에 드문드문 드러나는 흑갈색 암벽들과 또렷한 선을 이루고 있는 눈 쌓인 능선과 호수같이 잔잔하고 맑디맑은 바다에 떠 있는 크고 작은 얼음 조각과 옥색을 띤 필설로는 표현할 길이 없는 온갖 형태의 큰 유빙들. 부벽준으로 그린 것 같은 암벽 위에는 파란 얼음이 두껍게 덮여 있다.

오늘은 바닷물이 유난히 투명하고 맑아 유빙의 옥색 수면하부가 매우 선명하고 깨끗하게 잘 보인다. 유빙 하나는 머리에 보기에도 아주 단단하고 몹시 차게 느껴지는 짙은 옥색 얼음을 이고 있다. 잘생긴 유빙 하나를 골라 줌 렌즈로 당겨보니 신비하게 생긴 옥색의 수면하부가 투명한 물속에서 일렁인다. 식당에서 마티아스를 만났더니 그도 역시 좋은 사진 찍을 기대에 부풀어 있다. 그와 이런 저런 얘기를 나누고 사진 찍을 때 보자 하고 헤어졌다.

갑판은 여전히 얼음이 얇게 얼어 매우 미끄럽고 날씨는 바람은 별로 없으나 피부에 닿는 공기가 매우 차갑다. 조금만 방심하여 얇은 옷차림으로 돌아다니면 얼어붙기 십상이다. 따라서 밖으로 나올 때는 반드시 중무장을 해야 한다.

2층 갑판을 조심조심 걸어 뱃머리로 올라가 보았다. 간밤에 눈이 내리는 것 같더니 뱃머리 갑판에 여전히 발목까지 빠지는 눈이 쌓여 있는데 눈 아래가 얼어붙어서 굉장히 미끄럽다. 심호흡을 하니 상쾌한 공기가 폐포 가득 들어오며 정신이 맑고 상쾌해진다. 사방은 고요한데 아라온의 기관 박동 소리와 이따금씩 부는 바람이 태고의 정적을 깨트린다. 주위를 빙 둘러보면서 파노라마를 감상한 뒤 사진을 찍었다. 전투기 조준경을 위한 렌즈를 수작업으로 깎는 경험에서 비롯된 독일과 일본의 렌즈 절삭 기술이 아무리 뛰어나다 하더라도 렌즈의 성능이 건강한 인간의 눈보다 나을 수 있겠는가. 그리고 컴퓨터의 성능이 아무리 뛰어나다 하더라도 인간의 뇌만큼이야 하겠는가. 사진으로 도저히 표현할 수 없으니 머리와 가슴에 이 천하의 비경을 담아 갈 수밖에.

점심 식사 후 날씨가 변하더니 아침에 보였던 햇빛과 구름사이로 간간이 보이던 푸른 하늘은 사라지고 회색빛 안개가 짙게 끼어 버린다. 그래도 바다 빛깔은 아직 푸르고 수많은 유빙들이 흘러 다닌다.

잠시 후 아라온은 이동하기 시작했다. 셀 수도 없이 많은 유빙들이 떠내려 온다. 여태까지 본 중에서 가장 수가 많고 형태도 정말 가지가지이다. 어제도 얼음들이 많이 떠내려왔지만 크기가 별로 크지 않은 것이 대부분이었는데 오늘은 기이한 모양의 큰 유빙들이 수시로 떠내려온다. 브리지 갑판으로 올라가 실컷 구경하고 사진을 찍었다. 크기도 매우 크고 옥색의 물아래 부분이 투명하게 잘 보이는 것들도 있다. 그런 유빙들이 지천으로 바다를 메우며 도도히 떠내려온다. 조심스레 브리지 정면의 갑판으로 나가 보았다. 거기에서 보이는 조망이 탁월하다. 브리지 안에서도 물론 전망이 좋지만 창에 난 윈도 와이퍼 때문에 탁 트인 전망을 얻을 수 없는데 밖으로 나오니 눈앞이 탁 트이면서 정말 전망이 훌륭하다. 파노라마 사진을 찍으니 멋지게 나온다. 아래쪽으로 뱃머리를 보니 마티아스가 사진을 찍고 있다가 나를 보자 손을 흔든다.

4시경 하늘은 완전히 흐려졌고 간간이 작은 눈발이 흩날린다. 하늘과 바다의 경계도 보이지 않고 회색 안개만 짙게 끼어 있다. 회색빛 바다에 가끔씩 떠내려 오는 큰 유빙들의 옥색 빛깔이 모노크롬으로 처리한 흑백사진 바탕에 푸른빛만 칼라로 보이는 것 같은 묘한 대조를 이룬다. 밖으로 잠시 나가보니 가는 눈발이 날리고 날씨가 매우 차다. 어느 순간 바다를 보니 물개 한 마리가 평평한 작은 유빙 위에 유유히 누워 같이 떠내려온다. 아라온을 못 보았는지 얼음 위에서 유유자적한 모습이다. 브리지 안으로 들어오니 선장님과 1항사, 기관장, 수석연구원과 다른 연구원 한 명이 아라온 전방을 주시하고 있다. 아라온은 옥색 유빙이 떠내려 오는,

가는 눈보라가 날리는 회색 바다 위를 미끄러지듯 항해하였다.

6시 반 현재 아라온은 코링 작업을 위해 제를라슈 해협 어느 지점에 정지해 있다. 메인 데크 후미 갑판으로 나가 보니 눈보라가 날리는 가운데 승무원들이 작업을 하고 있다. 갑판에는 아직도 눈이 깊이 쌓여 있고 일몰 후의 밤바다는 공기가 몹시 찬데 연구 준비 작업을 하는 승무원들의 고생이 심하다.

5월 3일 금요일, 날씨 쾌청.

8시에 잠이 깨어 밖으로 나가 보니 아라온은 오늘도 예쁜 작은 만 같은 곳에 정지해 있다. 오랜만에 해가 밝게 뜬 모양으로 한쪽 하늘에 커다란 오렌지색 구름이 떠 있고 얼음이 없는 거울 같은 수면에 비친 붉은 그림자가 황홀한 아름다움을 선사하고 있다. 식당으로 내려가 해도를 보니 여기는 그저께 정박했던 에티엔느 피오르 근처의 톰슨 코브(Thomson Cove)란 지점으로 경위도상 남위 65도 5분, 서경 63도 9분이다. 바다에는 크고 작은 얼음조각들이 많이 깔려 있고 주위를 둘러싸고 있는 산들은 깎아지른 급사면을 가진 마치 히말라야의 준봉들 같이 생겼다. 다만 그것들이 나무가 무성한 아래의 육지와 연결되지 않고 얼음으로 뒤덮인 바다로 단애를 이루고 있다는 것이 다를 뿐이다. 하늘을 찌를 듯 뾰족한 봉우리에서 눈이 두텁고 곱게 쌓인 급사면이 내려오다가 얼음이 덮인 계곡과 만나고 이어 흑갈색의 암벽이 노출되기도 한다. 바다와 면한 곳에는 어김없이 기묘한 형상을 이루는 단애가 만들어져 있다. 마치 회칠을 곱게 한 벽면과도 같은 경사면에 햇빛이 비치어 처음에는 황금색으로 빛

하늘을 찌를 듯 뾰족한 봉우리에 햇빛이 비치어 황금색으로 빛난다.
점차 눈부신 흰색이 되고 그 하얀 벽에 봉우리와 능선의 그림자가 투영된다.

나더니 점차 눈부신 흰색이 되고 그 하얀 벽에 다른 봉우리나 능선의 그림자가 그대로 투영된다. 칼날 같은 능선 아래의 급사면에 매끈하고 두껍게 쌓인 눈이 햇빛을 받아 눈부시게 빛난다. 바다에는 얼음 조각들이 지천으로 떠다니고 얼음이 없는 곳은 짙푸른 바다 위에 불그레한 구름이 비쳐 따뜻한 느낌을 준다. 좌우의 산들이 만나는 곳에 멀리 어슴푸레하게 푸르스름한 빙하가 보인다.

뱃머리로 올라가 파노라마를 감상하고 빙 돌려가며 사진을 찍었다. 잠시 후 푸른 하늘이 보이기 시작하니 그림의 배경이 온통 파란빛이 된다. 하늘에는 햇빛에 반사된 큰 붉은 구름들이 가득 떠 있고 능선 가까이 짙은 흰 구름이 낮게 떠 있는 곳도 있다. 이맘때면 어김없이 나타나는 마티아스가 뱃머리로 올라왔다. 반갑게 서로 인사를 주고받고 내가 사진을 부탁하니 선뜻 사진을 찍어준다. 전자 기사 로버트도 부지런히 자기가 자랑하는 수퍼와이드 렌즈가 장착된 카메라를 들고 경치 찍는 데 여념이 없다. 캠코더 녹화를 하는 중에 메모리 카드의 메모리 공간이 다 되었다는 표지가 LCD 창에 뜨더니 4분 남았다는 글자가 나타난다. 잠시 후 메모리 카드가 다 차서 진료실로 내려오는데 에린과 로버트가 고래를 찍은 사진을 보여준다. 진료실로 가서 새 메모리 카드를 캠코더에 넣고 나가는데 복도에서 여성 연구원 한 명이 고래 보셨어요 하고 묻길래 못 봤다 하니 자기가 찍은 고래 동영상을 보여주며 아까운 것을 놓치셨네요 한다.

점심 식사 후에도 날씨는 변함없이 쾌청하다. 이런 날은 헬기를 띄우

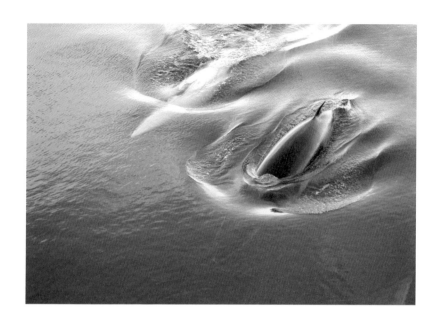

기 좋을 것 같다. 아니나 다를까 헬기 소리가 나더니 한 대가 헬리데크에
내려앉는다.

헬리데크에서 바다를 바라보고 있는데 갑자기 눈앞에서 고래가 수면
위로 떠올라 푸우하고 숨을 내뿜는다. 즉시 캠코더를 꺼내 기다렸더니
조금 뒤 또 한 마리가 나타나더니 대여섯 마리가 아라온 뱃전 가까이 왔
다가는 멀리 달아나기를 반복하면서 물 위로 떠올라 하얀 배를 드러내며
몸을 뒤집기도 하고 잠수함 잠망경처럼 조그맣고 예쁜 등지느러미만 물
위로 내놓고 미끄러지듯 스쳐가기도 하고 힘차게 숨을 내뿜기도 한다.
한 번에 두세 마리가 나란히 몸통을 제법 수면 위로 노출시켜 보기에도
매끄러운 까만 등을 보이기도 한다.

올랜도 시월드에서 본 범고래 '샤무' 쇼가 생각났다. 샤무는 조련사들에게서 훈련을 받고 인간에 길들여져 먹이를 받는 대가로 훈련 받은 대로 초대형 수족관 같은 수조 안을 헤엄치면서 갖가지 묘기를 부리고 큰 꼬리로 객석의 관중들에게 물을 냅다 퍼 붓기도 하였다. 먹이 걱정은 전혀 없겠으나 이 드넓은 바다에 비하면 조그만 어항이나 다름없는 수조에서 인간의 즐거움을 위해 허연 배를 드러내고 몸을 뒤집고 수면 밖으로 껑충 뛰어오르기도 하지만 인간의 발길이나 손길이 미치지 못하는 완전히 자유로운 이곳에서 마음대로 유유히 헤엄쳐 다니는 저 고래들에 어찌 비길 수가 있겠는가.

즐거운 기분으로 진료실에 앉아 있는데 선내 방송이 나오더니 오후 2시 반에 이번 남극 크루즈에 참가한 아라온 승무원 및 한미 연구원들의 기념사진 촬영이 있으니 모두 헬리데크로 나오라 한다. 데크로 나가니 벌써 모두 모여 사진 찍을 준비를 하고 있다. 나도 가서 뒷줄에 섰다. 크리스티안이 사진을 찍었다. 일행 앞에 Korea-US Workshop on Antarctic Peninsula Ice Shelf System이라고 적힌 큰 노란색 플래카드를 펼쳐 놓았다. 그 다음에 선장님, 헬기 조종사들, 아라온 승무원 일부, 아나스타샤와 제니퍼, 마티아스 등과 사진을 함께 찍으며 즐거운 시간을 보냈다.

헬리데크에서 본 사방의 경치가 너무 좋아서 한참을 구경하다가 브리지와 3층 갑판에서 사진을 찍고 뱃머리로 올라갔다. 뱃머리에서 아래를

내려 보다가 제법 큰 얼음 덩어리 위에 조그만 검은 물체가 보였다. 직감적으로 물개라고 생각하고 줌렌즈로 당겨보니 물개 한 마리가 몸을 잔뜩 웅크리고 잠을 자고 있는 중이었다. 보기에도 기름이 자르르 도는 것처럼 몹시 윤택한 가죽을 가진 몸뚱이에 지방이 잔뜩 축적된 몸통에는 좋은 영양 상태를 보여주듯 세 개의 주름이 깊이 져 있다. 몸을 웅크린 자세여서 언뜻 보기엔 고구마나 감자 덩이 같이 보이고 멀리서 보면 대변을 형태적으로 구분하기 위한 Bristol stool scale에 묘사된 소시지 모양의 정상적인 형태의 까만 대변 덩어리같이도 보인다. 한참 보고 있는데 휘파람 소리가 휘익 났다. 위를 쳐다보니 감독님이 물개를 깨워 움직이게 하여 사진 찍기 좋은 포즈를 만들려고 휘파람을 분 모양이다. 그래도 물개는 미동도 하지 않고 나 몰라라 한다. 갑자기 이 감독님이 "어이! 어이! 독구! 독구!" 하고 물개를 보고 소리친다. 독구라니, 옛날 어른들이 개를 부를 때 하는 말이 아닌가! 물개야 물개야! 하기는 어색하니 얼결에 독구야 독구야 하고 소리치신 모양이다. 혼자서 박장대소를 하였다. 조금 있으니 배가 아주 천천히 물개 쪽으로 움직인다. 그러더니 두우 두우 하고 무적까지 울린다. 나중에 저녁 식사 시간에 선장님에게 그 이야기를 했더니 웃으면서 그래서 물개 도망

갈까 봐 1노트 속도로 아주 천천히 배를 가까이 갖다 대었다고 한다. 그제야 이 녀석은 잠깐 고개를 들고 좌우를 보더니 입이 째져라 큰 하품을 하고는 나몰라라 하고는 몸을 더욱 오므려 잠을 청한다.

오후 3시 반경 아라온은 만을 빠져 나오기 시작했다. 푸른 하늘 아래 약간 회색 구름을 머리에 인 흰 설산들이 지나가는데 몇몇 봉우리는 햇빛을 받아 찬란하게 빛난다. 코발트빛 바다에는 무수한 얼음 조각들과 유빙들이 떠내려 온다. 브리지 갑판으로 올라가 멀어져 가는 만을 하염없이 바라보았다. 평생에 다시는 올 것 같지 않은 곳의 황홀한 장관이 눈앞에서 멀어져가고 있다. 메인 데크 후미 나무 갑판으로 내려가 아라온 맨 후미에 서서 주위를 둘러보았다. 아라온의 궤적이 코발트빛 바다를 양쪽으로 갈라놓는다. 주위로는 이따금 옥색의 신비한 빛이 감도는 잘생긴 유빙이 흘러간다. 잘 있거라 대자연의 신비여. 부디 인간의 손에 망가지지 말고 태양이 없어지는 날까지 무탈하게 존재하여라. 뱃머리와 그 아래 갑판과 메인 데크 후미 갑판에는 온통 눈이 쌓여 완연한 한겨울 풍경이다.

저녁 식사 시간에 선장님이 며칠 전의 어려웠던 상황을 이야기해 주었다. 사방이 얼음으로 막혔는데 발전기 4대를 모두 가동시키고 엔진 출력을 풀로 내었는데도 얼음이 꿈쩍도 안하니 길은 보이지도 않고 찾을 수도 없고 자칫 잘못 판단하면 꼼짝없이 얼음에 갇힐 판이라 돌아가기로 결정하여 돌아가는데 다행히 얇은 얼음이 얼어 있어 그로 인해 큰 해빙들이 움직이지 않아 얇은 얼음을 깨고 돌아올 수 있었다고 한다. 아무튼 초겨울로 접어드는 이 계절에 남극을 이렇게 깊숙이 들어온 것은 이번 아라온이 처음이라 한다. 선장님의 노고에 감사를 드린다.

　오후 9시경 식당으로 내려가 해도를 보니 남위 64도 43분, 서경 63도 02분, 윙케 섬(Wiencke Island)과 르메어 섬(Lemaire Island) 및 론지 섬(Ronge Island) 사이의 제를라슈 해협의 고요하고 잔잔한 바다 위를 미끄러져 가고 있다. 5일에는 세종 기지로 간다 하니 웨델해 라르센 빙붕 탐사도 이제 막바지에 접어든 느낌이다.

빙붕(Ice shelf)은 남극 대륙과 이어져 바다에 떠 있는 거대한 얼음덩어리로 300-900미터 두께의 얼음이 1년 내내 덮여 있는 곳을 말한다. 내륙으로부터 빙하가 계속 흘러들어와 빙붕에 얼음을 공급하지만 바다와 맞닿아 있는 부분에서 빙붕이 계속 떨어져 나가 빙산을 형성하므로 전체적인 크기는 늘 일정하게 유지된다. 남극대륙 전체 얼음 면적의 약 10%가 빙붕으로 되어 있다.

남극대륙은 로스해(Ross Sea)와 웨델해(Weddell Sea)에 의해 동서 대륙으로 나뉘는데 로스해와 웨델해 만입부가 빙붕으로 채워져 있다. 대표적인 빙붕으로는 로스(Ross) 빙붕, 론(Ronne) 빙붕, 필크너(Filchner) 빙붕, 에머리(Amery) 빙붕, 라르센(Larsen) 빙붕 등이 있다. 이 가운데 가장 큰 것이 1841년 제임스 로스가 발견한 로스 빙붕이다. 당시 빙붕에 대한 지식이 없던 로스는 더 이상의 선박 진행을 방해하는 이 거대한 얼음벽을 글자 그대로 그레이트 아이스 배리어(Great Ice Barrier)라고 불렀다.

빙붕은 남극 대륙 쪽으로 접근하는 난류의 흐름을 막아 빙하의 형태를 유지하는 역할을 한다. 그러나 오존층의 파괴로 인한 지구온난화 현상이 계속되면서 남극의 빙붕이 녹아서 수천 개의 빙산으로 떨어져 나가고 있으며 이로 인해 해수면이 점차 높아져 대규모 자연재해가 발생할지도 모른다는 우려를 낳고 있다.

5월 4일 토요일, 날씨 흐림.

8시에 깨어 밖을 내다보니 날씨가 흐린 탓인지 아직 어둑하다. 갑판으로 나가보니 눈 덮인 설산이 앞을 가로 막는다. 오늘도 아주 고요하고 호수같이 잔잔한 만에 아라온이 정지해 있다. 그런데 봉우리들이 어딘지 모르게 낯이 익다. 브리지에 올라가 보니 항해사가 있다. 이곳도 우리가 한 번 왔던 곳이 아니냐 하니 그렇다고 한다. 식당으로 가서 해도를 보니 앤드보드 만(Andvord Bay, 남위 64도, 서경 62도 43분)이란 곳이다.

주위는 하얀 설산으로 둘러싸여 있는데 바다가 너무 잔잔하여 마치 고요한 호수와 같다. 수면을 스치는 미풍이 잔잔한 파문을 일으켜 고요함에 동적인 느낌을 조금 보태준다. 원경으로 보니 아주 평화롭고 조용하고 아늑한 느낌을 준다. 게다가 날씨가 흐려 전체적인 시야가 회색톤으로 보여 고즈넉한 느낌을 한층 더해준다. 멀리 양쪽의 설산이 만나는 곳에 푸르스름한 빙하가 보인다. 산봉우리에는 물론 첩첩이 쌓인 눈이 두

껍게 덮여 있다. 호수 같은 수면에는 옥색이 감도는 크고 잘생긴 유빙들
이 떠 있다. 뱃머리로 올라가 파노라마를 감상하고 비디오를 찍었다. 군
데군데 보이는 흑갈색 암벽들이 주위의 눈과 흑백의 묘한 대조를 보이고
있다. 아! 아름답고 평화로운 정경이다. 마치 알프스의 조용한 호반을 보
고 있는 느낌을 준다. 조금 있으려니 찬 기온 때문인지 바다 한가운데가
띠 모양으로 얼기 시작하여 금방 조그만 얼음조각들이 떠다니기 시작한
다. 갑자기 어디서 날아왔는지도 모르게 검은 날개를 가진 바닷새 두 마
리가 힘찬 날갯짓을 하며 수면 위를 스치듯 날아가며 고요한 아침의 정
적을 깨트린다. 간간이 아라온의 스러스터에서 밀어내는 물결들이 고요
한 수면에 큰 파문을 일으키며 퍼져나간다.

　점심시간 전 아라온은 이 예쁜 만을 뒤로 하고 이동하기 시작했다. 거
울 같은 바다 수면에 역시 조용한 궤적을 그리며 아라온은 천천히 매우
천천히 만을 떠났다. 3층 갑판으로 올라가 보니 한 폭의 설경산수화 같은
경치가 서서히 멀어져 간다. 투명하게 비치는 맑은 바다에 옥색 수면하

부를 가진 유빙들이 지나간다. 빙산은 완전히 녹을 때까지 수년간 살아남을 수 있는데 녹는 과정의 최종 단계에 이르면 빙산 혹은 빙산의 파편들은 크기에 따라 직경이 약 10미터로 대략 집채만 한 크기인 Bergy Bit와 수 미터 크기로 자동차 크기 정도 또는 그 이하의 Growler라고 불린다. 지금 떠내려 오는 옥색 유빙들이 이에 해당한다. 차디찬 온도에 의해 서서히 서서히 녹으며 떠다니는 것이다.

12시경 아라온은 해도에서 두티스 포인트(Duthies Point)라고 표시되어 있는 곳에 도달하였다. 아라온 앞으로 피마준법과 부벽준법으로 거칠게 그린 것 같은 흰눈 바탕에 검은 암벽을 가진 설산이 하나 나타났다. 산의 한쪽 끝은 부드러운 곡선을 그리며 눈이 다져진 얼음이 곱게 쌓여 있다. 줌 렌즈로 당겨보니 산 중턱에 작은 송신탑 같은 철 구조물과 그 아래로 태양 전지판이 붙어 있는 것 같은 빨간색의 기계가 하나 설치되어 있다. 조금 있으려니 언제 내렸는지 모르게 한쪽 날개에 '남극세종 과학기지'라고 희게 쓰여 있는 조디악(Zodiac)이라 부르는 검은 고무보트가 뱃전을 지나 선수 쪽으로 가서 왼쪽으로 돌아가 버렸다. 무언가 작업을 할 모양이구나 하고 구경하고 있으려니 지구물리학을 전공한 연구원이 지나간다. 저게 무어냐고 물으니 위의 송전탑 같은 것은 GPS이고 아래의 빨간 것은 지진계인데 고장 나서 상륙하여 고치러 간다고 하면서 고글을 두고 와서 가지러 간다고 한다. 에린이 담당하고 있는 모양인데 자기는 그것을 다룰 줄 모른다 하여 우리 연구원들이 고쳐주러 간다는 것이다.

조금 있으려니 전자기사 로버트와 칠레 조종사 카를로스와 크리스티안이 다가왔다. 조종사들이 펭귀노(penguino)하면서 저 섬에 펭귄이 있다고 알려준다. 얼른 줌 렌즈로 당겨 보니 정말 귀여운 젠투펭귄들이 살고 있다. 로버트가 펭귄은 아주 강한 동물이라고 한다. 내가 그렇다고 맞장구치면서 펭귄은 저기서 먹고 자고 살지만 우리는 저기 놔두면 곧 죽을 것이라 하니 "yeah."라고 하며 펭귄의 피하 지방층이 매우 두꺼우며 깃털이 매우 푹신하여 보온성이 좋다고 한다.

펭귄 사진을 찍는데 눈이 날리기 시작하더니 이내 눈발이 굵어진다.

진료실로 돌아와 찬 몸을 녹였다. 일기를 정리하다가 다시 밖으로 나갔다. 펭귄들은 침입자들이 해코지 할 무리가 아니라고 판단했는지 일부는 사람들 가까이에 서 있고 일부는 그래도 못 미더운지 멀찌감치 떨어진 높은 곳에 서 있다. 고개를 가슴에 푹 박고 있는 놈도 있고 눈을 털어버리려는 듯이 경망스럽게 두 날개를 파닥이는 놈들도 있고 높은 곳으로 달아났다가 다시 침입자들을 보려고 경사 급한 눈길을 후닥닥 미끄러져 내려오는 놈들도 있다. 자세히 보니 그 사이에 흰털을 가진 새끼 펭귄 한 마리가 몹시 분주하게 이리저리 뛰어다니고 있다.

하늘은 완전히 회색으로 흐리고 소나기처럼 눈보라가 치고 있다. 아라온은 경적을 울리더니 서서히 섬에서 멀어져 갔다.

저녁 식사 후 갑판으로 통하는 문을 조금 열어 밖을 보니 찬바람에 눈보라가 휘날린다. 아라온은 잔잔한 수면 위를 미동도 거의 없이 항해하고 있다.

5월 5일 일요일, 날씨 흐리고 눈

어제 새벽 4시에 잠자리에 들었기 때문에 조금 늦게 일어날 줄 알았는데 잠결에 문을 두드리는 소리가 들려 눈을 떠 시계를 보니 8시가 조금 못된 시간이다.

갑판으로 나가보니 아라온 선수 바로 정면과 오른쪽으로 깎아지른 단애를 이룬 빙산이 보이고, 넓은 호를 이룬 호수 같은 잔잔한 바다에는 작은 얼음 띠들과 점점이 유빙이 떠 있다. 하늘은 안개로 약간 희미한데 바닷물은 파란 잉크를 풀어놓은 듯 맑고 투명하게 푸르다. 어제와 같이 평화로운 정경이다. 2층 갑판 바로 아래로 기이한 형상의 큰 유빙(growler)이 떠 있다.

헬리데크로 내려갔더니 마티아스와 나탈리가 경치를 구경하다가 나를 보더니 손을 흔든다. 마티아스에게 풀장이 있는 개인 보트 같은 유빙을 보았느냐 하니 보았다고 하며 나탈리가 풀장을 야꾸지 같다고 하더라고 한다. 테오도르 교수가 옆에 있다가 나를 보더니 저기 빙하가 떨어진 자리가 보이느냐고 묻는다. 내가 잘 모르겠다고 하니 한 군데를 가리키며 설명해주고는 이곳은 아직도 빙하가 계속 흘러내려오는 활동적인 곳이라고 한다. 설명을 듣고 다시 보니 과연 빙하가 잘려나간 자리 같은 느낌이 든다. 대자연의 신비를 인간이 어떻게 다 알 수 있겠는가. 오늘로써 연구를 마치냐고 물으니 그렇다면서 자기 연구는 어제 다 완료했다고 하며 오늘 King Sejong 기지로 간다고 하였다.

잠시 후 뱃전을 내려다보니 구명보트에 연구원들이 승선하여 마주 보이는 먼 곳으로 떠나고 있다. 나중에 브리지에서 들으니 지진계와 GPS를 설치하러 갔다고 한다. 브리지에서 망원 렌즈로 보니 까마득이 먼 수평선 위의 눈 덮인 돌산 위에 빛바랜 붉은 창문이 달린 컨테이너 두 동이 보이고 사람들이 점처럼 작게 보인다. 점심시간에 들으니 짐이 무거워 눈 덮인 산길을 걸어서 옮기기 어려우므로 헬기 지원을 요청했다고 한다. 오후에 헬기가 두 차례 출동하였다.

점심 식사 후 2층 갑판으로 나가보니 기이한 형상의

유빙이 또 흘러간다. 마치 머리 쪽은 사자나 맹수의 머리 모양을 하고 반대쪽 끝은 모터가 달린 보트 후미 모양을 한 잘생긴 유빙인데 가장자리의 물속에 잠긴 부분이 투명한 옥색으로 보인다. 한참 사진을 찍는 중에 어디서 왔는지 물개 한 마리가 옥색의 바다 밑을 몸이 비치도록 얕게 헤엄쳐 가더니 고개를 수면위로 쑥 들어올린다. 그러고는 다시 잠수하더니 파란 바닷물 아래로 아주 유연하게 헤엄쳐 나간다.

오늘로써 웨델해 항해를 마치고 세종 기지로 돌아간다 하니 감회가 새롭다. 머릿속에서 뉴질랜드 크라이스트처치 시 리틀턴 항을 떠나 여기까지 왔던 기억이 영화 필름 돌아가듯 스쳐간다. 언제 남극 구경을 하나 하고 기대 반 설렘 반으로 기다렸던 여정이 어느덧 끝나고 돌아간다니. 2층 갑판에서 천천히 발걸음을 옮기며 3층 갑판, 브리지 갑판으로 올라가며 각 층을 유심히 바라보았다. 처음 배에 탔을 때 낯설고 서먹했던 광경들이 이제는 마치 내 집처럼 익숙하고 정답다. 갑판의 난간 하나 하나, 주황색 구명정, 3층 갑판 한쪽 모서리에 수줍은 듯 살짝 숨어 있는 빨간 라이트 등등 모든 것들이 사랑스럽고 대견스럽다. 이 모든 것들이 한 달 보

름 여 동안 태평양과 남극해의 세찬 비람과 파도, 눈보라 등을 함께 헤쳐
온 것들이다.

브리지 갑판에 서 있는데 갑자기 어디서 나타났는지 수많은 바닷새 떼
가 아라온 주위를 어지럽게 날아다닌다. 이리저리 바다위에서 군무를 추
다가는 주변의 유빙이나 얼음 조각에 내려앉는다. 브리지에 있는 망원경

으로 바라보니 윤기 나는 흰 가슴털과 잿빛 혹은 검은 날개를 가진 귀엽고 앙증맞은 바다새들이다. 네모난 유빙 위에 나란히 열을 지어 앉은 모습들이 너무나 사랑스럽다. 조그만 얼음조각을 독차지하고 당당하게 앉아 있는 녀석도 있다. 얼음에 앉아 있다 한 마리가 날아오르면 모두들 공중으로 훌쩍 날아올라 아라온 주위를 꽥꽥거리며 분분하게 선회한다.

오후가 좀 지나니 잔잔한 호수 같던 바다가 그사이에 얼기 시작하여

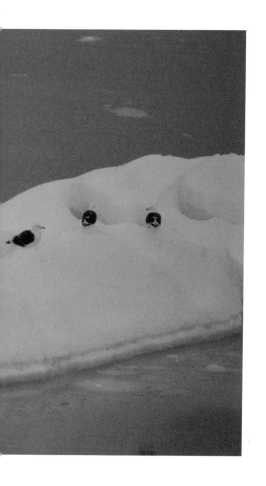

얇은 회색 필름 같은 얼음 막, 즉 그리스 아이스(grease ice)가 만들어진다. 그러더니 눈보라가 날리기 시작한다. 어디선가 흘러왔는지 수많은 작은 얼음조각들이 띠 모양으로 맑은 바다를 떠다닌다.

오후 4시 40분 경 아라온은 스프링 포인트 작은 만을 떠나기 시작했다. 3층 갑판과 브리지로 올라가 양쪽으로 갈라져 멀어져 가는 경치를 구경하였다. 수많은 얼음조각들이 떠내려온다. 그림엽서 같은 절경이 시시각각 사라져 간다. 이 아름다운 경관을 언제

다시 볼 수 있을 런지. 아쉬움과 훗날의 그리움과 함께 눈보라가 날리기 시작하는 찬 날씨에도 불구하고 3층과 브리지, 메인 데크 후미와 양쪽에서 멀어져 가는 경치를 하염없이 바라보았다. 갑판 난간에 서니 짙은 푸르름이 깔린 밤바다에 하얀 얼음 조각들이 손을 뻗으면 잡힐 듯한 거리에서 지천으로 떠내려온다. 어두워지기 시작하는 밤바다 풍경과 라이트 조명을 받아 황홀하게 비치는 아라온의 각층을 천천히 걸어 다니며 여태까지의 여행을 머릿속에서 되새겨 보았다.

오후 6시에 연구 일정을 모두 마친 것을 기념하는 회식이 있었다. 큰 식당의 의자를 모두 밖으로 내다 놓고 테이블을 적당히 배치시켜 놓고 조리장이 정성스럽게 뷔페식으로 준비한 맛있는 음식과 칠레 맥주와 이강주, 산사춘 등의 우리 전통주를 내놓았다. 모두들 즐겁게 먹고 마시고 얘기하며 유쾌한 시간을 보냈다.

저녁 식사를 마치고 처음으로 조리장과 조리사 한 명과 함께 작은 식당에서 늦도록 얘기를 하고 소주 한잔을 마셨다. 조리장은 23년의 요리 경력 중 14년을 극지에서 보낸 베테랑 요리사이다. 음식이란 최고의 재료에 정성이 깃들어야 하는 법이라면서 된장에 쇠고기를 넣거나 돼지고기를 넣으면 당연히 맛난 된장찌개가 되지만 물에만 풀어 끓여도 제맛이 나는 된장, 그런 된장이 진짜가 아니냐며 한정된 식자재, 특히 신선한 채소가 부족할 수밖에 없는 극한 상황에서 그래도 자기는 소위 음식 궁합이 제대로 맞는 음식을 연구원들이나 승무원들에게 제공하기 위해 최선을 다한다고 말했다. 자신의 말마따나 밥하는 재주밖에 없다는 조리장이 개인적 불행을 당해 고생한 이야기를 할 때는 가슴이 뭉클해짐을 느껐다. 그러나 바다에 예고 없는 비바람과 파도가 일듯 인생의 고해에도 수많은 역경이 있는 법. 부디 힘든 상황을 잘 이겨내고 마지막에 웃을 수 있기를 빈다. 최후에 웃는 자가 가장 잘 웃는다 하지 않는가.

5월 6일

대한민국 남극 세종 과학기지 보급

5월 6일 월요일, 날씨 흐리고 눈보라.

어젯밤에 배가 많이 흔들렸던 기억이 난다. 아침에 일어나니 아라온이 심하게 흔들린다. 선의실 창으로 내다보니 눈보라가 치고 높은 파도가 일렁이는 거친 바다를 항해하고 있다. 바다에는 수많은 흰 파도가 일고 세찬 바람에 파도가 흰 물보라를 날리고 있다. 갑판으로 나가보니 어제 말끔히 눈을 치워 놓았던 갑판에 운동화가 푹 빠질 정도의 슬러시 같은 얼음이 얼어 있다. 어제 소주 한잔을 마신 탓에 속이 몹시 울렁거린다. 여태까지 멀미 한 번 안했는데 롤링과 피칭이 심한 이런 상황에서 작취미성인 상태의 위장이 좋을 리 없다. 토하고 싶은 것을 가까스로 참았다. 오랜만에 힘들게 세수와 면도를 했다.

몸을 가누기 어려운 것이 당연하다. 어제 승무원들이 날씨가 안 좋아진다 하더니 정말이구나. 점심 식사 때 1항사에게 물으니 세종 기지가 있는 킹 조지 섬(King George Island)에 접근했는데 기상상태가 너무 좋지 않아 마리안 소만(Marian Bay) 밖에서 날씨가 풀리기를 기다리고 있다고 한다. 기상이 호전되면 최대한 접근하여 바지선으로 연료와 기타 필요한 물자를 실어 나른다고 한다. 브리지로 올라가다가 전자 기사 로버트를 만났더니 "Hello doctor, how are you?" 하며 인사를 하더니 브리지에서 보니 배가 좌우로 많이 흔들리더라며 양손으로 기우는 시늉을 한다. 파도치는 광경을 보러 간다며 2층 갑판 출입구를 열더니 밖으로 나갔다.

점심 식사 시간에는 그래도 덜 흔들려 식사하는 데 지장은 없었으나 속은 아직 꽤 울렁거렸다.

오후 2시 30분 현재에도 아라온은 그 자리에 정지해 있다. 바다에는 짙은 안개가 끼어 시계가 매우 좋지 않고 회색빛 바다에는 큰 파도들만 넘실거린다. 뱃전에서 조금만 멀어지면 하늘과 바다를 구분할 수가 없다. 눈을 뜨기 어려울 만큼 강한 눈보라가 세찬 바람에 흩날린다.

저녁 식사 시간에 선장님께 물어보니 내일 새벽에 기상이 좋아지면 세종기로 접근할 것이라고 한다. 저녁 9시 20분경 진료실 선창으로 밖을 내다보니 아라온 서치라이트 빛이 닿는 곳에 세찬 눈보라 속에 접안 시설과 2층 건물 두 동이 보인다. 어느새 아라온이 세종 과학기지에 접근한 것이다. 나중에 알아보니 오후 7시 45분경 세종 기지에서 150미터 지점까지 이동하였다고 한다. 2층 갑판으로 나가보니 여태까지 본 중에서 가장 센 눈보라가 치는 가운데 아라온과 기지의 서치라이트불빛에 기지 전경이 어둠 속이지만 또렷하게 보인다. 기지가 지척에 있는데 강풍과 눈보라 때문에 배를 접근시킬 수도 없고 짐을 부릴 바지선을 띄울 수가 없으니 분노한 자연 앞에서는 인간은 속수무책일 수밖에. 진료실로 들어가는 복도에서 극지연구소 감독님을 만났더니 아래층에서 세종 기지로 옮길 짐을 운반하고 있으니 나도 가서 좀 도와주라고 한다. 얼른 메인 데크로 내려가 보니 승무원들과 한미 연구원들이 길게 줄을 서서 물건들을 옮겨 출입구 앞에 쌓아 두고 있다. 나는 입구 가까이 다가가 옮기는 작업을 도와주었다.

드디어 이 항해의 최종 목적이자 아라온호의 수행 임무중의 하나인 세종 과학기지 보급이 시작된 것이다. 미국 연구원들이 흔쾌히 도와주는 것은 아름다운 광경이었다. 마티아스는 카메라를 들고 나와 사진을 찍었다. 내가 짐 한 박스를 들고 활짝 웃는 모습을 찍어준다. 미국 연구원들이 엄청나게 많은 소주 박스와 와인 박스를 보고 놀란 눈치이다. 내가 이것은 술이 아니고 남극의 추위를 이기는 데 필요한 월동용 연료라고 하니 모두 "Yeah, that's right." 하면서 고개를 끄덕이며 웃는다. 브리지에 올라가 보니 2항사가 당직을 서고 있다. 해도상으로 보니 남위 62도 13분, 서경 58도 47분이다. 일기예보로는 내일 오전 6시경부터 오후 6시경까지 날씨가 좋아진다고 한다. 그 시간 안에 연료를 포함한 많은 물자를 하역하여야 한다니 내일도 승무원들에게는 힘든 하루가 될 것 같다. 좋은 날씨 속에서 아무런 사고 없이 하역작업이 순조롭기를 빈다. 이제 보급 작업만 마치면 아라온은 푼타아레나스로 돌아가 거기서 다시 연료와 부식 등 필요한 물자를 선적하고 적도를 거쳐 고국 여수항으로 돌아가는 38일의 긴 여정을 다시 시작할 것이다.

5월 7일 화요일, 날씨 맑음.

8시에 갑판으로 나가보니 아라온은 어제와 방향을 바꾸어 세종 기지 앞에 정지해 있다. 식당으로 내려가 우유에 탄 콘플레이크를 먹었다. 2층 갑판에서 뱃전을 보니 벌써 하역작업이 시작된 듯 아라온 뒤쪽 뱃전에 조디악 2척과 꽤 큰 바지선 한 척이 떠 있는데 바지선 위에 컨테이너 한 개와 어제 옮겨두었던 상자들이 실려 있다. 잠시 후 조디악 두 척이 앞에서 끌고 뒤에서 밀어서 바지선을 기지의 접안 시설에 접근시켰다. 기지에 있는 포클레인이 오더니 차례로 기지 위로 옮겨 내린다. 기지에서 한국 연구소로 보낼 얼음 시료를 넣은 큰 박스들이 실려 왔다. 이 얼음들을 냉동 창고에 넣어 보관하여 한국까지 가져간다고 하였다.

점심 식사 후 두 번째 컨테이너 하역작업이 있었다.

뱃머리로 올라가 파노라마를 감상하였다. 세종 기지가 위치한 곳은 남위 62도 13분, 서경 58도 47분에 위치한 킹조지 섬의 한쪽 끝 바다와 면한 곳이다. 뒤로 표고 300-400미터의 푹 꺼진 안부를 가진 작은 봉긋한 봉우리와 완만한 능선을 가진 작은 봉우리로 둘러싸인 곳이다. 오른쪽으로 서로 이어진 회색의 2층 건물 두 동이 있고 그 앞에 창고 및 작업장 같은 빨간색 건물 두 동이 있고 주위에 여러 개의 컨테이너들이 보이고 연료 저장 탱크가 3개씩 두 군데에 보인다. 포클레인과 지게차도 있다. 왼쪽으로 창고 같은 건물이 또 한 동 보이고 그 옆으로 좀 떨어진 곳에 쓰고 버린 것 같은 빈 컨테이너들이 야적되어 있다. 맞은편으로는 바다로 흘러내리는 빙하가 있고 그 빙하와 연하여 검은색 암벽이 거의 전

부 노출되어 있는 봉우리가 죽 이어져 있고 다른 나라 기지인 듯한 건물
들이 어슴푸레하게 붉게 보인다.

날씨가 정말 몹시 춥다. 뱃머리로 올라가 보았더니 그동안 쌓였던 눈
이 완전히 꽁꽁 얼어 여간 미끄럽지 않다. 뱃머리에 놓여 있던 커다란 닻
에도 눈이 얼어 고드름이 주렁주렁 달려 있고 선수 아래 갑판도 모든 게
다 얼어붙어 있다. 브리지 아래의 아라온 선루 몸체도 얼어붙은 눈이 단
단히 덮여 있다. 2층 갑판 복도에 있는 구명대도 꽁꽁 얼어붙어 버렸다.
그야말로 얼어붙은 겨울 왕국이다. 복도는 얼음 슬러지들로 질척거린다.
이런 초강추위에 바다에서 작업을 하는 아라온 승무원들과 세종 기지 연
구원들의 노고가 무척 크다. 진료실에 편히 앉아 있으려니 보기에 미안

하고 안쓰럽다.

물자 하역이 끝나자 세종 기지에 필요한 연료 공급을 시작하였다. 조디악의 도움을 받아 플라스틱으로 된 굵은 파이프를 아라온 2층의 기관실에 있는 기름 탱크와 세종 기지의 유류 저장 탱크에 연결하고 바다에는 두 군데 파란색의 부이를 띄워 그곳에 파이프를 고정해 바닷속으로 빠지지 않게 한 다음 급유를 해 주었다. 아라온은 약 300톤의 경유를 보급해 주는 데 소요시간은 약 10시간이라고 인 데크 갑판에서 작업하던 승무원이 말해주었다.

원래 이번 남극 항차 스케줄에 따르면 세종 기지 보급이 먼저이고 그 다음이 웨델해 이동 항해였는데 순서가 바뀌었다. 점심 식사 때 감독님은 연구도 물론 중요하지만 이 보급 작업은 세종 기지로 본다면 생존에 관한 문제인데 이것이 우선되어야 한다고 말했다.

우리나라가 남극해역에 진출한 것은 1978년 12월, 당시 수산청 지원 하에 수산회사에서 남빙양의 해양환경을 조사하고 크릴을 시험 조업한 것이 그 시초이다. 이어서 1985년 11월 한국해양소년단연맹에서 남극관측탐험대로 남극대륙 최고봉인 빈슨 매시프봉(Vinson Massif, 4,897미터) 등정 팀과 과학자들로 구성된 킹조지 섬 조사팀을 보냈다. 그 후 1986년 11월에 정부 주도로 세계에서 33번째로 남극조약에 가입하고 이어서 1988년 2월 17일 세종 과학기지를 건설함으로써 우리나라의 남극 활동이 본격적으로 시작되었다.

남극 세종 과학기지는 대한민국 최초의 남극과학기지로 서울에서 무려 17,240킬로미터 떨어진 사우스셰틀랜드군도 킹조지 섬에 위치하고 있으며 총 면적은 4,318제곱미터이며 15개 동의 건물로 이루어져 있다. 기지 대원은 1988년 이후 매년 세종 기지에서 1년간 근무하는 월동연구대와 남반구 여름철에 2-3개월 파견되는 하계연구대로 구성되며 2012년 현재 제25차 월동연구대 18명이 상주하고 있다. 주요 연구 활동으로는 남극 환경변화 모니터링, 남극 해양생물자원 및 생태계 연구, 남극 지질환경 및 자원특성 연구, 빙하 및 대기환경 연구, 고해양 및 고기후 연구 등이 포함된다. 세종 과학기지 인근의 턱끈펭귄과 젠투펭귄 집단 번식지는 2009년 4월 우리나라 최초로 남극특별보호구역(ASPA No. 171)으로 지정되었으며 극지연구소에서는 이곳의 뛰어난 자연환경과 생태계를 보호하기 위하여 매년 펭귄 개체수 변동과 번식률을 정기적으로 모니터링하고 과학연구 이외의 인간 활동을 제한하는 등 관리활동을 해 나가고 있다. 킹조지 섬에는 현재 한국, 칠레, 브라질, 중국, 러시아, 아르헨티나, 우루과이, 폴란드 등 8개국이 기지를 운영 중이다.

저녁 식사 후 메인 데크로 가서 마티아스에게 만 원 권 새 지폐를 한 장 주면서 여기에 그려진 초상의 주인공이 King Sejong이라 말해주고 세종대왕이 한글을 창제 반포했다는 것과 많은 업적을 남긴 우리 역사상 가장 훌륭한 임금이었다고 설명하니 감탄하면서 매우 고맙다고 한다. 룸메

이트인 앤드류에게도 전해 주라고 한 장을 더 주고 오다가 마리아 교수
와 줄리아 교수 전자기사 로버트에게도 한 장씩 주었더니 신기해하고 고
마워 한다.

8시가 다 되었는데 갑판으로 나가보니 세종 기지에는 불빛이 훤하고
바다에도 서치라이트 불빛이 파랗게 비치고 있다. 파이프를 통해 급유
작업이 한창 진행 중이다. 연구원 한 명과 고려대 교수를 복도에서 만났
는데 조디악을 타고 세종 기지에 다녀오는 길이라고 하였다. 나도 한 번
가고 싶었는데 기회가 올지 모르겠다.

아직도 메인 데크에서는 급유 작업이 한창 진행 중이다. 파란 부이에

매달린 주유 파이프가 파도에 너울거린다. 내일이면 이곳을 아니 남극을 떠난다고 생각하니 가슴 속에 만감이 교차한다. 언제 다시 태고의 신비를 간직한 이 얼음의 제국을 방문할 수 있을까? 설사 근처에 왔다 하더라도 이번처럼 얼음이 깨져 그 사이로 물길이 열려야만 비경 속으로 들어올 수 있는데 다시 물길이 열린다는 보장이 있을까? 잠을 자기에는 시간이 너무 아까워 2층 갑판과 헬리데크로 나가 서치라이트에 비치는 눈보라와 세종 기지의 야경을 구경하다가 선수 아래 갑판으로 가 보았다. 어느새 여기도 얼기 시작하여 닻을 감아 올리는 윈치와 그 밖의 모든 기기들이 얼음으로 덮여 있다. 바닥에도 죽 같은 얼음 슬러시들이 만들어져 질퍽거리면서도 쩍쩍 신발에 달라붙는다. 네모난 창에 들어붙어 있는 고드름 모양의 얼음 슬러시들과 기계들 위에 마치 크리스피 도넛 위의 녹은 흰 설탕처럼 기묘하게 얼어붙은 얼음들을 감상하고 위로 브리지 쪽을 올려다보니 선루 철판 위에 얼음이 꽁꽁 얼어 있다.

이제 내일이면 남극을 떠나 칠레 푼타아레나스로 돌아갈 것이다. 돌이켜 생각해 보니 정말 평생에 한 번 올까 말까한 최고의 여행이었다. 인간의 발길이 닿은 적 없는 천하의 비경을 한 달 가량 구경했으니 커다란 행운이요 감사할 일이다. 요즘 외과를 지원하는 의대 졸업생이나 인턴 수료자들이 거의 없어 외과 레지던트 자리가 항상 미달이라 하지만 그래도 이런 자리는 외과의사가 꼭 필요한 자리이다. 의대 다닐 때 병리학 교수님께서 학문적으로 의학의 왕은 병리학(Pathology)이고 임상적으로는 외과(Surgery)가 왕이다라고 하신 말씀이 기억난다. 요즘 세대는 외과를 의료계의 소위 3D(Difficult, Dangerous, Dirty) 업종으로 여겨 지원을 기피하고 있으나 외과야말로 다른 의미의 진정한 3D과이다. 외과는 수련과정이 특히 어렵고 힘들며(Difficult) 사람의 생명과 직결되므로 어느 면으로 보면 성스러운(Divine) 의학의 분야이며 따라서 헌신적인 마음가짐으로 전념하여(Devoted) 배워야 한다. STX와 계약할 때도 담당 대리가 지원한 다른 의사들도 있으나 외과의사는 아니어서 마음이 덜 놓이나 박사님이 가신다면 우리는 아무 걱정을 안 하겠다고 말하였다.

오늘 아라온 승무원들과 세종 기지 대원들은 협력하여 LPG가스통, 주류, 담배를 포함한 주부식, 빈 컨테이너 2개, 발전기 헤드, 샤프트 및 세종 기지용 가구와 공구상자 등을 하역하고 카툰 박스(냉동, 냉장, 상온)와 연구 장비를 선적하고 유류호스를 연결하여 유류 이송작업을 시행하였다. 극심한 혹한과 언제 바뀔지 모르는 날씨 속에 그래도 아무런 안전사고 없이 작업을 마쳐서 다행이고 정말 감사하다.

5월 8일 수요일, 날씨 쾌청.

7시 반경에 기상하여 갑판으로 나가 보니 하늘에 붉은 구름이 가득 보인다. 날씨가 맑아질 조짐이라 생각하고 얼른 카메라를 챙겨 나갔다. 아직은 약간 흐리지만 붉은 구름이 감도는 하늘을 배경으로 어제 본 산들이 매우 아름답게 빛난다. 그런데 한 가지 문제는 엄청나게 센 바람이다. 갑판 복도가 끝나고 선수 쪽으로 나가려니 확 하고 무시무시하게 센 바람이 불어와 서너 걸음 뒤로 밀려나 하마터면 미끄러질 뻔했다. 여태까지 센 바람에 몸이 휘청거린 적은 여러 번 있었지만 실제로 떠밀리기는 처음이다. 이 정도 강풍이 이렇게 세다면 남극에 분다는 블리자드의 위력은 어떨지 상상이 간다. 마치 더 이상 다가오지 말라고 떠미는 것 같은 바람을 무릅쓰고 선수 아래 바람이 덜 미치는 곳으로 천천히 조심하여 나갔다. 거기에 있는 창으로 경치를 찍으려고 카메라를 들이대니 정말 숨이 막힐 지경으로 센 바람이 정면으로 불어온다.

다시 브리지로 올라갔더니 수석 연구원과 선장님이 올라온다. 선장님이 반갑게 인사를 하더니 바람이 너무 세서 우리 배는 문제없지만 조디악은 뒤집어진다고 하였다. 브리지 갑판에서 제니퍼가 사진을 찍고 있다 나를 보더니 손을 흔들며 인사한다. 브리지 갑판에서 세종 기지 쪽을 보니 강풍에 산봉우리와 골짜기의 눈이 마치 큰 화재가 났을 때의 연기처럼 부옇게 휘날리고 골짜기에서는 눈이 바람에 날려 빙빙 돌고 있다.
점심 식사 시간에 얘기를 들으니 한국 극지연구소에서 어제는 날씨가 나쁘다고 하니 기름 공급과 최대한의 보급 물자 하역만 하고 철수하라 했으나 오늘 오전에 명령이 바뀌어 나머지 컨테이너도 하역하고 돌아오라는 지시를 내렸다고 한다. 아직도 어제보다 바람이 훨씬 세찬데 이런 날씨에 온통 얼어붙거나 아니면 질척거리는 갑판과 컨테이너 지붕 위에서 작업하다 자칫 안전사고라도 날까 두렵다. 식사 후 브리지에 있는데 세종 기지대장이 선장님과 교신을 원한다는 무전이 왔다. 내용인즉 극지연구소 지시대로 하역작업을 마치라는 것이나 날씨가 안 좋으니 대기하는 수밖에 없다는 것이다. 그러고 있는데 알라스카 페어뱅크스 대학의 빙하학 교수인 에린이 사진을 찍고 있다가 언제 출항하느냐고 1항사에게 물었다. 1항사가 농담조로 여기서 1주일 기다린다고 하니 칠레 조종사 크리스티안이 "crazy!"라고 한다. 카를로스도 뭐라고 에스파냐어로 말했는데 아마 말도 안 된다는 내용 아니었겠나. 내가 농으로 에린 보고 칠레까지 헤엄치거나 유빙 위에 타서 노 저어 가면 어떻겠나 하니 박장대소 한다. 크리스티안이 심심한지 러시아 아이스 파일럿인 블라디미르와 1항사에게 물어 I love you의 각국 말을 적은 종이를 보여준다. 러시아어로는 'Ya lubla tebya', 스페인어로는 'Te amo', 한국어로 '사랑해'라고 적혀 있다. 내가 한자로 '我愛你'라고 써주니 어떻게 읽느냐고 묻는다. 내가 워아이 니이라고 말해주며 중국어는 리듬이 매우 중요하다고 하니 워아이 니라고 더듬더듬 읽는다. 크리스티안 말이 칠레로 돌아가면 자기 아내에게 영어, 한국어, 러시아어, 중국어 에스파냐어로 사랑한다고 말해주겠다고 한다. 로맨틱한 생각이다. 즐거운 망중한의 한 때다.

이미 4시가 넘어 저녁이 다 되도록 아라온은 그 자리에 정지해 있다. 다만 엔진 가동 소리와 가끔 스러스터에서 물을 밀어내는 소리가 들릴 뿐이다. 승무원 말로는 오늘은 그냥 대기하고 내일 기상이 좋아지면 즉 바람이 잦아지면 나머지 하역작업을 할 모양이다. 선창으로 보니 세찬 바람에 바닷물이 쓸려서 마치 강이 흘러가는 것처럼 물결이 흘러가고 있다. 빠른 시간 내에 안전하게 모든 작업을 마칠 수 있기를 빌 따름이다.

4시 45분에 브리지로 올라가 사방을 살펴보니 바다에는 짙은 안개가 끼어 있고 세찬 바람과 함께 가는 눈보라가 날리고 있다. 망원경으로 살펴보아도 바다와 안개의 경계를 도무지 구분할 수 없고 안개 속은 아무리 들여다보아도 아무 것도 보이지 않는다. 그야말로 오리무중이다. 1항사에게 물어보니 오늘은 그냥 대기 중이며 기상 상태가 호전되기 만을 기다린다고 하며 나머지 하역 작업이 끝나야 돌아갈 수 있다고 하였다.

진료실로 돌아와 선창으로 내다보니 서치라이트 불빛에 세찬 바람과 함께 강한 눈보라가 휘날리고 바다에는 흰 파도가 흉흉하게 일렁인다. 나중에 알아보았더니 풍속이 35-40노트(초속 17미터) 이상이라고 하였다. 내일은 기상이 확 좋아져야 할 텐데 걱정이다. 하나님, 좋은 날씨를 허용하사 아무런 사고도 없이 나머지 컨테이너를 무사히 세종 기지에 옮길 수 있게 해 주시옵소서. 그리하여 선원들과 연구원들은 무사히 돌아가게 하옵시고 세종 기지에 있는 월동 대원들에게는 충분한 연료와 주식과 부식을 주시옵소서. 이 대자연의 위력 앞에 인간은 한낱 미물에 불과하니 포세이돈과 노토스의 노여움으로부터 부디 자비와 사랑을 베풀어 주시기 원하옵니다.

5월 9일 목요일, 날씨 흐리고 강한 눈보라.

어젯밤 1시경에 갑판 출입문을 살짝 열어보니 무시무시한 강풍과 눈보라가 치고 바다에는 흰 파도가 넘실대고 있었다. 아침 7시 반에 기상하여 선창의 커튼을 젖히고 밖을 보니 아직도 눈보라가 날리고 흰 파도가 치고 있다. 오늘도 일기가 좋지 않구나. 식당으로 내려가 콘플레이크에 우유를 타서 마셨다. 전기기사 로날드와 콜로라도 대학의 테오도르 스캄보 교수가 얘기를 나누고 있었다. 조금 있으려니 마티아스와 랜들리가 내려온다. 마티아스가 반갑게 인사를 한다. 식당 맞은편에 붙어 있는 게시판에 'We are leaving on May 11th.'라고 빨간 매직으로 적어놓았다. 그리고 오전 9시에 core meeting이 있다고 적어 놓았다. 선장님이 지나가기에 인사를 했더니 날씨가 안 좋아서 오늘도 아무것도 못 한다고 하였다. 어제 밤에는 바람이 최고 60노트까지 불었다고 한다. 이 정도 되면 뷰포트 풍력계급 11에 해당하는 왕바람(violent storm)이다.

복도를 지나가다가 제니퍼가 일하는 것을 보았다. 반갑게 인사를 한다. 내가 일이 아직 안 끝났느냐 하니 자기 일이 시간이 좀 걸려서 이틀

정도 지나야 완료된다고 한다. 브리지에 올라가니 2항사가 있다. 창으로 밖을 내다보니 브리지 갑판에 어제 내린 눈이 완전히 꽁꽁 얼어 얼음이 되어 있다. 눈보라가 날리는 방향이 아예 수평이다. 날리는 눈이 서치라이트에 비쳐서 은박지조각처럼 반짝인다.

10시경에 밖을 보니 세종 기지 쪽에 짙은 안개가 끼어 있다. 갑판으로 잠깐 나가 보았다. 갑판에는 어제 밤에 내린 눈이 발목까지 빠질 정도로 수북이 쌓여 있다. 옷을 두껍게 입지 않았으므로 곧 방으로 들어 왔다. 조금 있으니 재채기와 콧물이 나온다. 같은 추위라도 이곳 추위는 정말 몸속 깊이 파고드는 것 같다. 옷을 조금이라도 얇게 입고 나갔다 들어오면 곧 콧물이 나온다. 무심코 떠나올 때 사온 장갑을 보니 손바닥에 대어 놓은 인조가죽이 많이 헤져 있다. 아니 이제 겨우 한 달 가량 썼는데 이렇게 되다니. 가만히 생각해 보니 갑판 오르내릴 때 난간을 잡았는데 그때 묻은 바닷물에 이렇게 삭았구나. 육지에서 평소에 사용하는 것 보다 훨씬 빨리 닳아버리는구나. 짠 소금물의 위력을 실감했다.

3시쯤에도 여전히 짙은 안개가 끼어 있어 세종 기지 쪽은 지척이 분간되지 않는다. 바다에도 여전히 흰 파도가 일고 있고 바람이 드세다. 오늘은 현지 기상으로 인해 작업 계획이 미정이며 극지연구소 지시로 작업 종료 시까지 세종 기지 앞에서 대기 중이다.

5월 10일 금요일, 날씨 맑음.

8시에 기상하여 선창 밖을 보니 바다가 잔잔하고 푸르다. 오늘은 기상이 좀 좋아졌구나. 새벽 1시까지만 해도 사나운 눈보라가 날렸는데. 브리지로 올라가 보니 선장님과 2항사가 아라온을 세종 기지 쪽으로 최대한 가깝게 이동시키고 있다. 오늘 기상이 그런대로 괜찮아 나머지 컨테이너 하역을 마칠 것이라고 한다.

점심시간이 지났는데 바람은 많이 누그러졌으나 기온은 여전히 매우 차다. 바지선의 요동이 심하면 컨테이너를 내리기 힘들 텐데. 선장님 말씀이 세종 기지에 있는 바지선 가장자리에 얕은 난간을 둘러놓으면 최소한 미끄러져 바다에 빠지는 것을 막을 수 있을 텐데 왜 그렇게 하지 않았는지 모르겠다고 한다. 자세히 보니 과연 그렇다. 네모난 바지선은 난간이 없어 거기서 미끄러지면 바다에 추락하기 십상이다. 이 추운 바다에 빠진다면? 모르긴 몰라도 2-3분 이내에 저체온증으로 사망할 것이다.

오후 2시가 지나 컨테이너 하역 작업이 시작되었다. 먼저 세종 기지에서 바지선에 컨테이너 두 개를 크레인을 사용하여 실었다. 두 대의 조디악이 밀고 끌고 하여 바지선을 아라온 뱃전으로 이동시켜 밧줄로 고정시킨 다음 아라온의 크레인이 그것들을 아라온 선수의 갑판 위로 옮겨 내렸다.

아라온 승무원들이 살을 에는 날씨에도 불구하고 컨테이너 위에 올라가 밧줄로 조심스럽게 당겨 컨테이너가 제자리에 놓이도록 작업하였다.

브리지에서 들은 무선 교신에 의하면 세종 기지에서 각종 노폐물과 노후 장비를 실은 5개의 컨테이너를 아라온으로 보내고 아라온에서 2개의 보급 컨테이너를 세종 기지로 보내는 작업이다. 춥고 눈이 쌓여 미끄러운 컨테이너 위에서의 작업은 보기에도 조마조마하였다. 조금이라도 실수하는 경우에는 자칫 중상을 입을 수 있다. 복도에서 작업하러 가는 승무원들을 만났을 때 모두들 조심하라고 당부해 주었다. 이 하역 작업만 끝나면 이제 그리운 가족이 기다리는 고향으로 돌아갈 텐데 아무런 사고 없이 유종의 미를 거두어야 하지 않겠나.

오늘 다시 세종 기지 주변을 보니 주위에 3군데의 빙하가 있다. 기지 오른쪽 끝으로 봉우리와 이어진 빙하가 파란 속살을 보이고 있다. 주위의 봉우리들은 암반이 별로 없는 토산으로 되어 있고 군데군데 눈이 완만한 경사를 이루고 쌓여 있다. 왼쪽으로는 평지로 끝난 땅이 꼬리 모양으로 길게 바다로 이어지고 있다.

브리지로 올라가서 망원경으로 살펴보니 세종 기지 한켠에 하얀 작은 선박이 한 척 있고 그 주위에서 포클레인이 흙을 파고 있다. 저 배가 무엇이냐고 물었더니 원래 아라온 갑판에 선적되어 있던 바지선이라며 저것을 도로 아라온으로 가져오는 작업을 하는 중이라고 했다. 그 다음에 다시 컨테이너 3개를 더 실어야 작업이 완료된다고 하며 오늘 자정 무렵에는 작업이 완료될 것이라고 하였다.

6시 반경에 아라온 바지선을 오른쪽 선수 아래 갑판에 무사히 실었다. 기관부 승무원들이 선박을 고정시키기 위해 용접을 할 것이다. 7시 쯤 브리지에서 창밖을 보니 가는 눈보라가 날리기 시작한다. 브리지 갑판으로 나가 보니 조명을 받은 아라온이 환하게 빛난다. 장하다 아라온. 훌륭하다 아라온. 너는 마침내 이 험한 남극에서의 모든 임무를 완전히 그리고 무사히 마쳤구나. 찬바람에도 불구하고 잠시 출입구에 서서 환하게 빛나는 아라온을 바라보았다. 이제 오늘밤 아니면 내일 아라온은 이곳 남극을 떠나 칠레 푼타아레나스로 갔다가 다시 남태평양과 적도를 거쳐 그리운 고국 대한민국으로 돌아갈 것이다. 그러면 아라온과 함께 한 오디세이도 막을 내릴 것이다. 그리고 나는 아마 몇 달간 남극 웨델해를 그리며 아라온 열병을 앓을 것이다(I will suffer from Araon Fever missing the Weddell Sea of the Antarctic).

아까 브리지에서 갑판장이 눈 좀 붙여야 하겠다며 소파에 기대는 것을 보았다. 피로에 지친 표정이 역력하였다. 내가 몸이 많이 불편하면 언제든지 얘기하라 하니 미소를 지어 보였다.

새벽 1시 반에 갑판에 나가보니 아직도 일이 다 끝나지 않았다. 서치라이트에 비친 바다가 파란빛을 발하고 있고 가는 눈보라가 날리고 있으나 바람은 잠잠하고 파도도 별로 없다. 기온도 생각보다 낮지 않아 작업하는 데 큰 지장은 없겠으나 시간이 너무 오래 걸려 승무원들이 너무 피곤한 것 같다. 빨리 모든 작업을 무사히 끝내기를 빈다.

'아라온, 너는 마침내 이 험한 남극에서의 모든 임무를 마쳤구나'
아라온과 함께 한 오디세이도 마지막을 향해 간다.
그 마지막을 알고 있듯 파란빛을 띠는 바다는 고요하다.

100년 전의 섀클턴이 떠오르는
드레이크 해협

5월 11일 토요일, 날씨 맑음.

오늘은 주말이라 느긋하게 늦잠을 잤다. 9시에 잠에서 깨어 선창으로 밖을 보니 아라온은 검푸른 바다 위를 힘차게 달리고 있다. 아! 세종 기지를 떠났구나 하는 생각이 들었다. 브리지로 올라갔더니 2항사가 있었다. 밤새 작업을 하고 오늘 오전 8시에 세종 기지를 떠났다고 한다. 현재 브랜스필드 해협(Brandsfield Strait)을 지나고 있다. 해도를 보니 남위 62도 7분, 서경 57도 33분의 남극해(Antarctic Sea)상이다. 아쉽게도 떠나는 장면을 보지 못했구나. 아라온 바지선 선저에 붙은 돌과 얼음을 제거한 뒤 용접 작업은 어제 새벽 1시 반경에 끝났다고 한다. 그 다음에 아라온을 다시 기지 가까이 접근시켜 컨테이너 싣는 작업을 했을 것이다. 그 추운 날씨에 갑판장 이하 승무원들이 얼마나 수고를 많이 했을까. 편안하게 잠을 잤던 것이 승무원들에게 미안한 생각이 든다.

점심 식사 시간에 마주 앉은 기관장에게 어제 밤새 수고가 많았다 하니 싱긋이 웃는다. 이젠 모든 연구 활동이 다 끝났으니 느긋하게 돌아가는 일만 남았다. 식당에서 나오다가 마티아스를 만났다. 반갑게 서로 인사를 하고 내가 그에게 부탁 하나 해도 되겠느냐 하니 물론이라 한다. 다름 아니고 전에 섬에 상륙하여 찍은 펭귄 사진 좀 구할 수 있느냐 하니 외장 하드를 자기에게 주면 사진을 정리해서 옮겨주겠다 한다. 같이 진료실로 가서 외장 하드를 주었다. 브리지로 올라가 해도를 보니 남위 61도 49분의 드레이크 해협(Drake Passage)을 통과하고 있다.

떠나는 것이 아쉬워 2층 갑판, 헬리데크, 3층 갑판, 브리지 갑판에서 사라져 가는 경치를 구경하고 사진을 찍었다. 아라온은 잔잔한 푸른 바다 위를 미끄러지듯 경쾌하게 달리고 있다. 기관 소리도 별로 숨차지 않고 평온하게 들린다. 한 번씩 빠앙 하고 경적을 울린다. 마치 내 할 일 다 하고 기분 좋게 돌아간다고 공중에다 소리치는 것 같다. 하늘은 약간 흐리지만 바람은 상쾌하고 공기가 한결 부드럽고 덜 차다. 그러나 아직도 메인 데크의 갑판과 2층 갑판, 헬리데크에는 눈이 일부는 녹아 질척거리지만 쌓여 있고 3층 갑판과 브리지에는 발목까지 빠지는 눈이 쌓여 있다. 구명정과 조디악에도 눈이 소복이 쌓여 있다. 그러나 위도 4도 정도 올라왔을 뿐인데 추위가 확실히 다르다. 비교적 얇게 입었는데도 그다지 춥지 않고 견딜 만하다. 웨델해 같으면 이정도 얇게 입었으면 당장 얼어버렸을 텐데. 남극이 극지인 이유를 알 만하다.

저녁 식사 후 진료실로 돌아오다 옆방 휴게실을 보니 여성 연구원이 혼자서 책을 보고 쉬고 있다. 인사를 하고 다가가 얘기를 나누었다. 실례지만 나이를 물어 보았더니 앳되어 보이는 얼굴과는 달리 30대 초반이고 결혼도 했단다. 극지연구소에 근무한지 6년째이며 남극도 5차례나 다녀

갔단다. 이번 웨델해 탐사는 처음이라고 한다. 처음에는 남극이 신기하여 사진도 많이 찍었는데 자꾸 보니 비슷비슷한 것이 그 신비함이 좀 무디어졌다고 하며 한 번 정도 다녀가는 것이 남극에 대한 기억을 가장 잘 간직하게 해 줄 것이라고 한다. 그 말도 일리가 있는 것 같이 생각되지만 나 같으면 올 때마다 느끼는 감흥이 다를 것 같다. 웨델해, 로스해, 아문센해를 비롯한 남극의 8개 바다에서 웨델해 북서쪽 해안의 작은 만 몇 군데를 겨우 보았을 뿐인데도 받은 인상이 이렇게 강렬한데 다시 온다고 그 감동이 과연 수그러들지 의문이다.

5월 12일 일요일, 날씨 맑음.

어제 오후 10시부터 시각을 1시간 늦추었다. 아침 7시 반에 일어나 선창을 통해 밖을 보니 멀리 수평선이 벌겋다. 얼른 일어나 갑판 밖으로 나갔다. 아라온은 검푸른 바다 위를 달리고 있는데 수평선에서 이제 막 해가 떠오르고 있다. 호머가 일리아드에서 자주 묘사했던 장밋빛 손가락을 가진 새벽의 여신이 막 손을 내민 것이다. 수평선 주위가 벌겋게 달아오른 듯하다. 이윽고 주위의 벌겋게 물든 하늘을 뚫고 주홍색 둥근 해가 찬란한 황금빛 광채를 뿌리며 떠오른다. 아쉽게도 주위가 약간 흐린 관계로 태양은 온 바다에 찬란한 황금빛을 비추지는 못하고 곧 안개 속으로 사라져 버렸다. 파도가 제법 치면서 아라온이 전후좌우로 꽤 요동친다. 어제 그저께 한미 연구원 몇 명이 멀미약을 받아갔는데 괜찮을지 모르겠다.

브리지로 올라갔더니 2항사가 지키고 있다. 해도를 보니 남위 58도 부근의 프로텍터 분지(Protector Basin)라는 지점 근처를 달리고 있다. 브리지에서 뱃머리를 보니 어제까지 크레인에 수북이 쌓여 있던 눈은 다 녹아버렸고 컨테이너 위에 쌓였던 눈도 거의 다 녹았다. 3층 갑판을 보니 거기도 눈이 많이 녹고 없다. 위도 7도 북상했는데 기온이 많이 따뜻해졌다.

점심식사 후 브리지에 올라가 해도를 보니 아라온은 남위 57도 23분 드레이크 해협을 통과하고 있다. 1항사가 여기는 원래 파도가 세기로 유명한 곳인데 올 때도 그렇고 갈 때도 일기가 너무 좋아 순조롭게 통과한다고 하였다. 저기압을 통과할 때와 같은 흉흉한 파도는 치지 않지만 그래도 바다에는 소파가 많이 보이고 바람도 꽤 세고 뱃전에 갈라지는 물보라가 제법 세차다. 좋은 날씨를 주신 하나님께 감사드린다. 바다를 보고 있으니 100년 전 6명의 대원들과 함께 고작 6미터 길이의 갑판도 없는 조각배 케어드 호를 타고 엘리펀트 섬을 출발하여 16일 동안 죽을 고생을 하며 노를 저어 시속 100킬로미터의 바람이 불고 20미터 높이의 거대한 파도가 치는 이곳 바다를 헤쳐 나가 천신만고 끝에 무려 1,400킬로미터 떨어진 사우스조지아 섬에 도착했던 섀클턴 탐험대 생각이 났다. 이루 말로 표현할 수 없는 그들의 고난에 비하면 우리들은 얼마나 수월하게 이 해협을 통과하고 있는 것인가.

하루 종일 아라온은 드레이크 해협을 통과하였다. 저녁 식사 후에는 전후좌우로 상당히 요동을 쳤다.

5월 13일 월요일, 날씨 맑음

아침 7시 반에 잠에서 깨어 세수를 마쳤는데 인터폰이 울려 받으니 1 항사가 감독님이 배가 많이 흔들려 머리를 부딪쳐 많이 아파한다고 하였다. 바르는 겔이 없어 물파스와 먹는 약으로 진통소염제를 처방하였다. 감독님과 이런저런 얘기를 한 시간 가량 나누었다.

브리지로 올라갔다. 승무원 한 명이 운동 삼아 브리지를 왔다갔다하고 있다. 해도를 보니 남위 54도 지점의 이슬라 그란데 데 티에라 델 푸에고 (Isla Grande De Tiera Del Fuego)섬의 카보 산파블로(Cabo San Pablo) 맞은편의 대서양을 통과하고 있다. 푼타아레나스를 지구 땅끝이라 하지만 이 섬이 원래는 지구 최남단의 육지이다. 얼마 안 있어 마젤란 해협으로 들어갈 것이다.

오후 3시 현재에도 아라온은 델 푸에고 섬 맞은편을 지나고 있다. 푸른 하늘에는 바람에 한껏 부푼 갈레온 선의 돛과 같은 큰 뭉게구름이 넓게 떠 있고 바다에는 흰 파도가 일렁인다. 바다는 햇빛이 비치는 쪽은 녹색을 띠고 반대쪽은 코발트빛을 띠고 있다. 바람이 꽤 세차게 불어 뱃머리에서 양쪽으로 갈라지는 파도가 큰 물보라를 일으키고 순간적으로 작은 무지개가 영롱하게 빛난다. 이제 배위의 눈은 마치 언제 그랬냐는 듯이 흔적도 없이 다 녹아서 갑판이 다니기에 훨씬 수월하다. 구명정 위와 갑판의 각종 기계장치 위에 마치 설탕 녹은 것처럼 붙어 있던 눈이 언 얼음들도 씻은 듯이 사라져 버렸다. 온통 백색의 향연과도 같았던 아라온의 색이 이제 제 빛깔을 찾기 시작했다.

돌아온 푼타,
아라온 여정을 돌이켜보다

5월 14일 화요일, 날씨 맑음.

8시경에 잠을 깨어 밖을 보니 불빛이 찬란하다. 바다에 먼동이 트고 있다. 아! 푼타로 돌아왔구나. 곧이어 8시 10분경 '올 스테이션 스탠바이'라는 선내 방송이 흘러나왔다. 8시 40분경 갑판으로 나가 보니 푼타 항의 전에 정박했던 부두에 아라온이 정박해 있다. 뱃전을 보니 이제 막 일을 끝낸 듯한 터그보트 한 척이 돌아가고 있다. 브리지에 올라갔더니 선장님, 수석 연구원, 감독님이 얘기를 나누고 있다. 브리지 갑판으로 나오니 쨍하니 햇빛이 비친다. 주위를 둘러보니 눈에 익은 풍경인데 그 사이 겨울이 성큼 다가왔는지 날씨가 좀 쌀쌀하고 푼타 시 뒤로 멀리 보이는 산에 희끗희끗하게 눈이 쌓여 있다. 배 위에서 잘 보이던 언덕 위로 올라가는 큰 길이 또렷이 보인다. 푼타를 떠날 때 보았던 빨간 요트 한 척이 아직도 그림같이 떠 있다. 계절만 조금 바뀌었을 뿐 모든 것은 그대로인데 한 달이란 시간이 꿈같이 흘러갔구나. 마치 이 항구에서 하룻밤을 지난 것 같은데 꿈결에서처럼 남극을 다녀왔구나. 시간을 흘러가고 추억은 남는 법. 갑자기 알 수 없는 그리움이 밀려 왔다. 이제 다시는 갈 수 없는 머나먼 곳에 대한 그리움인가. 가슴 한 구석이 아려온다.

　브리지에서 감독님의 이메일 주소와 전화번호를 물어 아이폰 메모에 저장했다. 감독님에게 들으니 연구원들은 19일경 이곳을 떠날 것이라 한다. 아라온은 16일 출항할 예정이라고 하였다. 내려오다가 보니 모두들 마지막 짐 정리를 하느라 분주한 모습이다. 복도를 지나가다가 미국 전자기사 로날드를 만났다. 덕분에 여행이 즐거웠고 행복했다 하니 자기도 마찬가지라면서 나더러 북극도 갈 거냐고 묻는다. 앞으로의 근무가 어떻게 될지 모르지만 북극도 가고 싶다고 하니 이 배를 타고 한국까지 가느냐고 물었다. 그렇다고 하니 잘 가라고 인사를 하더니 오늘 저녁에 푼타 시내 호텔에서 모든 연구원들이 참석하는 페어웰 파티가 있는데 올 거냐고 물었다. 내가 가도 되느냐고 하니 물론이라고 하면서 이 배에 승선했던 사람은 누구나 올 수 있다고 하였다. 그러면서 자세한 것은 메인 데크 화이트보드에 적혀 있을 것이라 하였다. 메인 데크 층으로 가다가 제니퍼를 만났다. 반갑게 인사하는 그녀에게로 가서 이메일 주소를 좀 적어 달라고 하니 흔쾌히 적어준다. 그동안 함께 여행해서 즐거웠다 하니 자기도 그렇다면서 꼭 연락해달라고 한다. 복도의 화이트보드를 보니 오늘 20시에 'end of the cruise party'가 있다고 적혀 있고 장소는 아직 미정이라고 적혀 있다. 복도를 더 지나가다가 마티아스 방을 보니 짐 정리하느라고 바쁜 모양이다. 내가 인사를 하니 환하게 웃으며 인사를 한다. 내가 다가가서 같이 여행해서 즐거웠고 영광스러웠다 하니 자기가 그렇다고 한다. 나는 전해줄 사진 몇 장이 있다고 말했다. 마티아스는 감사하다며 꼭 전해달라고 하였다.

4층으로 올라가 유진 교수를 만났다. 내가 저명한 학자들과 같이 여행하게 되어 영광이었고 즐거웠다고 말하니 자기도 영광이었다면서 내가 한국 어디 사는지 물었다. 부산 산다고 하니 "오! 부산!"이라고 했다. 이 배를 타고 한국까지 가느냐고 물어 그렇다 하니 안전하게 무사히 귀국하기를 빈다며 오늘 자기네 파티에 꼭 참석해달라고 하였다. 미국 연구원들은 점심 식사 전에 개인 짐을 다 내리고 승합차 2대에 분승하여 먼저 떠났다. 떠나기 전에 마지막으로 줄리아 교수와 마리아교수를 갱웨이에서 만났을 때 마리아에게 혹시 파티 장소를 아느냐고 물었다. 피니스테라 호텔이라고 하며 대충 약도를 그려준다. 감사하다고 하니 꼭 참석하라고 한다.

점심 식사는 오랜만에 큰 식당에서 한국 연구원들과 함께 하였다. 식당 앞에서 만난 고대 교수더러 이메일 주소를 가르쳐 달라고 했다. 그는 자기 방으로 가서 명함을 가지고 와 주면서 "서울 오시면 꼭 연락 주십시오."라고 하였다.

12시 30분 쯤 1항사에게 부탁해서 여권을 받은 다음 작업하는 승무원들에겐 미안하지만 캠코더 메모리 카드를 사러 크리스티안에게 들은 대로 전에 한 번 가보았던 Zona Franca로 가려고 푼타 항 게이트를 나왔다. 이제는 제법 길에 익숙해서 아무 문제없이 유니막 슈퍼를 지나 아르마스 광장 쪽으로 가 parada라고 씌어 있는 녹색 표지판 앞에서 버스를 기다렸다. 2번 버스가 오자 버스에 올라 "Zona Franca?"라고 하니 기사가 "Si."라고 대답한다. 어느 정류장에서 오누이 같이 보이는 아이들이 올라타 맞은편에 앉았는데 여자애는 매우 귀엽고 남자애는 얼굴이 뽀얗고 짙은 눈썹이 인상적인 것이 참 잘생겼다. 눈이 마주치자 장난기 어린 미소를 짓는다. 디카를 꺼내 찍어도 되느냐고 눈짓을 하니 부끄러워하며 포즈를 잡는다. 사진 찍은 것을 보여주니 좋아하더니 예쁜 모자를 꺼내 둘 다 쓰고 또 포즈를 잡는다. 30분쯤 지나 Zona Franca에 도착하여 전에 봐두었던 소니 대리점으로 갔다. 그런데 가게 문이 잠겨 있다. 앞에 있던 안내 데스크로 가서 소니 대리점이 몇 시에 오픈하느냐고 하니 손가락 3개를 가리킨다.

3시 정각이 되어 면세점에 가니 문이 열려 있다. 안으로 들어가 메모리카드를 사러 왔다 하면서 디카의 소니 메모리 카드를 빼내어 보여주니 자

기네들은 소니는 없다며 중국제를 보여준다. 제조국을 보니 타이완이다. 두 번 오기 어려운 여행이라 혹시라도 탈이 나면 안 되겠기에 소니 제품을 고집했는데 그것뿐이라 하니 어쩔 도리가 없다. 그래도 타이완 제품은 믿을 만하니 꿩 대신 닭이라고 32GB 두 개를 샀다. 내가 가지고 있는 메모리카드 케이스가 꽉 찬 것을 보더니 그 직원은 친절하게 자기네가 가지고 있는 케이스를 한 개 준다. 감사하다 하고 가게를 나왔다. 아까운 시간을 많이 써버려 돌아오는 버스를 타고 푼타 항 가까이에서 내려 유니막 슈퍼에 가서 음료수 마실 것을 좀 사서 아라온으로 돌아왔다.

저녁 식사 시간이 가까웠으므로 전에 가 보았던 햄버거 가게인 Lomitos로 갈 요량으로 다시 시내로 나갔다. 메인 스트리트를 지나가다 Lomitos를 발견하고 안으로 들어갔다. 예의 잘생긴 요리사와 노인이 있다가 나를 보더니 웃으며 다가와 무엇을 먹을건가 하고 물었다. 내가 Lomitos completo라고 하니 고기는 소고기, 치킨, 돼지고기 중 어느 것을 택할 건지 물었다. 비프라고 대답하니 곧 요리사가 만들어 주었다. 전처럼 생맥주도 한 잔 시켜 느긋한 기분으로 맛있게 먹었다. 계산을 하고 카운터의 여직원에게 젊은 요리사의 이름을 물으니 Erik이라고 가르쳐 주면서 의아해 한다. 내가 영어 할 줄 아느냐 하니 조금이라고 한다. 내가 약 1달 전에 이곳에서 같은 메뉴를 먹었으며 다음 날 한국 쇄빙선을 타고 남극으로 갔다가 오늘 돌아왔으며 내일 모레 이곳을 떠나면 다시 오기는 어려울 것이며 이곳을 잊지 못할 것이라고 하니 그제야 알겠다는 듯이 고개를 끄덕인다. 내가 Erik에게 이름을 부르며 악수를 청하니 기름 묻은 손 말고 프로답게 팔꿈치 위의 팔뚝을 가리킨다. 카운터 여직원에게 부탁하여 Erik과 함께 사진을 찍고 굿바이 하고 헤어졌다.

부른 배를 두드리며 느긋한 기분으로 천천히 거리를 끝까지 올라가다가 전에 보았던 큰 성당을 만났다. 혹시나 싶어 정문을 밀어보니 닫혀 있다. 돌아가려는데 옆의 작은 문으로 두 사람이 나왔다. 다시 다가가 그 문을 열고 들어가니 다시 큰 문이 나와 살짝 밀어보니 열린다. 안으로 들어가 보았다. 마침 미사가 진행 중이었다. 신부님이 듣는 이의 마음이 편안해지는 수양이 된 사람들의 조용하지만 낭랑한 음성으로 설교를 하고 계셨다. 알아들을 수는 없지만 간혹 예수 그리스도라는 말이 들렸다. 성당 안의 조상들이 너무 예뻐서 실례인 줄 알면서 여기저기 사진을 찍고 미사 광경을 동영상으로 녹화하였다.

성당을 나와 거리를 내려오다가 한 군데 AQUI라는 녹색 간판을 단 빵가게 앞에서 안을 들여다보다가 안으로 들어갔다. 부녀 같기도 하고 아

닌 것 같기도 한 노인과 앳된 소녀가 있었는데 그 소녀가 동양인이 신기한지 자꾸 나를 쳐다본다. 빵을 보니 모두 달 것 같아 보이는데 한 군데에 일견 베이글과 비슷하지만 조금 다른 커다란 둥근 건빵 같은 빵이 있어 노인께 값을 물으니 킬로에 1200페소라고 한다. 담백한 맛을 즐길 수 있겠다 싶어 1킬로 달라고 하니 소녀가 빵을 비닐봉지에 넣어 무게를 달더니 1.2킬로쯤 되는데 그냥 준다. 하는 양이 귀여워 노인께 디카를 꺼내 같이 사진 찍어도 되겠느냐는 시늉을 하니 소녀가 밀가루 묻은 옷을 만지작거리며 어쩌나 하고 수줍어한다. 내가 괜찮다는 표정을 하니 노인이 소녀를 오라고 하여 포즈를 잡는다. 가게 밖으로 나와 보니 그 소녀가 귀엽게 웃고 있다. 손을 흔들어주니 답례를 한다. 거리를 천천히 걸어 내려오자니 갑자기 두고 온 아내 생각이 난다. 같이 왔더라면 둘이서 이렇게 걸어 다니는 것을 무척 즐겼을 텐데. 물건을 안 사고 구경만 해도 아내가 좋아할 것 같은 아기자기하고 예쁜 가게들이 많은데. 조금 더 내려와서 기념품 가게에 들러 아이들 주려고 티셔츠 두 장과 남극 빙산과 펭귄 사진을 붙여 놓은 조그만 액자 두 개를 선물용으로 샀다.

아르마스 광장으로 가 보았다. 겨울의 초입에 든 텅 빈 광장에는 주위를 빙 둘러싼 고목들만 마젤란 동상을 호위하듯 묵묵히 서 있다. 동상의 조상들을 엽서에서 본 대로 앵글을 잡아 사진 찍었다. 광장을 나와 메인 스트리트를 천천히 음미하면서 중세풍의 옛 건물들의 야경을 사진 찍었다. 가로등에 비친 거리가 호젓하고 낭만적이지만 어딘지 쓸쓸해 보이는 풍경을 자아낸다. 아마도 성큼 다가온 겨울 탓이리라. 아니 다시 못 올 거라고 생각하니 괜히 처연해지는 내 마음 탓이리라.

부두로 돌아와 정박 중인 아라온 사진을 찍었다. 뱃머리 아래를 보니 여러 군데 페인트칠이 벗겨진 곳이 보였다. 그 단단한 남극의 얼음과 부딪쳐서 생긴 상처이리라. 옛날 김일 선수가 왼다리를 번쩍 든 뒤 온 체중을 실은 시원한 박치기 한 방으로 상대를 한 순간에 매트에 뉘어 버렸듯이 셀 수도 없이 그 두꺼운 얼음들을 처박아 부쉈으니 아무리 단단한 특수강이라 할지라도 무사할 리가 있겠는가. 드레싱을 해 줄 수 있다면 곱게 해 주고 싶었다. 이제 귀국해서 도크에 들어가면 저 상처를 치료할 수 있으리라. 야간 조명에 환하게 빛나는 아라온의 구석구석을 사진으로 남겼다.

갱웨이를 올라가 갑판에 내리니 한 승무원이 개 한 마리를 어르고 있다. 자꾸 배안으로 들어

오려고 해서 밖으로 내보내려고 하는 모양이었다. 승무원이 가까운 선실에서 식빵을 가져와 개를 데리고 갱웨이를 내려가 부두에 내려가 주니 받아먹는다. 승무원이 나를 보고 식빵 몇 개 가져다 달라고 하였다. 식당으로 내려가 식빵 5조각을 가지고 와서 나도 부두로 내려갔다. 등에 검은 털이 난 그 개가 나를 보더니 다가온다. 식빵을 주니 냄새를 킁킁 맡더니 한 조각을 먹는다. 그러더니 빵은 내버려두고 앉은 자세로 사진을 찍고 있는 내 품안으로 파고든다. 머리를 쓰다듬어 주니 낑낑거리며 좋아한다. 내가 빵을 집어다 입안에 넣어주니 두 조각을 다시 먹는다. 그러고는 아라온 사진 찍는 나를 졸졸 따라다닌다. 갱웨이로 올라가니 어느새 옆에 딱 붙어서 따라 올라온다. 승무원이 다시 그 녀석을 불러 쓰다듬어 주었다.

배 안에 사람들이 없어 물어보니 항구 옆의 드림 호텔 카지노에 갔다 한다. 나도 구경이나 할 요량으로 다시 아라온에서 내려 게이트를 나와 호텔로 갔다. 카지노에 들어가려니까 입구에 있던 직원이 티켓을 보자고 한다. 아마 입장권을 말하는 모양인데 없다고 하니 저기 카운터에서 구입하라는 손짓을 한다. 카운터에 가서 물어보니 입장권이 20,000페소라고 한다. 그냥 구경만 할 것인데 굳이 돈까지 주고 입장할 필요는 없어서 그냥 나와 버렸다. 호텔에서 나와 오른 쪽으로 해변을 따라 산책을 하였다. 해변 도로를 따라 천천히 걸었다. 바닷가에 있는 길다란 나무다리 위에 갈매기 한 떼가 앉아 있다. 약간 쌀쌀한 해풍에 흰 파도가 모래사장 위로 밀려들고 있다. 멀리 부두 쪽을 보니 아라온의 불빛이 보인다. 공사로 인해 길이 막힌 곳까지 꽤 걸었다. 해운대 바닷가가 생각났다. 가족과 친구들 얼굴이 가슴 속에서 명멸한다. 내일 하루만 지나면 이곳을 떠날 것이라고 생각하니 머리 속에 지난 시간이 아쉽게 다가온다.

5월 15일 수요일, 날씨 맑음.

아침 8시에 일어나 밖을 보니 바다에 해가 쨍하니 비추고 있다. 브리지로 올라갔다가 감독님을 만나서 내 전화번호를 가르쳐주고 여기 아름다운 묘지가 있다던데 혹시 아십니까 라고 물었더니 아신다면서 다운타운을 따라 쭉 가면 자작나무 숲이 나오고 동상이 있으며 그곳을 더 지나가면 옆으로 보인다고 설명해 주셨다. 내려오는데 보니 유진 교수와 테오도르 교수가 짐을 운반하고 있고 극지연구소 연구원들도 연구 장비를 옮기고 있었다. 아마 오늘 남은 장비를 모두 실어내는 모양이다. 식당으로 내려가 우유에 탄 콘플레이크 한 접시를 비우고 갑판으로 나가니 출입구를 지키는 칠레인이 앉아 있다. 그에게 전에 헬기 조종사 크리스티안이 적어주었던 세멘떼리오(cementerio)란 묘지를 물어보니 아! 하더니 아르마스 광장 옆의 Av. Mayo Magallanes를 따라 죽 가다가 옆으로 보면 Avenida Bulnes가 있다고 약도를 종이에 적어주면서 걷는 시늉을 하더니 30분이라고 손바닥에 적는다. 감사하다고 말하고 갱웨이를 내려가 게이트를 지나 항구 밖으로 나왔다. 오른쪽으로 가서 유니막 슈퍼를 지나 세 블록 더 가서 왼쪽으로 올라가니 칠레 뱅크 건물이 나오고 곧이어 광장 사거리가 나왔다. 광장에 들어가 마젤란 동상의 사진을 다시 찍고 있는데 옆에서 인기척이 나 돌아보니 고려대 교수가 반갑게 인사를 한다.

그가 쇼핑몰을 물어 Zona Franca를 말해주었다. 그와 헤어져 메인 스트리트를 따라 천천히 주위를 음미하면서 계속 걸어갔다. Lomitos 식당과 Tierra Del Fuego 호텔을 지나 마리아 성당까지 왔다. 어제처럼 성당으로 들어가 옆문을 열어 안으로 들어갔다. 아주 평화로운 고운 여자 목소리의 성가 비슷한 노래가 울려 퍼지고 있는 가운데 몇몇 신자들과 관광객들이 있었다. 노래를 들으니 마음이 맑아지는 것 같아 빨리 나가기 싫어서 성당 안을 자세히 구경하였다. 규모는 작지만 예쁜 스테인드글라스로 장식된 창과 예수와 마리아 및 성자의 조상들이 아주 아름답게 장식된 벽감을 구경하면서 아름다운 음악을 듣고 있노라니 마음이 황홀해지면서 영혼이 순화되는 느낌이 들었다.

한참을 듣고 보고 있으니 직원인 듯한 노인 한 분이 오시더니 아마도 오전에는 이제 문을 닫는다는 손짓을 했다. 인사를 하고 나왔다. 성당 맞은편으로 작은 공원 같은 숲길이 있는데 누군가의 동상이 있고 노란 잎이 아름다운 고목들이 열을 지어 심어져 있다. 감독님이 말하던 자작나무가 생각났다. 자세히 보니 자작나무는 아니었다. 작년 러시아 여행에서 많이 보았기 때문에 자작나무를 구별할 수 있었다. 숲길을 천천히 걸어 나가니 옆으로 교통 표지판이 보이는데 Zona Franca, Cementerio Municipal이라고 써 놓았다. 이곳이구나 짐작하고 입구를 찾아 들어갔다.

들어가 일견 보니 대단위 가족 묘지들인데 하나하나의 규모가 매우 크다. 향나무나 편백나무 같은 나무를 곱게 전지하여 위가 둥근 나무 기둥처럼 조경해놓았는데 보기에 매우 아름답다. 세계에서 가장 예쁜 공동묘

지라더니 그런 말을 들을 만하였다. 중간에 여러 개의 나무 기둥들이 있고 그것들을 중심으로 사방으로 같은 조경의 나무들이 열을 지어 있고 그 사이사이에 가족 묘지를 조성해놓았다. 마치 우리나라의 각 집안의 선산이 큰 비석과 석물 장식으로 위엄을 부리는 것처럼 어떤 가족은 자기네 가문의 위세를 자랑하듯 아름답게 조각된 장식을 한 작은 건물만한 가족묘를 지어놓았다. 어떤 가족묘의 창을 들여다보니 태어난 지 하루 만에 죽은 아마도 쌍둥이일 것 같은 두 딸의 이름을 적어놓았다. 모든 가족묘가 갖가지 꽃으로 장식되어 있고 모양이나 구조도 같은 것이 하나도 없었다.

묘지를 나와 거리 아래로 걸어 내려갔다. 이제는 제법 눈에 익은 풍경이 되었다. 하지만 오늘이 지나면 아마도 다시는 못 올 것 같은 생각이 들자 빨리 지나치기가 아쉬워 느릿느릿 발걸음을 옮겼다. 어제 빵을 샀던 가게 안을 들여다보니 다른 남녀 직원이 있다. 아마 어제 보았던 노인과 소녀는 저녁에만 근무하는 모양이다. 파나마 운하가 개통되기 전 인도와 아시아로 가던 유럽의 모든 선박이 정박하여 흥청거리던 옛날의 영화를 보여주는 아름다운 건물들이 늘어서 있는 거리를 천천히 내려와 전에 갔던 약국에 들러 달팽이 크림을 사고 광장을 지나 부두 근처의 유니막 슈퍼에 가서 코카콜라와 Austral 캔 맥주와 딸에게 선물로 줄 초콜릿과 선배에게 선물할 칠레 와인 3병을 사서 아라온으로 돌아왔다. 배로 돌아오니 그제야 허기가 몰려왔다. 푼타 시내에서 점심을 먹을까 하다가 식당도 잘 모르겠고 또 혼자서 먹기는 좀 어색한 것 같아 배고픔을 참았던 것이다. 컵라면을 하나 끓여 먹고 있으니 조리사 한 명이 1시간만 있으면 저녁 식사하실 텐데요 하였다. 내가 시내 구경한다고 점심을 아직 안 먹어서 그런다 하니 웃는다.

저녁 식사 시간에 큰 식당에서 일부 극지연구소 연구원들도 승무원들과 함께 식사를 하였다. 선장님에게 내일 몇 시에 떠나시느냐고 물으니 오전 6시에 떠난다고 하였다. 떠나시기 전에 인사를 드리겠다 하니 밤새 방문을 열어놓겠다고 한다.

저녁을 조금만 먹고 방에 와 있으려니 왠지 마지막으로 한 번 더 시내를 보지 않으면 나중에 후회할 것 같은 기분이 들었다. 갑판으로 나가 보았더니 새빨간 노을이 하늘을 황홀하게 물들이고 있다. 얼른 카메라와 캠코더를 가지고 와 뱃머리로 올라가 사진을 찍었다. 사진 좋아하는 승무원도 와 있었다.

불타는 듯한 노을이 어서 오라고 재촉하는 것만 같아 선의실로 가서 두껍게 옷을 갈아입고 밖으로 나갔다. 이번에는 마지막으로 보는 경치를 눈에 담을 요량으로 작은 디카 1개만 들고 갔다. 아라온에서 내려와 다시 아르마스 광장으로 갔다. 마젤란 동상 아래의 원주민 조상의 발을 만져 보았다. 반질반질하게 닳은 그 발을 만지면서 나도 다시 한 번 이곳에 올 수 있을까 생각해 보았다. 아마 어려울 것이다. 하지만 앞날은 알 수 없는 법. 이곳에 오리라고는 꿈에도 생각하지 못했던 게 아닌가. 다시 메인스트리트를 천천히 걸어 마리아 성당까지 가 보았다. 밤이 되니 공기가 제법 쌀쌀하다. 지나가는 행인들의 발걸음도 찬 날씨 때문인지 바빠 보인다. 성당 입구에서 발걸음을 돌려 왔던 길을 다시 내려갔다. 머리와 가슴에 영원히 간직해두려는 듯이 거리 풍경을 하나하나 음미하면서 천천히 걸어 어제의 빵 가게 앞으로 왔다. 안을 들여다보니 그 노인과 소녀가 있다. 안으로 들어가니 소녀가 나를 알아보고 수줍게 웃는다. 여전히 호기심에 찬 눈초리로 나를 빤히 쳐다본다. 어제와 같은 빵 1킬로를 달라하니 어제처럼 또 1.2킬로를 준다. 2,000페소 지폐를 주면 동전을 거슬러 줄 것이므로 2,000페소 지폐와 500페소 동전을 주니 노인이 영문을 모르고 500페소 동전을 돌려준다. 내가 손짓으로 1000페소 지폐를 원한다 하니 그제야 알았다는 듯이 1000페소 지폐와 100페소 동전을 3개 거슬러 준다. 나를 쳐다보는 소녀에게 속으로 '나는 내일 꼬레아로 돌아간단다. 이 빵을 냉동실에 넣어 한국까지 가져갈 거야. 우리 가족과 한 개씩

새빨간 노을이 하늘과 바다를 물들이고 있다.
불타는 듯한 노을과 그 빛을 받는 건물은 보랏빛으로 황홀하게 빛난다.
다시 올 수 있을지 모를 이곳과 작별 인사를 나눈다.

먹을 때마다 아르마스 광장, 메인 스트리트, 이 가게를 포함한 내가 보았던 finis terae(땅끝)의 모든 것을 기억할 거야. 그리고 만일 다시 오게 된다면 그 때도 이 가게를 찾아올 것이야.'라고 말해주고는 손을 흔들어 주고 가게를 나왔다.

마지막 돌아오는 길은 마음이 그래서 그런지 왠지 모르게 쓸쓸하였다. 내려오는 길에 드림 호텔의 네온사인이 강렬하게 빛났다. 나도 몰래 걸음을 그쪽으로 옮겼다. 본관 옆의 파르테논 정면을 닮은 건물이 예의 그 보랏빛 조명으로 황홀하게 빛난다. 디카로 사진을 찍어 보니 전처럼 멋지게 나온다. 해협의 꿈(Dreams Del Estrecho)이라 마젤란 해협을 건너갈 때는 어떤 꿈을 꾸게 될까.

아라온으로 돌아와 아내와 카톡으로 통화를 하였다. 배가 출출하여 식당으로 갔더니 마침 조리장이 국수를 먹고 있었다. 나도 쌀국수 한 개를 끓는 물에 익혀 먹으면서 조리장과 얘기를 나누었다. 11시 반경 맥주 캔과 스낵을 들고 선장님 방으로 갔다. 마침 선장님도 샤워를 마치고 자지 않고 TV를 보고 있었다. 내가 떠나실 때까지 있다가 배웅을 해야 할 것 같다고 하니 자기도 비행기 탑승하면 잠을 잘 못자기 때문에 내일 새벽까지 자지 않을 것이라고 하였다. 맥주를 마시며 이런 저런 얘기를 했다. 내가 선장님 덕분에 평생의 기억에 남을 좋은 여행을 했고 브리지에도 마음껏 올라올 수 있게 허용해 주어서 감사하며 혹시라도 항해에 신경 쓰시는 데 방해가 되었다면 이해해 달라 하니 천만에요라고 하면서 이런 배 안에서는 융통성이 필요하다고 하였다. 그리고 그동안 어려운 항해 결정을 내려야 하는 것 때문에 무척 신경을 썼는데 이제 모든 것이 잘 끝나서 마음이 후련하다고 하였다. 미국 쇄빙선 파머(Palmer) 호가 웨델 해 주변을 많이 탐사했지만 라르센(Larsen) B지역까지만 들어왔고 라르센 C지역까지 들어온 것은 이번에 아라온이 처음이라고 하였다. 감독님이 남극이라고 모든 곳이 다 절경이 아니고 이번에 아라온이 다녀 간 지역이 가장 경관이 좋은 곳이라고 말한 것이 생각났다. 기관장이 지나가다가 방에 들러 같이 얘기를 하다 갔다. 4시경에 여수까지 돌아가는 항해를 맡은 다른 선장님이 인계를 위해 방으로 들어왔다. 전임 선장님이 모니터를 보면서 간단한 설명을 해 주었다. 신임 선장님께 인사를 드리고 나도 옷을 갈아입으러 진료실로 갔다. 잠시 후 1항사가 왔다. 선장님 방에 계신 줄은 알았으나 얘기에 방해가 될까 봐 들어오지 않았다면서 나에게 조심히 다녀 가십시오 하면서 바닥에 엎드려 큰절을 했다. 갱웨이를 내려가니 벌써 떠날 이들이 모두 모여 있고 공항까지 타고 갈 승합차가 기다리고 있다. 나는 조리장을 포함하여 한 사람 한 사람 악수를 하고 감사하고 건강히 잘 지내라고 말해 주었다. 마지막으로 무릎 주사를 놓아주었던 조리원이 내려 왔다. 내가 어디를 가더라도 건강하게 잘 지내라 하니 감사하다고 하였다. 드디어 모두들 떠났다. 다른 1항사가 나를 보고 한숨도 안 잤느냐고 묻길래 배웅을 하는 것이 경우에 맞는 것 같아 자지 않고 선장실에서 얘기하다 내려왔다 하니 대단하십니다라고 하였다. 근 두 달 동안 한 배를 타고 한솥밥을 먹고 함께 고생하고 정이 든 사람들인데 어찌 그냥 보낼 수 있겠는가.

눈부신 하늘과 바다,
마젤란 해협에 돌아오다

5월 16일, 목요일, 날씨 맑음.

오늘 새벽 4시 반에 전임 선장님 이하 휴가 떠나는 9명의 승무원들을 배웅하고 늦게 잠자리에 들었다. 7시에 '올 스테이션 올 스탠바이'라고 하는 3항사의 선내 방송을 잠결에 들었으나 피곤하여 일어나지 못했다. 9시에 다시 '올 스테이션 올 스탠바이'라는 방송을 듣고 일어나 선창 밖을 보니 해상 급유 장소 같은 구조물이 보인다. 갑판으로 나가 보니 아라온은 전에 남극으로 떠날 때 들렀던 벙커링(bunkering) 부두에 와 있다. 세찬 바람에 아라온 후미의 태극기가 힘차게 펄럭이고 있다. 어디서 날아왔는지 한 무리 바다새들이 주위를 분주하게 날아다닌다. 아쉽게도 푼타 아레나스를 떠나는 것을 보지 못했구나. 어젯밤 노을 진 하늘 아래 뱃머리에서 본 시내 전경이 마지막 장면이 되고 말았구나. 아쉬운 생각이 들었으나 한 편 생각하면 이별 장면을 보지 않은 것이 더 낫다는 생각이 들었다. 아마도 브리지 갑판에서 멀어져 가는 푼타아레나스를 보았더라면 마음 한 구석이 매우 쓰라렸을 것이다.

식당으로 내려가 우유 한잔을 마시고 갑판에 나가 보니 아라온은 벌써 접안 시설에 정박하였고 승무원들이 분주히 벙커링 작업을 위해 움직이고 있다. 해도를 보니 남위 52도 55분, 서경 70도 48분에 위치한 카보 네그로(Cabo Negro)란 곳이다. 실질적인 지구 최남단인 티에라 델 푸에고 섬(Isla Grande De Tierra Del Fuego) 맞은편의 브룬스윅 반도(Brunswick Peninsula) 쪽의 마젤란 해협 상이다. 아라온은 거기에서

820톤의 MGO를 급유받았다.

오후 9시에 '올 스테이션 올 스탠바이'라는 3항사의 힘찬 목소리가 선내 방송을 통해 울렸다. 9시 20분경 아라온은 힘찬 고동을 울리고 해상 정유소를 떠나 마젤란 해협을 향해 떠나기 시작했다.

잠시 가다가 진료실 선창으로 밖을 보니 직선으로 이어진 불빛들이 보인다. 갑판으로 나가 보니 분명히 큰 도시인데 어디인지 알 수가 없다. 브리지로 올라가 보았더니 선장님과 3항사와 다른 승무원이 있다. 선장님께 물어보았더니 다름 아닌 푼타아레나스라고 한다. 푼타라고! 아침에 떠날 때 못 보아서 내심 아쉬웠는데 다시 푼타라니 이게 어찌된 것인가. 망원렌즈로 당겨보니 해변도로에 자동차가 달리는 것이 작은 점으로 보인다. 메인 데크로 내려가 해도를 보니 분명 푼타아레나스가 맞다. 이게 어찌된 셈일까. 푼타를 떠났는데 푼타라니. 3항사에게 물어보니 해도를 보여준다. 아! 알겠다. 아침에 푼타아레나스를 떠나 대서양 쪽으로 나아가 기름을 공급받고 다시 마젤란 해협의 태평양 쪽을 향해 돌아가고 있다. 그러니 저기 보이는 불빛이 푼타가 맞을 수밖에.

갑자기 아르마스 광장, 마젤란 동상, 원주민 조상의 반질거리던 오른
발, 유니막 슈퍼, 칠레 은행 건물, 칠레 해군 본부 건물, 육군 건물, 마리
아 성당, 광장 옆의 성당, 전망대 벽의 그라피티, 로미토스(Lomitos), 빵
가게 소녀, 시립묘지, 약국, 조나 프랑카(Zona Franca), 시내버스에서
마주 앉았던 귀여운 꼬마들, 거리에서 만나 같이 사진 찍었던 밝은 얼굴
의 중학생들, 성당의 미사 장면, 메인 스트리트, 기념품 가게, 드림 호텔
의 보랏빛 조명, 유니막에서 메인 스트리트 가는 길에 있던 이발하려고
마음먹었으나 가지 못했던 피가로(Figaro)란 이름의 이발관, 거기에서
왼쪽으로 쭉 올라가면 나타나는 광장, 길거리의 풍경 등등 모든 기억들
이 확 되살아난다. 저 거리를 내가 몇 번이나 걸어 다녔던가. 나는 브리

지에서 멀어져 가는 푼타아레나스의 불빛을 하염없이 바라보았다. 그러고 보니 남극 갈 때 푼타를 출발하여 곧 해상 정유소에서 급유를 받은 기억이 난다. 그때는 대서양 쪽으로 나아가 드레이크 해협으로 갔고 이번에는 그 반대인 것이다. 아아! Punta Arenas, finis terae(땅끝), fin del munda(세상끝) 지구 최남단 땅끝 도시여! 하루 만에 다시 보아도 이렇게 가슴이 설레는데 다시 올 수 있다면 얼마나 반갑겠는가. 나도 원주민 조상의 발을 만졌으니 반드시 다시 올 수 있으리라.

12시가 넘어서 갑판으로 나가 보았더니 아직도 푼타아레나스의 불빛이 저 멀리 가물가물 보인다. 아라온은 잔잔한 수면 위를 경쾌한 심장 박동음을 내며 거의 요동하지 않고 미끄러지듯 마젤란 해협의 수로를 달리고 있다. 뱃전에 희끄무레하게 물살이 비친다.

배가 출출하여 식당으로 갔더니 3항사도 야식을 먹으러 왔다. 쌀국수를 한 개 끓여 먹고 얘기를 나눈 뒤 1시경에 진료실로 돌아와서 갑판으로 나가 보니 이제 푼타아레나스의 불빛이 가느다란 실처럼 희미하게 보인다. Adios! Finis Terae! See you again. I love you and I will miss you! 15분 뒤 다시 갑판으로 나가 보았더니 이제는 푼타의 불빛이 보이지 않았다.

5월 17일, 금요일 날씨 변화무쌍.

8시에 잠이 깨어 밖을 보니 산 같은 것이 보인다. 마젤란 해협이구나 생각하고 얼른 세수를 하고 갑판으로 나갔다. 아라온 양쪽으로 흰 구름이 낮게 드리운 길게 이어진 섬들이 지나가고 있다. 단지 다른 것은 연화도 같은 예쁜 우리식 이름이 아니라 Isla Desolacion, Isla Providencia, Isla Manuel Rodrigeuz 등과 같은 스페인식 이름들이라는 것과 길이가 560킬로미터, 폭이 3-32킬로미터에 달하는 큰 스케일이다. 섬에는 나무는 별로 우거지지 않고 키 작은 풀로 덮여 있어 누르스름하게 다소 황량한 느낌을 주어 Desolacion이란 이름이 어울린다. 어떤 섬 뒤로는 멀리 눈 쌓인 푸른 산들이 보인다. 어떤 섬은 완전히 돌로 된 골산으로 송나라 시대의 산수화를 연상케 한다. 섬 하나하나는 한려 수도와 같이 기대했던 만큼 절경은 아니다. 위도는 대략 남위 55도, 경도는 서경 73도 선에 위치해 있다. 일기도 변화무쌍하여 해가 쨍하니 비치다가도 금방 짙은 안개가 끼었다가 빗방울이 떨어지기도 한다. 어떤 곳은 '야곱의 사닥다리'처럼 구름 사이를 통과한 햇빛이 바다 위로 찬란하게 쏟아지고 있다. 한 군데에서는 푸른 하늘과 흰 구름을 배경으로 완전히 둥근 무지개가 선명한 7가지 색을 나타내며 바다 위에 황홀하게 떠 있다.

브리지에 올라가니 선장님과 3항사, 다른 승무원이 있다. 인사를 하고 얘기를 나누었다. 브리지 갑판에 나가니 바람이 세게 분다. 양쪽 뱃전으로 바람에 날린 물보라가 카메라 렌즈에 물방울을 튀긴다. 브리지 창에

날리는 물보라를 닦느라 윈도 와이퍼가 계속 뻑뻑 하며 좌우로 움직인다. 3층 갑판에 올라가 파노라마를 감상하였다. 바다는 약간 탁한 푸른 빛을 띠고 있으며 흰 파도가 일렁이고 있다. 선장님 말로는 이 해협이 남반부에서 상선이 다니는 가장 위도가 높은 지역이며 바람이 세어 선원들이 기피하는 곳이라고 한다. 2층 갑판 좌우에서 보니 뱃전에 아주 큰 물보라가 친다. 아라온은 전후좌우로 제법 흔들리며 나아간다. 좁은 수로에서는 바다가 잔잔하더니 탁 트인 넓은 곳으로 나오니 파도가 높게 일며 배가 흔들려 의자에 앉아 있으려니 몸이 아래위로 좌우로 흔들거리며

붕 떴다가 아래로 가라앉는다.

 하루 종일 아라온은 때로는 잔잔한, 때로는 파도가 센 해협을 쉬지 않
고 항해하였다. 하늘도 기분 좋게 맑았다가는 금방 짙은 안개가 끼고 또
간간이 작은 빗방울도 떨어지곤 하였다. 바다 색깔도 코발트빛이다가 녹
색이다가 검푸른빛을 띠다가 회색빛을 띠기도 하며 변화무쌍하였다. 오
전에 지난 좁은 수로 양안의 올망졸망한 섬들과 곶들을 제외하면 폭이
넓은 해협은 멀리 나지막한 큰 섬의 육지만 보일 뿐 탁 트인 바다와 별
다름이 없었다. 그래도 양 쪽으로 섬의 모습이 보인다는 점이 이곳이 해

협임을 알려주었다.

위도도 남위 53도 정도로 많이 올라와 기온도 많이 따뜻해졌으나 어떤 곳에서는 바람이 세차게 불어 체감 온도가 뚝 떨어지기도 하였다. 하지만 남극에서처럼 완전히 중무장을 할 필요는 없었다.

갑판을 다녀보아도 이제는 본래의 녹색을 되찾았으며 단지 바람에 불려온 물보라와 뱃전에서 갈라지는 파도에 의해 간혹 바닷물이 갑판에 고여 이리저리 쓸려 다녔다. 이제 웨델해와 같이 황홀한 순백의 비경은 사라지고 하늘과 바다와 파도와 바람이 연출하는 단조로운 풍광만 있을 뿐이다. 오늘 아라온 승무원들은 황천 항해에 대비하여 선내를 순찰하고 이동 가능한 물체의 고정 상태를 점검하였다.

2013년 5월 18일

적도를 거쳐
그리운 내 나라 땅을 향해

5월 18일 토요일, 날씨 변화무쌍

어제 저녁 10시경에 잠자리에 들어서 새벽 1시경에 눈을 떴다. 잠을 더 자려고 하였으나 숙면을 취한 탓인지 잠이 오지 않았다. 오랜만에 카톡으로 친구에게 전화를 했다.

다시 잠자리에 들어 8시경에 일어났다. 갑판으로 나가보니 이제 아라온은 마젤란 해협을 통과하여 이제 남동 태평양(Southeast Pacific)을 힘차게 항해하고 있다. 검푸른 바다가 보기에도 깊어 보여 소름이 오싹 끼친다. 바다에는 파도가 제법 쳐서 아라온이 전후좌우로 꽤 흔들린다. 당연히 실내의 물건들이 빙빙 돌고 이리저리 쏠린다. 배 바닥이 수면을 치는 진동이 몸에 전달된다. 뱃전에서 보니 바람에 날리는 물보라가 장관을 연출한다. 아라온은 경쾌한 박동음을 내며 앞으로 앞으로 달릴 뿐이다. 어제 푹 잤더니 며칠 사이에 쌓였던 피로가 싹 풀렸다. 메인 데크의 회의실에 있는 진공청소기를 가져와 선의실과 진료실의 먼지를 깨끗이 빨아내고 바닥을 말끔하게 닦은 뒤 선창을 활짝 열어 남극의 순수한 찬 공기 대신 상쾌한 태평양의 해풍으로 환기하니 몸과 마음이 모두 시원하다.

브리지로 올라갔더니 3항해가 지키고 있다. 나를 보더니 선장님 못 보았느냐고 한다. 무슨 일이 있느냐고 물으니 선장님이 멀미 기운이 있어 선생님을 찾으신다고 하였다. 알았다고 대답하고 4층 선장실로 갔더니 안 계신다. 방을 나오려니 마침 오신다. 증상을 물으니 약간 어지럽다고 하였다. 같이 진료실로 가려는 것을 기다리시라 하고 내가 내려가서 보나링 6정을 가져다 드렸다. 선장실에서 얘기를 나누었다. 신임 선장님은 고향이 대구이며 학교는 부산에서 해양대학교를 졸업하셨다. 전임 선장님보다는 연배가 밑이며 기관장의 3년 선배가 되는 젊은 분이시다. 아라온을 타기 전에 모든 종류의 배를 거의 다 타 보았다고 한다. 아라온의 제원을 살펴보니 아주 잘 만든 배라고 칭찬하신다.

어제와 마찬가지로 아라온은 종일 쉬지 않고 열심히 달릴 뿐이다. 저녁 식사 후 해도를 보니 이제 남위 47도 정도, 서경 80도 정도의 페루 해류와 남극해류가 흐르는 남태평양 상을 지나고 있다. 남위 65도에서 많이 올라온 셈이다. 메인 데크의 복도에 시간 변경 계획표가 붙어 있다. 칠레에서 한국까지 총 11번의 시간 변경으로 11시간이 후진한다고 되어 있다.

5월 19일 일요일, 날씨 맑음.

어제 시간을 1시간 후진하였으므로 아침 7시에 일어나도 잠을 덜 잔 것 같아 30분 정도 더 누웠다가 일어났다. 바깥을 보니 망망한 수평선이 보인다. 세수를 하고 갑판에 나가 보았다. 바다는 검푸른데 파도는 거의 치지 않는다. 그런데도 아라온은 꽤 흔들린다. 메인 데크에 있는 해도를 보니 남위 45도 29분, 서경 83도 15분의 남태평양 상을 항해하고 있다. 브리지에 올라가 보니 3항사가 있다. 휴가에서 돌아 와 아직 시차에 덜 적응해서 그런지 눈이 충혈되어 있고 피곤한 기색이 보인다. 아라온이 많이 흔들린다 하니 배가 작아서 그렇다고 한다. 하기야 이 너른 태평양에

비하면 그야말로 가랑잎 한 개 아니, 좁쌀 한 알 크기에 지나지 않을 것
이 아닌가.

10시 반쯤 되니 하늘이 아주 맑아져서 파아란 하늘에 흰 뭉게구름이 떠
있다. 코발트색 바다가 햇빛을 받아 파란 구슬처럼 반짝인다. 뱃전으로
갈라지는 파도가 시원하고 흰 물거품과 남색의 물결을 일으키며 뒤로 사
라진다. 오랜만에 보는 맑은 바다 풍경이다. 아라온은 좌우로 약 10도 정
도 기울어지며 바다 위를 미끄러지고 있다.

오후 내내 아라온은 푸른 남태평양을 항해하였다. 저녁 식사 후 해도
를 보니 남위 44도 부근의 태평양을 지나고 있다. 저녁 8시 반경 2층 갑
판에 나가 보니 훈훈한 해풍이 부드럽게 불어오는 가운데 뱃전에 부딪치
는 파도만 희끄무레하게 빛난다. 하늘을 보니 달무리가 진 반달이 푸근
한 모습으로 아라온이 동요하는 바람에 하늘에서 빙빙 돌고 있다. 칠레
에서 여수까지는 직선거리로 약 19,000킬로미터라고 한다.

5월 20일 월요일, 날씨 맑음

오늘 하루 종일 아라온은 심하게 흔들렸다. 아침에 진료실로 가 보았
더니 자질구레한 물건들이 많이 바닥에 떨어져 있었다. 선장님에게 물어
보니 파도는 잔잔하지만 바람이 아라온의 옆으로 불어오기 때문에 특히
롤링이 심하다고 하였다. 선장님도 멀미 기운이 있어 머리가 어질하다며
약을 원하여 보나링 6정을 지어드렸다. 오전에 해도를 보니 남위 42도

서경 88도 지점의 남태평양을 항해하고 있다. 하늘은 오전에는 맑았다가 이따금씩 안개가 끼었다 또 개곤 하였다. 오늘도 점심식사 후 1시에 메인 데크 대회의실에서 기관장과 다른 승무원들과 함께 영화를 보면서 시간을 보냈다. 그리고 브리지로 올라가 아라온 운항일지를 보면서 일기에 참고할 부분을 찾아보았다.

5월 21일 화요일, 날씨 맑음.

아침 7시 반경에 방문을 두드리는 소리에 잠을 깼다. 누구냐고 물었더니 한 승무원이 문에 발을 좀 치였는데 진료를 받았으면 한다고 했다. 승무원은 이번에 칠레에서 승선한 승무원이었다. 크게 다치지 않아 천만다행이라고 말해주고 상처 드레싱을 해주었다. 늘 배를 타는 승무원들도 자칫 잘못하면 이렇게 다칠 수가 있다. 배 안의 거의 모든 구조물은 쇠로 되어 있으니 잘못하면 가벼운 사고에도 중상을 입을 수 있다.

브리지에 올라가 보니 3항사가 지키고 있다. 조금 있으니 선장님도 올라왔다. "오늘은 흔들림이 조금 덜하네요."라고 내가 말하니 "그렇습니다."라고 하면서 오늘은 바람이 조금 덜 분다고 하였다. 해도를 보니 아라온은 남위 39도 근방의 남태평양을 항해하고 있다. 어제 오전보다 위도 6도 정도 더 올라온 셈이다. 브리지 선창으로 불어오는 바람도 이제는 전혀 차갑지 않고 약간 훈훈한 느낌이 든다. 바다는 회색빛이 도는 푸른색이며 잔잔한 파도가 일고 있다. 브리지 뒤 출입문에서 아라온 후미를 보니 스크류에서 밀려나가는 물결이 그다지 높지 않다.

5월 23일 목요일, 날씨 흐림.

7시 반에 일어나 밖을 보니 뱃전에 세찬 물보라가 날린다. 어제처럼 아라온이 많이 흔들린다. 수시로 배 밑바닥이 수면을 치는 진동이 느껴지고 선의실과 진료실이 좌우로 기우뚱거린다. 메인 데크의 실험실에 있는 해도를 보니 아라온은 남위 35도 04분, 서경 101도 42분 지점의 남태평양을 항해하고 있다. 하늘은 회색으로 흐리고 바다도 칙칙한 빛을 띠고 있다. 메인 데크 갑판에서 보니 아라온의 후미가 3-4미터 정도 오르락내리락하고 있다. 이제는 바람도 훈훈하여 티셔츠 하나만 입고 서 있어도 춥다는 느낌이 들지 않는다. 복도를 지나며 보니 아라온 승무원들이 승객들의 객실을 말끔히 청소하고 있다.

점심 식사 후 오랜만에 브리지에 올라갔다. 2항사가 브리지를 지키고 있다. 뱃머리에 큰 물보라가 날리고 있다. 그에게 물어보니 이제 칠레에서 약 3,000킬로미터 달려왔다고 한다. 바람과 파도가 별로 없는데 배가 많이 흔들린다 하니 주위 바다에서 저기압들이 생겼다 소멸하는 영향으로 큰 너울이 많이 생겨서 아라온이 흔들린다고 하며 사흘 정도 지나면 일기가 좋을 것으로 예상된다 하였다. 이제부터는 단조로운 항해라서 많이 지루할 것이라고 하였다.

캠코더를 들고 나가 브리지에서부터 3층 갑판, 2층 갑판, 헬리데크, 메인 데크로 다니면서 아라온이 달리는 모습과 뱃전에 부서지는 파도를 찍었다. 헬리데크에서 1층으로 내려가려는데 갑자기 파도가 뱃전을 철썩

때리면서 바닷물이 하얗게 메인 데크 옆의 갑판으로 쏴아하고 밀려들어
왔다. 그 계단으로 내려갔다가는 물벼락을 맞을 뻔하였다.

　객실 청소하는 물걸레를 가져다가 선의실과 진료실 및 수술실 바닥을
깨끗이 닦았다. 마침 선장님이 멀미약을 타러 오셨다가 진료실과 수술실
이 아주 깨끗하다고 한다. 멀미약이 항해를 시작할 때 꽤 있었는데 이제
거의 다 써버렸다. 다음 항해에는 멀미약을 주문해야 할 것이다.

5월 24일 금요일, 날씨 맑음.

7시에 잠이 깼으나 피곤하여 조금 더 누워 있었다. 잠시 후 선의실
커튼으로 밝은 햇살이 스며들었다. 일어나 선창으로 밖을 보니 바다가

눈부시게 빛난다.

브리지에 올라 가 보니 3항사가 있다. 아라온 전방을 보니 배가 좌우로 심하게 롤링한다. 바다는 잉크를 풀어놓은 듯 짙푸르고 맑은 하늘에는 흰 구름이 둥실 떠 있다. 바다색이 워낙 푸르러 하늘과 바다의 경계가 아주 뚜렷하다. 아라온은 남위 32도 44분, 서경 106도 40분의 남태평양을 항해 중에 있다. 파도는 없어도 큰 너울이 다가와서 배가 자주 롤링한다고 하였다. 그렇지만 아라온은 좌우로 큰 물보라는 날리지 않고 미끄러지듯 달리고 있다. 브리지 뒷문을 열어놓았다. 거기에 기대서서 아라온 뒤쪽을 보니 약 15도 정도까지 좌우로 기우뚱거린다. 아라온의 전진으로 인해 바람이 좀 느껴지지만 그리 세찬 것은 아니다.

5월 25일 토요일, 날씨 쾌청.

어제 새벽 4시경에 잠이 들었다. 아침 8시에 기상하여 갑판으로 나가 보니 날씨가 아주 좋다. 10시 경에 헬리데크로 나가 시원한 해풍을 맞으며 바다 구경을 한참 하였다. 하늘에는 아주 잘생긴 뭉게구름들이 떠 있다. 바람 소리가 제법 나며 먼 바다에 흰 파도가 너울거린다. 메인 데크 후미 갑판에 서서 스크류에서 뿜어져 나오는 물결을 쳐다보았다. 바다는 그야말로 잉크를 풀어놓은 듯 푸르다. 후미의 배수류를 자세히 보면 양쪽 스크류에서 나오는 물거품이 부글부글 끓어오르다가 중간에서 만나 없어지면 그 자리에 아주 맑은 옥색의 물결이 일다가 짙은 잉크색으로 변한다. 그 옥색의 물결이 너무 맑고 고와서 한참을 서서 바라보았다. 오늘은 남위 29도, 서경 113도 정도의 남태평양을 아라온이 달리고 있다. 이제는 긴 소매가 덥게 느껴진다. 점심 식사 때 보니 반소매를 입은 승무원들이 많다. 진료실에 앉아 있으니 약간 텁텁하니 더위가 느껴진다. 복도를 걸어도 마찬가지다. 오후에 2층 갑판, 메인 데크 후미 갑판에서 시원한 파도 구경을 오래 하였다. 오늘은 너울이 별로 없는지 요 며칠처럼 크게 흔들리지는 않는다. 바다는 강한 햇살을 받아 수면이 아주 매끄럽고 윤택해 보인다. 뱃전에 이는 흰 물살에 아라온의 그림자가 뚜렷이 비친다. 아라온은 아주 경쾌하게 수면을 박차고 달린다. 배 밑바닥이 수면에 닿는 느낌이 아주 매끈하고 부드럽다.

5월 26일 일요일, 날씨 맑음.

어제도 새벽 4시에 잠이 들었다. 8시에 잠이 깨었다. 커튼으로 강한 햇볕이 들어온다. 선창을 통해 바다를 보니 수면에 햇살이 반짝인다. 브리지로 올라가니 선장님과 3항사가 있다. 인사를 나누고 해도를 보니 현재 위치가 남위 28도 06분, 서경 116도 44분 근처의 남태평양이다. 해류는 남아열대해류(south subtropical current)라고 되어 있다. 이제 아열대권으로 진입한 것인가. 그래서 그런지 기온이 꽤 높아졌고 바람에 약간 더운 기운이 느껴진다. 바다는 여전히 코발트빛으로 맑고 투명하고 푸르다. 하늘에는 이런 깨끗한 바다에 어울리는 잘생긴 뭉게구름이 피어 있다.

바다의 색은 수색(color of sea)이라고 하며 이는 주간에 해면의 바로 위에서 바라본 바닷물의 색이라고 정의된다. 해수의 색은 태양 빛의 흡수와 반사, 해수에 포함된 부유물에 따라 결정된다. 바다가 푸른색으로 보이는 것은 태양 빛 중 파장이 짧은 청색 빛일수록 물 분자와 만날 때 산란이 잘 되기 때문이다.

남태평양의 바다는 강한 햇살을 받아 수면이 매끄럽고 윤택해 보인다.
아라온은 아주 경쾌하게 수명을 박차고 달린다.
그의 항해를 응원하기라도 하듯, 하늘은 눈부시게 깨끗하다.

5월 28일 화요일, 날씨 맑음.

아침 10시에 브리지로 올라가 해도를 보니 아라온의 현재 위치는 남위 25도 34분, 서경 121도 49도 49분의 남태평양 상이다. 브리지에서 바라보는 전망이 아주 상쾌하다. 흰색의 아라온 뱃머리 테두리 밖으로 온통 푸른 바다가 다가온다. 밖에서 본다면 주홍색 아라온 선체와 짙푸른 바다가 멋진 대조를 이루리라. 선체의 색도 아무렇게나 도색하는 것이 아니라고 남극 항해 시 극지연구소 감독님이 말하는 것을 들었는데 극지를 항해하는 쇄빙선의 경우 대체로 흰 눈과 강한 대비를 이루는 붉은색 계통의 페인트를 선체에 칠한다고 하였다.

헬리데크로 나가보았다. 연구 장비 서너 가지가 녹색의 갑판에 단단하게 고정되어 있는 것을 제외하고는 휑하니 너른 데크가 어딘지 모르게 약간 쓸쓸한 감을 자아낸다. 헬기 조종사들과 연구원들이 분주하게 이착륙 준비를 하던 광경이 눈에 선하다. 그때는 갑판이 온통 흰 눈으로 덮여 있었고 승무원들과 연구원들이 이륙 전에 부지런히 눈을 치웠다. 지금은 따갑게 내리쬐는 햇살에 녹색의 따뜻한 살을 드러낸 데크에 바닷바람이 시원하게 불어온다.

오늘 바다는 해면에 작은 파를 뚜렷이 볼 수 있으나 파두는 평활한 것이 뷰포트 풍력 계급 2에 해당하는 남실바람(light breeze)이 불고 있음을 알려준다. 푸른 수술복 소매 사이로 삽상한 해풍이 불어와 피부의 끈끈한 땀을 순식간에 말려준다. 고개를 들어 하늘을 보면 잘생긴 뭉게구름과 새털구름이 멀리 수평선에서 수면 가까이 와 공중 높이 떠 있다. 아라온의 진행 방향으로 하늘을 쳐다보면 하늘과 구름이 내게로 가까이 다가와 가끔 어찔한 느낌이 들며 몸을 가누기 어렵다.

5월 31일 금요일, 날씨 맑음

오전 10시경 브리지에서 본 해도상 아라온의 위치는 남위 16도 00분, 서경 141도 06분의 남태평양상이다. 갑판 위를 다니면 뜨거운 햇볕이 쪼여 조금만 있어도 땀이 날 정도로 덥다. 더구나 선박은 모든 것이 쇠로 되어 있어 서서히 햇볕에 달구어 지면 훅 하고 더운 기운을 뿜어낸다.

이제 3주 후 여수 항 도크에 들어가면 아라온은 한 달 동안 휴식을 취할 것이다.

6월 1일 토요일, 날씨 맑음.

오전 11시경 아라온은 남위 13도 16분, 서경 145도 55분상의 남태평양을 달리고 있다. 바다는 점점 더 잔잔해지고 파란 하늘에는 뭉게구름이 점점 더 양이 많아지고 풍성하게 보인다.

점심 식사에 때에 맞게 시원한 냉면이 나왔다. 식사 중에 어느 승무원이 오늘 저녁에 헬리데크에서 바베큐 파티를 한다고 하였다.

태평양 한복판에서의 바베큐 파티라니! 분위기가 너무 멋있었다. 흰 구름이 흘러가는 드넓은 파란 하늘과 유리같이 맑고 짙푸른 바다를 배경으로 너른 갑판에서 고기와 조개를 구워 안주 삼아 시원한 맥주를 마시는 기분이라니. 때마침 멀리 수평선 위의 구름에 선명한 무지개가 걸려 있다. 드라마에서 자주 쓰던 말로 "이런 기분 처음이야!"라는 말밖에 할 수가 없었다. 영화에서 보는 선남선녀들의 호화로운 선상 파티나 미국 연수 동안 경험해 보았던 카리브해 크루즈 선상의 하루 종일 제공하는 풍성했던 각종 음식과는 비교가 안 되지만 조촐하더라도 태평양이 마치 내 집 정원의 연못같이 느껴지는 분위기에서 벌이는 야외 식사를 무엇과 비교할 수 있겠는가. 이런 장면을 놓칠 수가 있나. 가져간 디카와 아이폰으로 동영상과 스틸 사진을 찍었다. 밤중에 카톡으로 친구들에게 보내야지. 열심히 사진을 찍는데 이번에 칠레에서 승선한 승무원이 선생님 많이 드시지요 한다. 고맙다고 말하고 먹으려 하니 음식도 음식이지만 분위기가 너무 좋아 많이 먹지는 못하고 갑판 위에서 주위를 자꾸 둘러보았다. 그릴 주위에서 서서 먹는 사람들도 있고 어느 승무원들은 아예 갑판에 둘러 앉아 즐기고 있었다. 기관장과 다른 승무원에게 부탁해 내 사진을 찍고 또 조리장과 조리사들과 헬리데크 난간을 잡고 사진을 찍었다.

6월 2일 일요일, 날씨 맑음.

12시에 브리지에 올라가 보니 2항사가 브리지를 지키고 있다. 아라온의 위치를 보니 이제 남위 10도 46분, 서경 150도 37분이다. 브리지에는 에어컨이 아주 시원하게 작동되고 있다. 불과 3주 전만 해도 모든 것이 꽁꽁 얼어 있었는데 이제는 에어컨 바람이 시원하게 느껴진다. 적도가 아주 가까워졌음을 실감하겠다.

오늘 바다는 정말 잔잔하다. 잔잔한 바다를 보니 내 마음의 수평선도 잔잔해진다. 세파에 시달린다는 말이 있지만 세상살이도 이 바다처럼 잔잔하게 살 수 있다면 얼마나 좋겠는가. 수면에 소파가 거의 보이지 않는다. 바람도 아주 잔잔하여 뷰포트 풍력 계급 1에 해당하는 실바람이 수면을 스치고 있다. 뱃전에 부딪쳐 부서지는 물살도 큰 요동이 별로 없이 조용히 갈라지며 별 소리를 내지 않는다. 흰 물살에 비치는 아라온의 그림자가 아주 뚜렷하다. 승무원들 말이 적도에서는 바다가 호수같이 잔잔하다고 하였는데 기대가 된다.

오랜 항해를 하다 보니 하늘과 바다의 빛깔과 구름의 변하는 모양을 바라보는 데 익숙해졌다. 가장 좋아하는 시간은 어둠이 어둑어둑 스며드는 황혼 무렵이다. 어스름한 푸른색과 보라색과 붉은색이 섞여 서로 구분이 안 되게 맞닿은 광대한 하늘과 바다를 보면 이제 오늘 하루와 작별할 시간이 되었음을 알게 되고 타다 남은 잉걸불처럼 수평선 아래로 사라지는 석양을 보면 저렇게 아름답게 저무는 삶, 저렇게 아름답게 식어갈 수 있는 삶, 저렇게 눈부시게 사라질 수 있는 삶을 살았으면 하는 생각이 든다.

이제는 조금만 돌아다녀도 옷깃 아래에 구슬땀이 밴다. 그만큼 고향이 가까워진 것이다. 반면 지금쯤 웨델해역은 완전히 얼어붙었으리라.

6월 3일 월요일, 날씨 맑음

10시경 해도를 보니 이제 아라온은 남위 8도 28분, 서경 154도 54분의 남태평양을 지나고 있다. 하늘에는 푸른 초원에서 유유히 풀을 뜯는 양 떼처럼 생긴 구름들이 한가롭게 떠다닌다. 수메르인들은 황금을 돋보이게 하려고 청금석인 라피스라줄리로 장식을 했다 하지만 적도 부근의 바다는 햇살이 청금석처럼 심청색으로 푸른 바다를 장식하려고 무수한 금가루를 뿌린 듯 눈길 닿는 곳마다 멋진 대비를 보이며 눈부시게 빛난다. 바다가 너무 잔잔하여 진료실 선창으로 얼른 보면 마치 아라온이 반짝이는 거대한 파란 판유리 속에 박혀 있는 것처럼 보인다. 바람기가 거의 없어 아라온이 달리는데도 선창으로 바람이 거의 들어오지 않는다. 피부에 느껴지는 기운이 후텁지근하며 끈끈한 땀이 등골에 맺혀 칙칙하고 미끈미끈하게 만져진다. 아침에 진료실 옆방에서 무슨 작업을 하더니 에어컨이 작동되지 않아 진료실 안이 무덥다.

점심식사 후 메인 데크 후미 갑판으로 나가려다 햇볕이 너무 강하여 갑판 끝으로는 가지 않고 뱃전의 그늘진 곳에 서서 바다와 하늘을 바라보았다. 바닷물은 햇빛을 받아 투명한 남색으로 보인다. 하늘에는 뭉게구름,

양떼구름 등 갖가지 형상의 높고 낮은 흰 구름이 떠 있다. 물색이 너무 고와 푸른 구슬처럼 반짝이는 윤기 나는 바닷물을 한참 들여다보았다.

진료실 의자에 앉아 있다가 잠깐 잠이 들었다. 4시 반경 눈을 떠 선창으로 밖을 보니 아라온이 거의 움직이지 않는다. 2층 갑판으로 해서 헬리데크로 나가 보니 메인 데크 후미 크레인 중 하나가 헬리데크 쪽으로 돌

려져 있고 승무원들이 난간과 크레인에 무언가 바르고 있다. 가까이 가서 보니 신나 냄새가 나는 초콜릿 색깔의 도료를 여기저기 바르고 있었다. 마침 일하고 있던 한 승무원에게 물어보니 녹 방지 도료를 칠하고 있다고 한다. 안 그래도 남극 갔다 와서 배를 돌아다닐 때 난간이나 구석에 칠이 벗겨져 벌겋게 녹이 슬려하는 곳을 보았는데 그런 곳에 녹이 슬지 않도록 하는구나. 난간의 어떤 곳은 흰 페인트를 쇠가 드러나도록 벗겨

놓은 곳도 있다. 아라온이 정지했느냐고 물으니 메인 데크 후미를 가리키는데 보니 A프레임으로 윈치의 와이어가 바다 밑으로 내려가 있다. 브리지로 올라가 보니 선장님과 항해사들이 얘기를 하고 있다. 속도계를 보니 3노트이다. 저녁 식사 때 1항사에게 물어보니 윈치 와이어를 풀어서 새로 감는 작업을 하느라고 저속으로 항해하고 있다고 하였다.

저녁 식사 후 헬리데크로 나가 보니 약간 서늘한 바람이 분다. 해거름의 하늘에는 불그레하게 물든 구름들이 떠 있고 구름 사이로 이제 지려 하는 해가 마지막 광휘를 내뿜고 있다.

6월 4일 화요일, 날씨 맑음

저녁 식사 후 메인 데크에 있는 해도에서 보니 아라온은 남위 5도 38분, 서경 160도 7분상의 남태평양을 지나고 있다. 바다는 어제와 같이 잔잔하고 아라온은 가끔 좌우로 가볍게 흔들릴 뿐 경쾌하게 수면을 가르고 달리고 있다. 진료실에서 여태까지 찍은 사진들의 순서를 정리하였다. 사진을 보니 인천 공항을 출발하여 뉴질랜드 크라이스트처치 리틀턴 항에 도착하여 아라온에 승선하여 16일 동안 태평양을 항해한 끝에 푼타아레나스에 입항하여 거기서 다시 드레이크 해협을 지나 남극 웨델해까지 항해하고 돌아와 세종 기지로 가서 혹한 속에 보급품을 하역하고 하던 장면들이 모두 빠짐없이 찍혀 있다. 칠레에서 돌아가는 항해 동안에는 태평양 바다의 풍경을 찍은 것 이외에는 별 다른 사진이 없었다. 3개월의 여정이 어느덧 2주밖에 남지 않았으며 머지않아 대한 해협을 거쳐 고국으로 돌아가 땅을 밟아 볼 수 있을 것이다.

6월 5일 수요일, 날씨 맑음.

점심 식사 후 해도를 보니 아라온의 위치가 남위 3도 41분, 서경 163도 41분이었다. 양 선장님 말로는 내일 적도를 통과할 것이라고 하였다.

점심시간에 시원한 메밀국수가 나왔는데 옆에 앉았던 기관장이 이제 적게 먹어 살을 빼야 한다고 하였다. 이유를 물으니 부인에게 잘 보여야 한다고 했다. "살이 많이 빠지면 힘이 빠질 텐데."라고 내가 말하니 "그런

가요?" 하며 웃었다.

저녁 식사 후 선수 갑판에 올라가 닻 위에 앉아 아라온 전방을 바라보
았다. 잔잔한 바다가 자꾸만 앞으로 다가온다. 해거름의 포도주빛 물결
들이 겹겹이 겹쳐서 끊임없이 다가온다. 바다를 내려다보니 뱃전에 부딪
치는 물결도 몹시 잔잔하여 여느 때처럼 큰 물보라가 일어나지 않는다.
아라온에 물결이 부딪치는 소리도 별로 들리지 않는다. 뒤로 돌아 브리
지 아래의 아라온 선루를 바라보니 남극에서 허옇게 눈이 얼어붙었던 자
리에 녹 방지용 도료가 두 군데 넓게 팥죽색으로 칠해져 있다. 이제 여수
항 드라이 도크에 들어가면 아라온도 몸단장 얼굴 단장을 새로 말끔히
할 것이다.

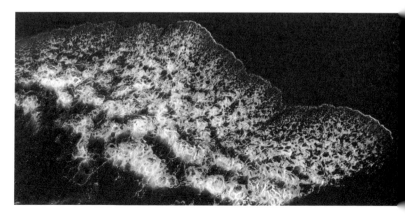

6월 6일 목요일, 날씨 맑음

요즘 몇 차례 시간을 1시간 후진시켰다. 이제 한국과 18시간의 차이가 난다. 어제도 1시간 후진시켜서 오늘 아침 7시에 일어나니 아직도 약간 졸립다.

브리지에 올라갔더니 3항사와 1항사가 있다. 해도를 보니 지금 위치가 남위 1도 38분이다. 적도를 언제 통과하느냐고 물으니 3항사가 해도 위에서 계산을 했다. 앞으로 200마일이 남았다면서 16시간 정도 더 가야 한다고 하였다. 그러면 23시경이 되겠구나 하며 밤중에 통과해서 바다는 보지 못 하겠다는 생각이 들었다.

브리지에서 사방을 보니 바다는 정말 잔잔하다. 해면이 뷰포트 풍력계급 0에 해당하는 거울과 같은 상태는 아니지만 고기비늘 같은 소파가 있긴 해도 평소보다 훨씬 작다. 아마 풍력계급 0(calm, 고요)과 1(light breeze, 실바람) 사이라고 할 수 있겠다. 뱃전에서 부서지는 물결의 높이도 거의 해면과 비슷하며 아라온 후미의 항해 궤적도 스크류에서 배수되는 물살만 제외하고는 바다 표면과 높이가 거의 일치한다. 그야말로 호수같이 잔잔한 바다를 미끄러지고 있다. 속도가 얼마 안 될 것 같은데 속도계를 보니 13.5노트이다.

6시경 아라온은 남위 0도 33분 지점을 항해하고 있다. 그 전에 점심 식사 후 아라온의 위치가 남위 0도 55분일 때부터 브리지에 올라가 있었다. 바다는 정말 고요하였다. 글자 그대로 거울 같은 수면이었다. 햇빛이 비치는 쪽에서 보면 반짝 반짝 빛나는 것이 잘 닦은 거울 면 같았다. 뱃전에 부서지는 물결도 마치 예쁜 레이스 모양으로 퍼져나갔다. 물결과 짙푸른 바다 사이의 경계가 뚜렷이 보인다. 오랜만에 컴퍼스 데크 위로 올라가 보았다. 여기가 아라온에서 가장 높은 곳이다. 아라온 선수에서 보니 햇살에 반짝이는 수면이 천천히 부드럽게 아라온으로 다가온다. 수면에서 반짝이는 햇살이 마치 수백, 수천 개의 장식용 꼬마전구 불빛처럼 빛난다. 사방으로 눈길 가는 데를 모두 둘러보아도 잔잔한 호수 같은 푸른 바다뿐이다.

6시 20분경 선내방송이 울리더니 3항사가 내일 요일을 6월 7일 금요일이 아니고 6월 8일 토요일로 변경한다고 한다. 날짜 변경선을 아직 통과하지는 않았는데 편의상 변경하는 모양이다.

아라온은 오늘 밤중에 적도를 통과할 모양이다. 적도를 지나면 바다의 명칭이 바뀔 텐데 뭐라고 부르는지 내일 알아보아야겠다. 뱃머리에서 내려오는 계단에서 하늘을 보니 하늘에 별 4개가 영롱하게 반짝인다.

6월 8일 토요일, 날씨 맑음

8시경 일어나 갑판으로 나가보니 잔잔한 바다 위를 아라온이 달리고 있다. 어제 본 것처럼 거울같이 맑고 잔잔한 바다는 아니지만 해변에는 고기비늘 같은 아주 작은 소파들이 무수히 있고 바람기가 거의 느껴지지 않는다. 먼 바다에도 백파는 전혀 보이지 않는다. 뷰포트 풍력계급 1 실바람(light air)에 해당한다. 햇빛에 비친 바다가 무수한 황금 비늘처럼 반짝인다. 물색은 울트라마린 블루로 검푸르다. 하늘에는 보기에도 시원한 잡티 하나 없는 깨끗한 흰색의 큰 뭉게구름들이 유유히 떠 있다.

10시 반경 브리지로 올라가니 선장님과 3항사가 있다. 해도를 보니 현 위치가 북위 1도 08분, 서경 172도 34분이다. 적도저압대의 중심위도가 연평균 북위 5도이므로 아직 적도무풍대를 지나고 있는 셈이다. 어젯밤 12시 20분경 메인 데크의 해도를 보니 아라온의 위치가 북위 0도 05분이었다.

저녁 5시에 헬리데크에서 두 번째로 바비큐 파티가 벌어졌다. 참숯불을 이글이글 피우고 그 위에 그릴을 놓고 쇠고기와 돼지고기, 오징어, 큰 새우를 굽고 마실 것으로는 하이네켄, 칠레산 오스트랄 캔 맥주를 준비하고 식사와 시원한 콩나물국을 한 통 가득 마련하였다. 전과 달리 이번에는 헬리데크 한 복판에 경유 드럼통을 몇 개 놓고 그 위에 얇은 나무판자를 기억자로 놓고 흰 식탁보를 깔았다. 아라온은 잔잔한 바다를 미끄러지듯 달리고 하늘에는 수분 증발이 많은 적도 부근답게 엄청나게 큰 뭉게구름들이 떠 있고 구름 사이로 마침 7가지 색이 영롱한 무지개도 떴다. 사방을 둘러보아도 보이는 건 바다와 하늘과 구름밖에 없는데 간간이 날치를 노린 바다새들이 저공으로 날아다녔다.

한쪽으로 저 멀리 구름을 배경으로 바다새 떼들이 바다새들로서는 보기 드물게 마치 솔개들처럼 높은 하늘에서 무리를 지어 선회하고 있었다. 산이나 야외로 나가서 먹는 식사가 맛있듯이 태평양 한 가운데서 구워 먹는 고기와 맥주 맛도 또한 별미였다. 아마도 이런 특별한 분위기 때문에 음식이 더 맛있는지도 모르겠다. 선장님, 기관장, 1항사와 애들 얘기를 비롯해 이런저런 얘기를 하며 즐거운 시간을 보냈다.

식사 후 6시 40분경 서쪽 하늘이 벌겋게 물들었다. 뱃머리로 올라가니 구름 사이로 아폴론의 태양마차가 주위에 찬란한 황금빛을 뿌리며 수평선 아래로 내려가고 있었다. 선수에 서서 시원한 해풍을 온몸으로 맞으며 일몰을 구경하였다. 기관장 말대로 다가오는 두 번째 주말은 고향에서 보내게 될 것이다. 그때쯤이면 태평양의 해거름이 그리울 것이다.

6월 9일 일요일, 날씨 맑음.

오늘은 일요일이라 9시쯤 늦게 일어났다. 요즘 나는 아침 식사를 거르지만 어제 승무원들이 모두 합의하여 조리사들을 오늘 아침 쉴 수 있도록 해주었다. 보기 좋은 일이다. 사실 주방 일이란 것이 하루 종일 쉴 새 없이 해야 하는 일이다. 그런데 오전을 쉴 수 있도록 배려해 주니 얼마나 고마운 일인가. 동료를 아끼는 마음이 없다면 가능하지 않은 일이다.

해도를 보니 현 위치가 북위 3도 33분 서경 177도 00분의 북태평양상이다. 부산이 북위 약 35이니 위도 30도 정도를 더 올라가야 한다. 아라온은 하루에 위도 약 3도 정도를 항해하니 대략 계산해도 약 10여 일 지나면 한국에 도착할 수 있다. 21일 광양항에 입항 예정이라 하니 대충 맞는 것 같다.

날씨가 제법 더워 갑판을 돌아다니면 금세 속옷이 축축할 정도로 땀이 난다. 오랜만에 컴퍼스 데크 위로 올라가 보았더니 뜨거운 열기가 확 끼친다. 여기가 아라온의 맨 꼭대기이며 여기에서 보는 파노라마가 압권이다. 두 개의 서치라이트 사이에 서서 전방을 바라보니 탁 트인 시야에 바다가 한 눈에 들어온다. 속도가 13노트 정도 되는데도 여기서 보면 아라온 뱃머리가 별로 움직이는 것 같지 않다. 사방은 강한 햇살에 반짝이는 물결인데 선글라스를 끼지 않으면 눈이 부셔 바라볼 수가 없다. 남극에서는 반사되는 눈의 흰빛 때문에 눈이 따가워 선글라스를 꼈다. 공기는 더워도 가벼운 미풍이 불어와 땀을 약간 식혀준다. 아라온은 가볍게 동요하면서 망망한 태평양을 헤쳐나간다. 선미 쪽을 보면 아라온의 항해

궤적이 짙푸른 바다 가운데 약간 옥색을 띠는 흔적을 남기며 멀리까지 이어져 있다. 하늘에는 매일 뭉게구름과 양떼구름 새털구름 등 온갖 종류의 구름이 갖가지 형상으로 떠 있다. 조금 있으려니 더워서 더 머물 수가 없어 브리지로 내려왔다.

6월 11일 화요일, 날씨 맑음.

8시에 샤워를 하고 있는데 선내 전화가 울려 받아보니 3항사가 21일 광양에 입항하면 입항식이 있는데 가족을 초대할 수 있다고 하면서 신청을 하겠느냐고 묻는다. 그리 하겠다 하고 잠시 후 브리지로 올라가서 방선자 명단에 일단 아내의 이름을 적었다. 그런데 아내의 주민등록번호 뒷자리를 모르겠다. 다음에는 꼭 외워 두어야겠다. 아라온의 위치를 보니 북위 8도 51분, 동경 173도 14분이다. 브리지의 에어컨이 시원하여 조금 쉬다가 아이폰을 들고 컴퍼스 데크 위에서부터 메인 데크 후미 갑판까지 내 사진이 나오는 동영상을 찍어보았다. 메인 데크에서 아라온 후미 가까이서 밀려가는 물결을 찍는데 헬리데크에서 작업하던 승무원이 선생님 하면서 위험하다는 손짓을 한다. 얼른 보아 누군지 알 수는 없었으나 고맙다는 목례를 해 주고 물러났다. 걱정해 주어 감사하네. 나도 이제는 반 승무원이 되어서 아라온 구석구석을 모르는 데가 한 군데도 없네. 그러니 염려하지 말게. 어디가 위험하고 어떻게 서는 것이 안전한지는 잘 알고 있으니. 그래도 생각해주는 것이 고맙다. 이 더위에도 승무원들은 구슬땀을 흘리며 녹이 슨 부분을 그라인더로 갈기도 하고 초콜릿색 녹 방지 도료를 칠하면서 아라온을 깨끗하게 돌보고 있다. 그저께는 브리지에서 보니 호스로 물을 뿌려 곳곳의 소금기를 씻어내고 있었다. 아라온은 귀중한 국민의 세금으로 건조한 소중한 선박이다. 귀하게 여기고 아껴주어야 하는 것이 마땅하지 않겠는가. 전에 출항할 때 나도 뭐 도울 일이 없나 했더니 조리사가 선생님은 그냥 계시는 것이 우리를 도우는 겁니다라고 하던 말이 생각난다. 점심 식사 때 한 승무원이 후미에 너무 가까이 있으면 갑자기 파도가 올라올 수 있어 위험하다고 하였다.

오늘 오후까지 작업하여 약품 재고 정리를 마치고 폐기할 의약품들을 정리하고 리스트를 만들고 다음 연구 항해 때 필요한 약들을 정리해서 1 항사에게 건네주었다.

저녁 식사 후 캠코더를 들고 컴퍼스 데크에서부터 메인 데크까지 내 모습을 넣어 바다를 촬영하였다. 마지막으로 뱃머리에 올라가니 제법 센 바람이 부는 가운데 멀리 수평선에 구름에 약간 가리운 황금빛 해가 주위에 남은 빛을 뿌리며 천천히 바다 아래로 지고 있었다.

진료실로 돌아와 시원하게 샤워를 한 뒤 방으로 가서 옷을 모두 깨끗이 접어서 트렁크에 차곡차곡 넣어 두었다. 갈 때 서두르지 않도록 미리 짐을 정리해 두는 것이 좋으리라 생각되었다. 내일은 나머지 물건들을 정리할 것이다. 그리고 선의실과 진료실 및 수술실을 떠날 때까지 매일 깨끗이 청소할 것이다.

6월 13일 목요일, 날씨 맑음

점심 식사 후 메인 데크에 있는 대회의실에서 진공청소기를 가져와 진료실과 수술실 및 선의실 청소를 하였다. 먼지를 구석구석 뻘아낸 다음 식당에서 큰 물걸레를 가져와 바닥을 깨끗이 닦았다. 선의실의 샤워 부스와 세면기와 변기도 깨끗하게 청소하고 수술실에 있는 욕조도 말끔히 청소하였다. 특히 수술대와 마취기를 비롯한 수술실에 있는 모든 의료 장비의 먼지를 깨끗이 닦아내었다. 약장과 기구가 들어 있는 장도 깨끗이 닦았다.

밤 10시에 메인 데크의 해도를 보니 아라온은 북위 15도 19분, 동경 160도 53분의 북태평양을 지나고 있다. 이제는 한국과 시간 차이도 2시간밖에 나지 않는다. 1주일 지나면 그리운 가족을 만날 수 있으리라.

6월 14일 금요일, 날씨 쾌청.

오늘 바다는 적도를 지날 때처럼 너무나 잔잔하였다. 물색도 시릴 만큼 푸르고 맑았다. 바람기가 거의 없어서 날은 매우 더웠다. 아라온 뱃전의 물결도 수면과 거의 일치하는 높이였으며 메인 데크 후미에서 밀려나가는 물결도 높이가 주위와 거의 일치하였다. 날씨가 너무 쾌청하여 카메라와 캠코더를 들고 나가 컴퍼스 데크부터 메인 데크 후미까지 아라온이 달리는 모습을 사진 찍고 비디오에 담았다. 비디오를 리플레이해 보니 그런대로 괜찮았다. 프로젝터로 60인치 화면으로 확대해 보면 더 멋있을 것 같다. 여태까지 캠코더에 내장된 250기가 메모리와 32기가짜리 메모리 스틱 6개를 다 쓰고 1개는 2시간가량 녹화했으니 약 67시간 녹화한 셈이다. 이 속에 김해 공항에서부터 인천 공항, 뉴질랜드 오클랜드 공항, 크라이스트처치 공항, 리틀턴항, 태평양 황천 항해, 마젤란 해협, 푼타아레나스 풍경, 드레이크 해협, 비고 만(Bigo Bay)을 비롯한 웨델해 주변의 아름다운 만들, 돌아오는 항로의 마젤란 해협, 적도무풍지대, 선상

바비큐, 남북태평양의 바다와 하늘과 구름 등 이번 여행의 모든 것이 하나도 빠짐없이 기록되어 있다. 두고두고 리뷰해볼 좋은 추억거리이다. 이런 좋은 기회를 주시고 이번 항해의 길잡이가 되시고 모든 승무원들과 나를 지켜주고 보호해 주신 하나님께 감사드린다.

6월 15일 토요일.

10시경에 한국에 있는 고교 동기회장에게 카톡으로 안부 전화를 했다. 오늘이 졸업 40주년을 기념하여 수학여행 가듯 동기부부들이 경주로 1박 2일 단체 여행을 가는 날이다. 부산에 있으면 만사 제쳐두고 갔겠지만 태평양 한가운데에 있어서 참석 못하니 아쉽다. 고등학교를 졸업한 지가 어제 같은데 벌써 40년이 흘렀구나.

저녁 식사 후 뱃머리로 올라가 보니 수평선 위로 막 해가 졌는지 불그레한 후광이 바다와 구름 사이에 환하게 비친다. 잠시 낙조를 구경하다 진료실로 돌아왔다.

불현듯 가족들이 보고 싶어 전화를 하니 아내가 받더니 마침 주말이라 집에 와 있던 딸을 바꿔준다. 내가 러시아 말로 사랑해란 뜻인 'Ya lubla tebya.'라고 말하니 딸이 웃으며 사랑해 같지 않고 '야!' 하고 시비 거는 것 같이 들린다 한다. 이제 다음 주 금요일이면 정말 고국에 도착한다. 이번 여행 동안 흰색과 푸른색만 실컷 보았는데 이제 고향에 돌아가면 그리운 가족과 싱그러운 녹음의 초록색을 마음껏 볼 수 있겠구나.

어느덧 시간이 흘러 새벽 1시경에 메인 데크의 해도를 보니 아라온이 북위 20도 36분, 동경 150도 26분상의 북태평양을 달리고 있다. 지도를 보니 필리핀 조금 위쪽이다. 그저께부터 TV에 태국의 불교방송이 나왔다. 식당으로 가서 아이스크림을 하나 먹었다. 승무원 한 명이 혼자서 주방에서 야식을 만들고 있다. 요리도 잘 하느냐고 물으니 이전에 조리부에서 일한 적이 있다고 한다. 갑판으로 나가보니 칠흑 같은 바다에는 뱃전에 부딪치는 물결만 희끄무레하게 보이고 아라온의 박동 소리만 멀리서 들리는 듯 조용하게 들려온다.

6월 17일 월요일, 날씨 맑음.

아침 7시에 잠이 깨었다. 선창으로 밖을 보니 푸른 하늘이 보인다. 갑판으로 나가보니 바다는 요즘 여느 때처럼 호수같이 잔잔하고 가벼운 바람기가 느껴진다. 하늘은 맑고 푸른데 흰 구름이 조금 끼어 있다.

진료실로 가서 욕조와 싱크대를 깨끗이 청소하고 닦은 다음 진료실 바닥과 수술실 바닥을 두 번 깨끗이 닦았다. 크레졸 비누 용액이 있어 사용하려다 크레졸은 가끔 역한 냄새가 나므로 그저께처럼 자몽 향이 나는 세제로 걸레를 빨아 바닥을 닦았다. 내친 김에 선의실도 다시 한 번 깨끗이 닦고 샤워부스와 변기도 말끔하게 다시 청소하였다. 이제 나흘 뒤 금요일이면 정말 고향에 도착한다. 마지막 날까지 매일 청소를 해야겠다.

10시경 브리지로 올라갔더니 선장님과 3항사가 있었다. 해도를 보니 현재 위치가 북위 24도 03분, 동경 143도 46분이다. 어제 또 시간을 한 시간 후진하여 이제 한국과 시차가 1시간밖에 되지 않는다. 고향이 가깝다는 것을 실감케 해 준다. 브리지에서 전방을 보니 고요한 바다 위를 아라온이 미끄러지듯 달리고 있다. 배 밑바닥이 수면에 닿는 느낌이 거의 느껴지지 않고 아라온의 기관음도 아련히 들려온다. 뱃머리에서 양쪽으로 갈라지는 물결과 브리지 뒤쪽에서 보이는 아라온의 항해 궤적의 높이도 수면과 거의 같다. 선장님 말로는 기상이 또 나빠질 가능성이 있다고 한다. 메인 데크에 있는 게시판을 보니 내일 대청소를 실시한다고 적혀 있다.

오후가 되니 바람도 거의 불지 않고 바다가 적도 부근처럼 거울같이 잔잔해졌다. 매끈한 파란 빙판 같은 바다를 미동도 없이 지나간다. 바다가 너무 좋아 컴퍼스 데크로부터 2층 갑판, 선수 아래 갑판으로 가서 아라온 앞으로 다가오는 유리처럼 투명하고 매끈한 바다와 레이스처럼 예쁘게 뱃전에 갈라지는 물결을 바라보았다.

6월 18일 화요일, 날씨 쾌청.

7시에 눈을 뜨니 선창의 커튼으로 환한 햇빛이 비친다. 갑판으로 나가 보니 황금빛 찬란한 햇살이 바다 위를 비추고 바다는 예의 황금 비늘처럼 반짝인다. 물결은 거의 일지 않고 바람기도 거의 없다. 물색은 매끄럽고 윤택한 푸른색이다.

오늘은 아라온 대청소를 하는 날이다. 벌써 승무원들이 복도를 깨끗이 닦고 있다. 그래서 가급적이면 복도 통행을 삼가고 엘리베이터를 이용해 달라고 하였다. 1항사가 계단에서 난간과 벽을 닦고 있길래 나도 도울 일이 있느냐 하니 클리너와 마른 헝겊을 준다. 내가 아라온을 얼마나 아끼는데. 나도 해풍과 먼지가 묻어 약간 누렇게 된 2층에서 3층 올라가는 계단의 벽과 계단 패널을 깨끗이 닦았다. 한참 청소를 하는데 한 승무원이 선생님 커피 마시러 오세요 한다. 식당으로 내려가서 땀에 젖은 승무원들과 아이스 커피를 한 잔 마시고 땀을 식혔다. 다시 진료실로 가서 수술실 바닥을 물걸레로 깨끗이 닦고 헝겊에 클리너를 묻혀 진료실과 수술실 벽과 천장 패널의 먼지와 때를 모두 말끔하게 닦아내고 마취기를 포함하여 수술 장비들을 다시 한 번 깨끗이 닦았다. 그런 다음 진료실 진찰대 위의 기구들을 다시 정리하고 먼지를 닦았다. 선창을 열어 시원하게 환기를 한 다음 선창의 틀과 유리창을 깨끗이 닦았다.

4시경 메인 데크의 해도를 보니 아라온은 북위 27도 00분, 동경 137도 10분의 북태평양을 항해하고 있다. 이제 해도에 일본 땅이 보이기 시작한다.

　오후 7시 반경 뱃머리로 올라가니 서쪽의 수평선과 맞닿은 하늘이 불그레하게 물들어 있더니 타는 듯한 동그란 황금 접시 같은 태양이 구름 아래로 빠져나와 서서히 바다 아래로 내려갔다. 이어 한동안 바다에서 큰 화재가 난 듯 주위의 하늘이 온통 붉게 타올랐다. 선선한 밤바다 바람이 옷깃을 가볍게 나부끼고 나는 수평선에 잔광이 사라질 때까지 하늘과 달을 보다가 내려왔다. 진료실로 오니 오늘 자정부터 내일 새벽 5시까지 복도에 왁스칠하는 작업을 하므로 그 시간 동안 복도 통행을 자제해 달라는 선내 방송이 들렸다.

6월 19일 수요일, 날씨 맑음

　어젯밤에 늦게 잠들어 아침 9시에 기상하였다. 샤워를 하고 갑판으로 나가 보니 바다에 소파가 커져 파도 머리가 부서져 흰 거품이 보이고 바다 멀리에도 흰 파도가 상당히 많이 보인다. 갑판에 서 있으니 바람기운에 옷깃이 뻣뻣하게 펄럭인다. 이 정도 되면 뷰포트 풍력 계급 3인 산들바람(gentle breeze)과 4인 건들바람(Moderate breeze)의 중간쯤 되는 것 같다.

　아라온 복도가 간밤의 왁스 작업으로 유럽 궁정의 대리석 바닥처럼 반짝반짝 윤이 난다. 메인 데크의 해도를 보니 아라온의 위치는 11시 현재 북위 29도 00분, 동경 132도 47분상의 북태평양이다. 내셔널 지오그래픽 세계 전도를 보니 일본 큐슈에 가까운 지점이다.

　점심 식사 후 갑판에 나가 보니 승무원들이 에어 스프레이로 갑판 곳곳을 청소하고 바닥에 묻은 녹을 제거하고 있다. 날씨가 약간 흐려져 바다가 회색으로 보인다.

　오후가 되니 바다도 잔잔해지고 바람도 약해졌다. 저녁 식사 후 해거름에 뱃머리에 올라가니 멀리 수평선 위의 서쪽 하늘에 낙조에 젖은 불그레한 구름들이 띠 모양으로 층층이 떠 있고 반대쪽으로는 구름에 가린 반달이 아라온의 동요에 맞추어 하늘 한복판에서 빙빙 돌고 있다. 저녁 바람이 서늘하여 뱃머리에 한참 서서 바다와 하늘을 바라보다가 진료실로 돌아왔다.

6월 20일 목요일, 날씨 흐림

8시에 잠에서 깨어 갑판으로 나가 보니 하늘에 엷은 안개가 끼어 있다. 바닷물 색은 검푸른 빛깔로 거제 앞바다나 남해 앞바다와 물색이 비슷하다. 수면에는 작은 소파들만 있을 뿐 흰 파도는 보이지 않아 바다는 잔잔하다.

점심 식사 후 진료실 선창으로 밖을 보니 하늘은 안개가 끼어 흐리고 먼 바다도 회색빛으로 칙칙하게 보인다. 2시경 브리지에 올라가니 승무원 한 명이 있다. 아라온이 정지한 것처럼 보인다고 하니 속도를 아주 늦추어 항해해서 물살이 거의 일지 않아서 그렇다고 하였다. 속도계를 보니 8노트 속도로 천천히 가고 있다. 캠코더와 카메라를 가져와 컴퍼스 데크로부터 네비게이션 브리지 데크와 3층 갑판으로 내려와 사진을 찍는데 굵은 빗방울이 떨어지더니 이내 비가 내린다.

메인 데크 후미 갑판으로 나가보니 가랑비가 내리는 가운데 아라온은 아주 천천히 항해하고 있다. 내일이면 3개월에 걸친 아라온 오디세이도 막을 내리고 그리운 가족들이 기다리는 집으로 돌아가겠구나. 지난 3개월이 하룻밤의 꿈처럼 느껴진다. 꿈속에서 태평양의 험한 파도를 헤치고 꽁꽁 얼어붙은 남극 웨델해로 들어가 전인미답의 아름다운 만들을 누비며 눈부신 순백의 눈과 얼음이 만들어내는 아름다움을 실컷 감상하고 땅끝에서 돌아와 이제 꿈에서 깨어 다시 일상의 생활로 돌아가는구나.

6월 21일 금요일, 날씨 맑음

어제 선장님과 늦게까지 와인을 마신 탓에 9시에 잠이 깼다. 선창으로 밖을 보니 컨테이너들이 많이 보인다. 아! 이제 정말 우리나라 광양항에 들어왔구나. 조금 있으려니 "올 스테이션 스탠바이!"라고 힘차게 말하는 3항사의 목소리가 선내 방송으로 울려나왔다. 드디어 10시 30분 경 아라온은 광양항 국제 터미널 컨테이너 부두에 파일럿의 인도하에 사뿐히 접안하였다. 브리지로 올라가 사방을 바라보니 그리운 고국산천이다. 흰색과 푸른색만 보다가 오랜만에 녹색의 산과 총천연색의 풍경을 보니 낯선 느낌이 들었다. 멀리 새로 개통한 이순신 대교가 위용을 자랑하며 아련히 보인다.

점심시간 무렵 선장님 부인을 비롯하여 승무원 가족들이 아라온을 방문하였다. 정확한 접안 위치를 잘 몰라 아내는 먼 길을 걸은 끝에 아라온에 올라왔다.

오후 1시 30분에 극지연구소가 주관하는 입항식이 있었다. 전임 선장님과 칠레에서 하선하여 휴가를 떠난 승무원들이 모두 반갑게 돌아왔다.

나는 오후 4시에 하선하였다. 하선하기 전에 메인 데크 복도의 화이트보드에 그동안 잘 지낸 것과 아무런 사고 없이 무사히 항해를 마친 데 대해 선장님 이하 모든 승무원들에게 감사하다는 인사말을 적어두었다. 하선 후 에이전트의 차에 조리사 한 명과 동승하여 세관에서 짐 검사를 마치고 광양 시내에 있는 법무부 출입국 관리사무소로 가서 입국 수속을 한 뒤 조리사와 헤어져 광양터미널에서 부산으로 가는 버스에 몸을 실었다.

이로써 3월 21일에 시작하여 3개월 동안 지속되었던 아라온 오디세이가 막을 내렸다. 생각지도 않았던 인연으로 좋은 사람들을 만나 함께 남극 웨델해 북서쪽의 전인미답의 비경을 둘러보고 왔다. 칼립소와 사이렌 같은 미녀들의 유혹은 없었지만 세상의 모든 푸른색을 다 간직한 바다와 하늘, 유유히 떠다니던 잘생긴 구름과 천변만화하는 파도, 파도 골 사이로 우아한 비행의 정수를 보여주던 앨버트로스와 바다제비들, 무한한 상상력을 자극하는 갖가지 형상의 얼음 단애를 가진 빙하와 빙산들, 지구가 끝나는 날까지도 녹지 않을 것만 같던 투명한 옥색의 수면하부를 가진 잘생긴 유빙들의 함대, 먼발치에서, 혹 가까이서 보았던 위풍당당한 남극의 지니어스 로사이 황제펭귄과 귀여운 젠투펭귄들, 발끝에 전해지던 해빙 아래의 영겁의 시간의 느낌, 갑판위로 무너져 내리던 무시무시한 파도의 언덕들과 모든 것을 거부하는 블리자드의 위력, 서치라이트에 비친 눈송이들의 무도, 하얀 배를 뒤집으며 솟구쳐 올라 반가움을 온몸으로 보여주던 고래의 군무, 서리에 젖은 긴 속눈썹 사이로 얼음 위에서 무심히 우리를 바라보던 물개들의 천진난만한 동그란 눈동자, 모든 것을 덮어버린 얼음과 눈, 흰색과 푸른색의 단순한 이진법의 세계, 그 속에 포함되어 있는 무한한 생명들. 생명을 사랑하지 않는 무자비한 극한의 환경에서도 아무런 불평 없이 자연에 순종하며 살아가는 생명들, 모든 것을 포용하며 유유히 넘실대는 대양, 나의 폐포를 가득 채웠던 순수하고 깨끗한 공기, 코끝에 전해지던 짭조름한 바다의 소금 냄새, 강철보다 더 단단한 아라온 선체에 부딪쳐 사정없이 깨어져 좌우로 튕겨나가 아라온의 궤적 속으로 멀리 사라지던 두꺼운 얼음 조각들, 눈길 가는 데까지 무한히 뻗어 있던 하얀 얼음 평원과 그 위로 불고 있을 블리자드. 해거름에 수평선 위로 불타오르던 화염의 폭풍과도 같은 노을, 포도주빛 저녁 바다, 어딘지 모르게 애수를 자아내는 땅끝 마을 푼타아레나스의 기억.

돌이켜 생각하니 이 모든 것들이 모두 한바탕 꿈이다. 3개월이란 시간이 시위를 떠난 화살처럼 흘러갔다. 항해 동안 함께 했던 모든 이들에게 감사의 말을 전한다.